СМОТРИТЕЛЬ

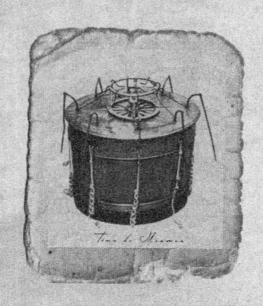

ВИКТОР ПЕЛЕВИН

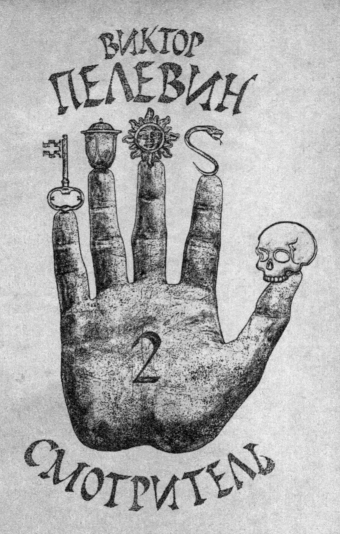

2

СМОТРИТЕЛЬ

кувырок мысли

МОСКВА
2015

ЖЕЛЕЗНАЯ БЕЗДНА

СЕКРЕТНЫЙ МЕМУАР
СМ. АЛЕКСИСА ВТОРОГО, ДАЛАЙ-ПАПЫ и ВЕЛИКОГО МАГИСТРА,

С ВОСПОМИНАНИЯМИ, РАЗМЫШЛЕНИЯМИ, КРАСОТАМИ РЕЧИ И ФИГУРАМИ УМА.

IDYLLIUM
CCXVI A.D.F.A.

УДК 821.161.1-3
ББК 84(2Рос=Рус)6-44
П24

Оформление серии *А. Саукова*

Иллюстрация на обложке *Ф. Барбышева*

Пелевин, Виктор Олегович.

П24   Смотритель. Книга 2. Железная бездна /
Виктор Пелевин. — Москва : Издательство «Э»,
2015. — 352 с. — (Единственный и неповторимый. Виктор Пелевин).

ISBN 978-5-699-83419-8

Алексис де Киже — Смотритель Идиллиума, нового
мира, созданного Павлом Алхимиком и Францем-Ан-
тоном Месмером во времена Французской революции.
Алексис — Блюститель миропорядка. Он создает Всё из
Ничего и за этой работой беседует с Четырьмя Ангелами. Он равен Богу. Но... Смотритель сам не знает, кто
он и откуда взялся. А выяснить это необходимо. Иначе
он не станет настоящим Мастером и никогда не сможет
сказать: «Мир — волшебный кристалл с безмерным числом граней, и повернуть его всегда можно так, что мы
рассмеемся от счастья или похолодеем от ужаса...»
    О чем эта книга на самом деле, будет зависеть от чи-
тателя — и его выбора.

УДК 821.161.1-3
ББК 84(2Рос=Рус)6-44

ISBN 978-5-699-83419-8

И Андрей закричал: «Я покину причал,
если ты мне откроешь секрет!»
И Сиддхартха ответил: «Спокойно, Андрей,
Никакого причала здесь нет...»

Ветхая Земля, неизвестный автор
(Из архивов Железной Бездны)

I

Латинский дневник Павла Алхимика (1790–1801, тайная часть)

1790

Крысы, котята, голуби, стрекозы, мухи – все они выглядят здоровыми, но дух не желает входить в их тела. Вернее, дух входит – но не остается надолго. Прежде чем испустить его, мои несчастные создания делают несколько вялых движений, и, хоть на это время они неотличимы от живых существ, краткий миг их бытия слишком мимолетен.

Так же, наверное, дрожало бы мельничное колесо, если бы вместо речной струи на него вылился кувшин воды. Водопад жизни где-то рядом, но дотянуться до него я не могу.

Как пригласим мы дух в материю? Как вдохнем Улыбку Авроры в новый мир?

Я делаюсь чувствителен и плачу после своих неудач. Больше никаких синеглазых котят – особенно если их хватает лишь на один грустный взгляд. Только крысы, лягушки и пауки.

Брат Бенджамин уже ждет нас на том берегу; он сообщает, что чувствует себя чудесно и словно сбросил двадцать лет. Поистине, Флюид может все – но отчего его сила не желает проявить себя в моей работе?

1791

Гроза, осветившая сегодня ночную террасу, страшно исказила лица мраморных истуканов, и на миг мне сделалось жутко от их общества. Но одновременно в мою душу упал луч света. Я понял наконец, в чем ошибка.

Отчего-то я решил, будто муху или стрекозу создать легче, чем человека. Так, может быть, обстоят дела для Высшего Существа – но не для меня. Сколь мало я знаю о мышах и пауках, и сколь многое – о людях! Не проще ли мне будет достичь цели, приступив сразу к задаче великой и сложной, но внятной во всех ее частях?

Флюид может все, повторяет брат Франц-Антон – и я знаю, что он прав. Путей и троп вокруг нас бесконечно много, но слабый человеческий ум не видит окружающего ландшафта во тьме своего неведения – до тех пор, пока не сверкнет случайная молния прозрения...

Сегодня я счастлив.

1792

Один из кадавров сказал сегодня что-то похожее на "Пить" – или, быть может, это мои надежды заставляют меня различать слова в их предсмертном хрипе.

Вскрытия раз за разом показывают, что полученные из Флюида тела совершенно неотличимы от человеческих. Отчего же мне не удается создать пригодный к делу ум? Флюид не ошибается. Значит, что-то делаю неверно я сам.

Мне не дает покоя одна мысль. Мы, члены тайного Братства, дали клятву освободить человечество от мук. Но как можно победить страдание, не постигнув его природу? Сводя причины к материальным, мы сильно упрощаем дело – сколько богатых красавцев закончили жизнь, бросившись на шпагу, свою или чужую... Были, говорят, в восточных странах мудрецы, говорившие о причинах страдания. Но есть ли у боли причина иная, чем сама боль?

Мне не хватает сосредоточенности ума.

1793

Вот что открылось мне во время ночных раздумий: говоря, что любой человек – "дитя своего времени", мы имеем в виду, что он воспитанник не столько своих родителей, сколько толпы. Он созревает из чужих мнений, впечатлений, опыта – словом, из потоков Флюида, проходящих сквозь чужие умы и души. "Личность" – творение всего человечества или хотя бы значительной его части. Именно это должна учесть моя алхимия.

Уловить в свои сети поток Флюида, как бы окрашенного в цвета чужих душ, захватить внимание и веру других умов – и направить их в сердце кадавра. Только так можно заставить мир согласиться с моим актом творения. Сами люди должны оживить моего питомца – так же, как они оживляют своих детей, идолов, богов и святых. Лишь тогда Флюид обретет требуемый модус.

Вот путь. Но я не буду шарахаться из стороны в сторону. Сперва следует составить подробный и выверенный во всех деталях план. Многое нужно взвесить не единожды, но трижды.

Не спешить, только не спешить.

Брат Франц-Антон пишет о серьезных проблемах, омрачивших наши опыты на том берегу. Несколько лучших медиумов мертвы. Созвездия нам не по зубам.

Но в наших планах это ничего не изменит – исход уже необратим. Следует полностью сосредоточиться на поставленной задаче.

В Париже все идет как задумано. Но боюсь, что смутой дело не кончится – брат Бенджамин посеял такой ветер, который будет приносить хорошие проценты не один десяток лет. Верно говорят – когда появляется много свободных умов, впереди великая война. Ибо лишь в ней они обретут окончательную свободу от темницы тела.

Рыцарь Справедливости сказал сегодня, что практики Мальтийского Ордена по высшему сосредоточению восходят в своей сути к учению бритоголовых монахов. Брат Франц-Антон тоже говорил, что этому учат на Востоке.

Перебравшись на тот берег, изучу сии науки глубоко.

1794 (?)

Сегодня, обдумав все в последний раз, стал действовать. Мой план подробен и точен; колебаться уже не следует – только неукоснительно выполнять.

Я начал с того, что незаметно исправил один из оставленных на подпись приказов по производству в офицеры. Добавив пером несколько крошечных черточек, я сделал из половинки слова, перенесенного на другую строку, новое живое существо по имени "подпоручик Киж" (ах, если б и в лаборатории все было так просто).

Я на всякий случай придал содеянному вид описки, могущей быть истолкованной двояко – чтобы не засекли беднягу писаря за подлог, если фокус не пройдет. А потом запутал дело еще сильнее, зачеркнув строку с новорожденным – и дописав сверху "Подпоручик Киж в Караул".

Когда наступила ночь, глухая и безлунная – я, зная, что приказ мой уже переваривается медленным умом канцелярии, совершил следующее: спустился из окна, держась за канат, почти до середины стены – и, повиснув над кустами, закричал громким, как возможно, голосом "Караул!".

Через минуту я был уже в своей спальне. Как отрадно, что тело мое еще позволяет подобные упражнения!

На следующий день я потребовал доклада, кто кричал "Караул" под моими окнами. Замысел мой прост, как все умное: Кижа-описку могли бы позабыть, но офицера, назначенного лично императором в караул – уже нет. А если в эту же ночь неизвестный прокричит "Караул" под императорской спальней?

В умах дознавателей будет посеяно следующее: в караул назначен Киж, Кижа нигде нет. Под окном кричали "Караул", кричавшего тоже нигде нет. Верно, "Караул" и кричал этот Киж – кто же еще?

Одно зацепится за другое, пойдут толки – и смятенные умы оплодотворят друг друга. Эти круги на воде будут отныне воспроизводить себя сами – но я намерен помогать им при каждом случае.

Чтобы не посмели свести все к недоразумению, изобразил великий гнев. Разбил стеклянную ширму, ущипнул беднягу адъютанта. Он покраснел, улыбнулся – и посмотрел на меня так, что покраснел уже я. Я до этого и не подозревал, что он le bougre, или, как говорят у них в казарме, жопник. А ведь я присматриваюсь к людям... Верно, впредь надо будет принюхиваться.

Кстати, отчего любителей этого сурового солдатского удовольствия называют по-французски "болгарами"? Обратное было бы понятней. Видимо, История еще не открыла нам всех своих тайн.

Только что доложили – "Караул" кричал *подпоручик Киж, коего ищут, но не могут найти*. Все совершилось, как задумал.

Велел, как отыщут, сослать в Сибирь пешком – и приказ о сем вывесить везде, где возможно.

Теперь я не дам им его забыть.

1800

Брат Франц-Антон сообщает, что медиумов потребно будет скрыть "наверху" – там же, где мы возведем сокровенный Храм. Он не может объяснить причину в письме. Обещает рассказать при встрече и зовет скорее присоединиться к Братству на другом берегу.

Брат Бенджамин построил новую стеклянную гармонику и жаждет сыграть на ней лично для меня. Сердечные мои друзья, как не хватает мне вас на севере... Думаю о вас со слезами на глазах. Как одинок я среди здешних осин, на каждой из которых висит по хорошему иуде!

Императору, однако, сложнее устроить побег – ибо он есть заключенный, охраняемый сотнями часовых, отмечающих каждый его чих и движение. Но я придумал поистине изящный выход. Здесь мне поможет мой Киж – он, верю, созрел уже достаточно для того, чтобы шагнуть из небытия в бытие.

Его истории позавидует иной искатель приключений: был опиской, сделался офицером, потом сосланным злоумышленником. Вернулся, женился на фрейлине, произведен в капитаны, потом в полковники, а скоро будет и генералом. Он стал уже и отцом – что, замечу, вблизи казармы нетрудно даже для призрака. Совсем живой человек. И хоть никто его не видел глазами, умственно его касались многие.

Шпионы доносят, что его принимают за родственника Олсуфьева. Другие называют его беглым шуаном. Словом, про него ходят легенды.

Теперь осталось перейти к финалу.

Чтобы родиться, Кижу придется умереть. А поскольку он не человек, а умственный вихрь, возникающий во множестве сознаний, смерть его будет заключаться в том, что вихрю этому придется покинуть приютившие его головы, как душа покидает тело. Эту искусственно выращенную душу я и предполагаю пригласить в гости, чтобы оживить созданный мною кадавр.

Сейчас о Киже знают многие – но думают о нем лишь изредка и случайно, как о любом другом человеке. Смерть его и похороны нуж-

14

ны для того, чтобы о нем вспомнили все — одновременно и вместе.

Как только вихрь Флюида обретет требуемую плотность, я уловлю его, отделю от основы – и направлю в грудь своего нового создания. Именно этого легчайшего касания, этой капли эссенции и не хватало моим опытам до сих пор.

1801

Итак, сегодня свершилось.

Хоронили Кижа. За лакированным гробом на лафете несли ордена, шел полк с опущенными знаменами, ехали кареты. Рыдала безутешная вдова. Отдавал честь малыш сынишка. Толпа напирала со всех сторон.

Я выехал на мост на жеребце, черном, как зрак ночи. На голове моей была Шляпа Могущества, скрытая в черной треуголке – дар Франца-Антона. Когда гроб везли мимо, я поднял над головой Жезл № 2, симпатически связанный с камерой в моей лаборатории.

Я почти телесно чувствовал поток связанных с Кижем прощальных мыслей, витающий над головами (служил, любил, обласкан императором, заговор, измена… многие шептались, что, снисходя к прежним заслугам, император велел бедняге принять яд, чтобы сохранить наследство вдове… чего только не думали о покойном). Но стоило мне воззвать к силе Флюида, как поток этот замкнулся на мне – и устремился в мой Жезл.

Словно невидимый вихрь поднялся над толпой – и, свернувшись в узкую воронку, втянулся в мой алхимический инструмент. Но сию картину видел оком мудрости один лишь я; для толпы же происходило иное.

Я держал Жезл как шпагу. Он действительно походит на нее блеском и длиной – так что все обратившиеся ко мне бесчисленные лица увидели: император салютует усопшему. Немало было таких, кто прослезился – и дал мне дополнительную силу.

Жезл завибрировал в моей руке; уловленный им вихрь Флюида устремился в лабораторию, где в стенной нише висел на цепях кадавр, подключенный к магнетическому баку.

И когда, глядя на салютующего шпагой императора, площадь глухо заволновалась, я узрел оком мудрости, как кадавр в моей лаборатории открыл глаза.

Через полчаса я был уже там.

У него мое лицо, мое тело... Создавший его Флюид весь прошел через меня, так что в известном смысле он и я – одно. Страшно было смотреть в его глаза. Но еще страшнее – услышать первые его слова:

"Мука! О, мука жизни! За что, аспид, ты обрек меня на жизнь и смерть?"

Никакого ликования от удачи не осталось в моей душе; осталась только грусть. Я вспомнил то, о чем думаю теперь постоянно. Все тайные братства Земли хотели сделать людей счастливыми, не понимая до конца ни человеческой боли, ни счастья. Поэтому они лишь множили страдания.

Разве может доктор вылечить не понятную ему болезнь? Безумно даже надеяться достичь в таком деле успеха. Вот что нужно прояснить окончательно, вот чему следует посвятить усилия души – вижу теперь, что эта алхимия важнее всех прочих. Надеюсь, у меня будет для нее время.

"Так ты не рад жизни, братец?" спросил я.

Киж отрицательно покачал головой – но я подметил, что глаза его блестят наихитрейшим образом. Я тут же понял: он мало того что рад до безумия, но хочет еще и получить от меня солидную компенсацию за свою удачу. Поистине, какую еще аниму можно уловить в нашем сыром северном воздухе, среди воров, заговорщиков, пьяниц и гниющих по болотам трупов?

"Изволь, мой друг", сказал я мягко, "ловлю тебя на слове. Я позволю тебе вернуться в небытие. Для того я тебя и создал".

Его лицо исказилось ужасом.

"Не пугайся, не пугайся", продолжал я. "Если ты выполнишь назначенное мной, я оживлю тебя вновь".

"Как ты оживишь меня?"

"Той же силой, что создал".

"Сумеешь ли ты это сделать?"

"О да", ответил я без колебаний. "Ибо ты уже есть, и снова затянуть тебя в глину мне несложно. Ты будешь награжден за свою службу. Ты и твое потомство. Император не обманет".

"Клянешься?"

Отчего-то мне показалось, что он пьян. Возможно, я и сотворил его таким.

"Клянусь", ответил я.

Киж несколько раз моргнул.

"Другого выхода ведь нет?"

Я развел руками.

"Что мне нужно сделать?" спросил он.

Он хоть и пьян, а разумен, подумал я, и соображает проворно. Нет, не зря я столько лет повышал его в чине.

1801, февраль

Киж верит, что я верну его к жизни в счастливом месте. Правда, его представления о счастье вульгарны донельзя, но в этом не моя вина. Чувствую уже, что взвалил на себя еще одну великую ношу...

Несколько минут я сидел в неподвижности, размышляя о прочитанном.

Я никогда не придавал большого значения своему происхождению, считая его просто счастливым — или несчастным — лотерейным билетом, выпавшим мне при появлении на свет. Но теперь выходило, что билет был... не то чтобы фальшивым, раз по нему давали выигрыш, но каким-то очень сомнительным.

Чей же я потомок? Лабораторной крысы?

— Ты потомок Павла Великого, — сказал Ангел Воды.

— Если я потомок Павла, — отозвался я, — то почему ношу фамилию де Киже?

— «Де Киже» означает «созданный из Флюида».

— Так почему я тогда потомок именно Павла, а не Кижа?

— Потому что Павел и Киж — это одно и то же. Павел сотворил Кижа по своему образу и подобию. Это был его физический двойник, а после переселения в Идиллиум они как бы стали одним потоком Флюида, поочередно проявляющим свои противоположные аспекты. Трагизм — вернее, комизм ситуации был в том, что личность Кижа, уловленная шпагой Павла в гнилом петербургском эгрегоре, оказалась примитивной и низменной. Это был некий усредненный петербургский прапорщик — туповатый пьяница, склонный к распутству, но не лишенный хитрости. Мало того, у него были даже известные способности по управлению Флюидом, унаследованные от создателя.

— Какие?

Ангел улыбнулся.

— Ты об этом еще узнаешь. Скажем так, они произвели впечатление на самого Павла, которого вообще-то было трудно удивить. В общем, никакой технической разницы между потомством Павла и Кижа не существует. Поэтому Павлу оказалось несложно выполнить первое обещание, данное Кижу в обмен на его самопожертвование.

— Что он обещал?

— Ты мог бы догадаться. Он обещал, что роду де Киже будет принадлежать высшая власть в Идиллиуме. Это обещание неукоснительно исполняется — все Смотрители носят фамилию «де Киже». Правда, несколько поменялся смысл выражения «высшая власть».

— А почему наш род... Если это вообще можно назвать родом... Почему он такой большой? Де Киже в Идиллиуме можно найти почти под каждой крышей.

— Отнюдь не первый случай в истории, — ответил Ангел. — Чуть ли не четверть жителей Центральной Азии — прямые потомки Чингисхана. Это связано со сластолюбием древнего властителя — и с широкими возможностями по его удовлетворению, которое давала административно-кочевая деятельность. На войне и в любви Чингисхан мыслил табунами, и в последнем отношении Киж оказался весьма на него похож.

— С Чингисханом понятно, — сказал я. — Но откуда такие возможности появились у Кижа? Он же вроде не был завоевателем.

— Не был, — согласился Ангел. — Но Павел дал ему в Петербурге еще одно ручательство, которое оказалось несколько легкомысленным. Он обещал, что Кижу будут принадлежать красивейшие женщины нового мира. Прельстил его, так сказать, обещанием гурий... Павел говорил метафорически. А Киж понял все буквально — и, когда Павел вернул его к жизни в Идиллиуме, в первую очередь напомнил именно об этом.

— И чем кончилось? — спросил я.

— Кончилось? С этого все только началось. Павел был воспитан в традициях романтического рыцарства и не мог взять назад свое слово — особенно данное человеку, согласившемуся за него умереть. Для Павла настали тяжелые дни. Ему приходилось постоянно заводить интрижки с фрейлинами и красавицами. Те, конечно, не могли устоять перед чарами великого алхимика. А цветы наслаждения срывал за него Киж — поскольку их сходство было абсолютным.

— Как Павел согласился на такое?

Ангел засмеялся.

— Павла мало интересовали телесные радости. А ходившая о нем куртуазная слава весьма устраивала его в качестве одной из масок, которые он так любил. Легенда о Галантном Алхимике, все эти «пятьсот любовниц Павла Великого» и прочие мифы берут свое происхождение именно здесь. Киж оказался не только любвеобилен, но и плодовит. Многочисленные «бастарды Павла Великого» получали фамилию «де Киже». Но это было не уловкой, обычной в таких случаях, а прямым указанием на подлинное отцовство.

— Значит, я на самом деле все-таки потомок этого Кижа?

— Повторяю, правильнее считать, что ты потомок Павла, — сказал Ангел. — Киж был его точной физической копией, сохранившей даже его недуги. А личность Кижа не имеет к тебе никакого отношения. Создание Кижа — важнейшее событие в жизни Павла, Алекс. По сути, именно этот алхимический акт мы и воспроизводим в ритуале *Saint Rapport*. Это был акт подлинного творения. Опыт Павла оказался не просто успешен, а чересчур успешен.

— Что значит — «чересчур успешен»?

— Знаешь, есть такая пословица — «первый блин комом». Ком — это шар. То есть нечто такое, из чего можно нарезать много-много блинов. Смысл выражения в том, что в первый опыт часто вкладывают излишне много сил, и результат оказывается, как бы сказать... Чрезмерным.

— В каком смысле?

— В том, что, несмотря на воскрешение Кижа в Идиллиуме, первоначальному Кижу так и не удалось до конца умереть в Петербурге.

— Как это?

— Он вышел у Павла слишком живучим. Практически бессмертным. Его физическое тело было очень трудно убить. А тонкие оболочки — те, что называют эфирным и астральным двойником — оказались настолько прочными, что ни одна сила на Ветхой Земле не могла их разрушить.

— Но его все же убили?

— В некотором смысле да, — сказал Ангел. — А в некотором — нет. То, что я скажу тебе сейчас, — одна из самых тщательно охраняемых тайн дома Романовых-Гольштейн-Готторп-Гогенцоллернов. Понадобилось сто семьдесят два удара табакеркой в висок, чтобы Киж только потерял сознание и прекратил сквернословить. Его тело расчленили, но сердце продолжало биться еще трое суток... С физическим телом заговорщикам удалось кое-как справиться, растворив его в кислоте, но тонкая оболочка Кижа оказалась неубиваемой. Нерастворимой, так сказать, в мировом эфире. Мало того, она как бы прикипела к месту убийства, оказавшись привязанной к спальне Павла своего рода энергетическим поводком. И призрак Кижа действительно бродит до сих пор по коридорам Инженерного замка.

— То есть призрак, о котором говорил Алексей Николаевич — это Киж?

— Конечно. Как ты думаешь, почему несуеверные Романовы покинули дворец, построенный с такими затратами? Почему они отдали его под училище и стали обдирать с него серебро и мрамор?

— Не знаю, — ответил я. — Наверно, из-за цареубийства.

— Цареубийство в Ветхой России всегда было нормой. Призраками царскую семью не удивить. Но если со своим бесплотным родственником Романовы еще смогли бы сожительствовать, зажигая ему в дворцовой церкви свечки и лампадки, то Киж по своим проявлениям больше напоминал демона, чем мирное привидение. Он...

Ангел запнулся, словно не решался продолжить.

— Что он?

— Он был создан из такого переизбытка Флюида, что мог даже приобретать физическую телесность. Делать то же самое, что ты сделал с рукой во время опыта в парафиновой ванне. Киж мог на короткий срок оплотняться всем телом. Или материализовать небольшую свою часть — но уже надолго. Если ты вспомнишь, что у Кижа было больше пятисот любовниц, ты без труда догадаешься, с какой именно частью своего тела он это проделывал. А у Романовых были дети. Дочери. Понимаешь?

— Что же он за монстр? — недоверчиво прошептал я.

— Он не монстр, — ответил Ангел. — Просто дитя своего времени. Павел создал его главным образом из Флюида, выделенного гвардейским полком — на площади в то время были одни унтера. Киж и не мог получиться другим. В этом нет его вины. Теперь понимаешь?

Я отрицательно покачал головой.

— Павел, как и обещал, оживил Кижа в Идиллиуме, — продолжал Ангел, — но новое бытие бедняги оказалось неустойчивым и зыбким, потому что его незримая неубиваемая основа осталась в Петербурге. Киж успел наплодить здесь потомства, но после смерти новой физической оболочки дух его обрушился назад — в ту самую спальню, где он был убит.

— Хорошо, — сказал я. — Это очень интересно. Но все равно ничего не сходится.

— Что не сходится?

— Пускай Киж прикован к месту своей смерти в Михайловском замке на Ветхой Земле. Но ведь там был не Киж. И руку в парафин опускал не Киж, а я!

Ангел улыбнулся.

— Алекс, — сказал он, — вспомни, кто ты. Твое имя — Алексис де Киже. Другими словами, ты тот самый поток Флюида, из которого Павел когда-то создал своего первого гомункула. Но отделить этот поток от самого Павла невозможно, поэтому ты потомок не столько Кижа, сколько Павла. Он — исток реки, а ты — ее устье. Эфирное тело Кижа, прикованное к Инженерному замку, — тоже часть потока. Если угодно, река в ее среднем течении. Таков корень, откуда растешь ты и весь ваш род.

— Спасибо.

— Из-за этого твое сознание может соскальзывать в неуничтожимую оболочку Кижа и одушевлять ее. То же самое способны делать все другие Смотрители из рода де Киже. Поэтому, хоть они мало походят друг на друга, в парафине всегда отпечатывается одна и та же рука. Рука изначального Кижа. Она же рука Павла, потому что внешне они были неотличимы. Это, если угодно, ваш родовой аттракцион. Нечто, придающее вашей фамилии поистине царское величие.

Некоторое время мы молчали — и я с наслаждением следил за тем, как последние осколки ледяного ужаса, совсем недавно заполнявшего мою грудь, тают от эха этих слов.

— Теперь ты успокоился? — спросил Ангел.

Я кивнул.

— Почему, спрашивается, нельзя было меня предупредить?

— Потому, — ответил Ангел серьезно, — что это не помогло бы. Видишь ли, нет никакой возможности доказать, что мой рассказ — не посмертная хитрость призрачного Павла, прячущего от себя страшную правду.

У меня екнуло в груди.

— Черт, — простонал я. — А вот это зачем надо было мне сейчас говорить?

Ангел захохотал. В этот раз он смеялся долго, очень долго — и мне показалось, что он разрастается надо мной в огромную электрическую тучу, откуда вот-вот ударит молния. Но все кончилось иначе — небесный хохот словно бы истощил его, и часовня вернулась к своему прежнему виду. Ангел сжался до размеров своей статуи — и я понял, что наш разговор обессилил его.

— Будь достоин своей великой свободы, — сказал он. — Завтра в Михайловский замок прибывает твой новый ментор Менелай. Он обучит тебя управлять Флюидом. Как только ты приобретешь необходимый минимум навыков, мы встретимся вновь. Приступай к тренировкам немедленно и ни на что не отвлекайся.

— Хорошо, — сказал я. — Могу я задать еще один вопрос?

— О чем?

— О Юке.

— Что ты хочешь спросить?

— Помните, вы спорили с другими Ангелами? Я не понял, почему вы сказали, что она — проекция моего сознания.

— Мы все проекции сознания друг друга, — сухо ответил Ангел.

— Но вы говорили, Оленьим Парком занимается Департамент Воды. И поэтому вы...

— Забудь про Юку и Олений Парк. До того как ты завершишь тренировку, не смей даже думать ни о чем постороннем. Тем более о женских юбках.

— Но...

— Забудь хотя бы до конца занятий с Менелаем, — повторил Ангел. — А еще лучше — совсем. Теперь иди.

Я поклонился. Когда я снова поднял голову, Ангел стоял на своем прежнем месте в углу.

Выйдя из часовни, я поглядел на статую Павла Великого у входа. Павел держал в одной руке длинное копье — офицерский эспантон. Палец другой его руки был приложен к губам.

Павел советовал помалкивать, но стоящий рядом Франклин не слушался — и тихо-тихо пел.

II

Менелай, мой наставник в изучении Флюида, был тем монахом, что вез меня на монгольфьере вместе с Галилео. Готовясь к встрече, я заглянул в комментарий к табели о духовных рангах. Оказалось, слово «невозвращенец» не было расплывчатой метафорой: чин заурядархата (или, что то же самое, анагамина) означал последнюю жизнь в человеческом теле.

Говорят, у подвижников, достигших подобного совершенства, бывает тяжелый характер — или так кажется нам, обывателям, потому что за годы своей практики они полностью сжигают привычку к ежеминутной мелкой лжи, делающей нормальное человеческое общение возможным.

С ними действительно нелегко иметь дело — если вы подходите к подобным существам как к людям. Но для меня Менелай стал скорее говорящим учебником. И в этом качестве он не имел себе равных.

Менелай был монахом Желтого Флага. До ухода из мира он служил старшим шивой в де-

партаменте Земли, отвечая за сельскохозяй-
ственные урожаи и надои — ему, видимо, я и
был обязан бесконечными унылыми дождями
своей юности. Он обладал чудовищной силой — но не собирался передавать ее всю: нашей целью был всего лишь необходимый для
Смотрителя минимум знаний.

Уроки наши продолжались почти месяц и
оказались очень интересными. Но понять, что
на них происходило, сможет только другой
работающий с Флюидом медиум — поэтому я
не буду углубляться в детали и сведу эту часть
своего рассказа к минимуму.

Менелай обучал меня взаимодействию с
физическими объектами (что включало их
создание и уничтожение). В его манере говорить проскальзывало что-то провинциально-
буколическое, но я не роптал. Это даже успокаивало.

— Как ты думаешь, почему медиума, рабо-
тающего с Флюидом, называют «шивой»? —
спросил он во время первого урока.

Я пожал плечами.

— Это имя используется, потому что Ши-
ва — бог, занятый одновременно творением и
разрушением. Они кажутся взаимоисключа-
ющими, но на самом деле невозможны друг
без друга — без творения нечего разрушать, а
без разрушения негде творить. Эти два аспекта
связаны друг с другом через танец.

Между этими фазами возникал как бы миг неясности, заминка — тогда-то и можно было проскользнуть сквозь брешь, появлявшуюся не то в стене, не то в самой реальности. Менелай был прав, обсуждать тут было нечего: такая же брешь образовывалась и в понимании происходящего. Иначе люди давно описали бы все в книгах и занимались бы только хождением через стены.

Тем не менее кое-что я все-таки понимал. Чем острее становилось мое внимание, тем короче делались отрезки, на которые дробилось время — и когда их последовательность превращалась как бы в бесконечное многоточие, я начинал видеть, что нет ни стены, ни дыры в ней, а есть Флюид в разных фазах — то застывший камнем, то разогретый в газ, то ставший пустотой.

Я вообще ничего не делал с миром, а всего лишь заставлял Флюид менять состояние и форму. Вернее — и в этом было, если разобраться, самое главное и головокружительное, — я не столько заставлял Флюид трансформироваться, сколько учился миг за мигом видеть его по-разному, как бы меняя собственную скорость. Это давало тот же результат.

Четыре Великих Элемента были просто разными состояниями Флюида — твердым, жидким, газообразным и огненным. Это было для меня ясно как день — но я знал, что ученые монахи, лишенные практического опыта, склонны считать подобные утверждения ересью: в монастыре, где я вырос, одного из монахов при мне выпороли за похожее заявление солеными розгами.

Теперь я знал, что он был прав, — и понимал, почему другие монахи не могли убедиться в этом сами: чтобы замечать такие вещи, следовало иметь очень тренированное и подвижное внимание.

Я думал, что Менелай научит меня использовать Флюид в боевых целях. Но он этого делать не стал.

— Никколо был мастером боевых искусств, — сказал он. — Это его и погубило. Он постоянно искал, где себя показать. Его убийцы знали об этом и регулярно обводили его вокруг пальца. В последний раз — вообще вокруг хвоста...

И Менелай захохотал над собственной шуткой. Он, несомненно, был знаком с обстоятельствами гибели Никколо Третьего — и, хоть в его словах не было особого уважения к памяти покойного, по существу он был прав.

— Я учил Никколо строить из Флюида башни, — сказал он. — Объяснял, как сжимать пространство в точку и вообще показывать разные фокусы. А потом научил его сражаться. Тем самым я вырыл ему могилу... С тобой я этой ошибки не повторю. Я научу тебя только одному — останавливать наносимый тебе удар. Создавать между собой и атакующим преграду из Флюида. Все остальное время ты должен убегать как можно быстрее. Если б Никколо придерживался этой тактики, он до сих пор бы лапал своих девчонок...

Менелай все время повторял, что его роль — научить меня хорошо чувствовать Флюид и легко приводить его в движение, а особым навыкам, необходимым именно Смотрителю, меня научат Ангелы. В конце концов я не выдержал и попросил его объяснить, что это за таинственные навыки.

— Я просто не знаю, — улыбнулся он. — И не хочу.

— Почему? — спросил я.

— Если выяснить о мире слишком многое, придется специально сюда возвращаться, чтобы это забыть. А я все-таки невозвращенец.

Он, однако, знал о мире немало — и немало странного. Когда я сталкивался с фрагментами этого знания, у меня от изумления кружилась голова. Но происходило подобное чаще всего случайно — Менелай никогда не объяснял мне того, без чего в нашем обучении можно было обойтись.

Однажды он посадил меня за стол, сел напротив и положил между нами резонатор — медную горошину с еле намеченными чертами человеческой головы (в ордене Желтого

Флага считалось, что это символическая голова Франца-Антона, но резонаторы не особенно ее напоминали и даже редко походили друг на друга). Затем он попросил меня растворить резонатор в воздухе, навсегда и без остатка.

Сперва это показалось мне невозможным. Даже проходя через стену, я не распылял ее материальность полностью, а просто заставлял на миг расступиться. А здесь Менелай потребовал, чтобы трансформация была постоянной и шарик нигде не возник снова.

Я немедленно задался вопросом — куда при этом денется медь? Может быть, в воздухе станет больше ее частиц? Или она где-то выпадет в осадок? Подобное, конечно, совсем меня не касалось, но я не мог забыть эту глупую проблему.

Потом я вспомнил, что металл, как и все остальное, есть просто форма Флюида, и дело чуть стронулось с мертвой точки: горошина начала худеть. Менелай внимательно смотрел на нее — а я чувствовал, как в моем солнечном сплетении нарастает боль, словно в живот мне уперся чей-то острый локоть.

Прошло минут десять, и в медной голове появилась отчетливо видная ямка на месте глаза. Еще час или два, думал я, и дело будет сделано. Если, конечно, я не умру от боли под ложечкой...

Глядя на меня, Менелай недовольно морщился.

— Ну что это за мальчишество, — сказал он наконец. — Хозяева Флюида так себя не ведут.

— Я что-то делаю не так? — спросил я удивленно.

— Нет, — ответил Менелай. — Ты делаешь не так не что-то, а все. Тебе нужно избавиться от кусочка меди. Почему бы тебе не опустить его под стол, чтобы я его не видел? После этого он исчезнет быстро и незаметно. Зачем создавать столько промежуточных стадий у меня на виду? Это неэкономно. Трансформу не проводят, когда ее объект доступен чужому вниманию... Конечно, за исключением случаев, когда целью опыта является именно демонстрация трансформы. На Ветхой Земле это называют чудесами. Но те, кто этим занимается, обычно живут недолго.

Он положил передо мной второй резонатор. У этой медной головы был большой блестящий нос и дырочка на темени — она, похоже, была снята со старых четок.

— Попробуй сам.

Я сжал резонатор в кулаке, убрал руку под стол, направил в горошину Флюид — и она послушно исчезла через несколько секунд.

Боль в моем животе при этом полностью прекратилась.

— То есть мне следует шустрить у людей за спиной? — спросил я.

— Так же поступает и Бог, — улыбнулся Менелай. — Ведь мы не видим, например, как седеют волосы. Или как растут ногти. Мы замечаем, что волосы поседели, а ногти отрасли. Хотя теоретически этот процесс занимает много времени.

Я поглядел на его голову. Щетинки над ней не торчали — он был тщательно выбрит. Но в парик, выколотый на его коже, добавилась татуированная седина. Я точно помнил, что во время нашей встречи на монгольфьере ее там не было. Видимо, Менелай с тех пор выбелил рисунок, чтобы случайно не нарушить монашеских правил, запрещающих косметику. Такое буквальное выполнение обетов впечатляло: Менелай явно не собирался возвращаться в эту скорбную юдоль ни при каких обстоятельствах.

— Все происходит постепенно, — сказал я. — Мы просто не обращаем внимания.

— Если бы ты занимался духовной практикой, — ответил Менелай, — то знал бы, что такой вещи, как «внимание», вообще нет. Как и все остальное в человеческой голове, это всего лишь остроумная игра слов. Мы называем словом «внимание» то обстоятельство, что в сознании происходит определенный процесс. Скажем, некий объект длительное время существует как центральный сегмент поля восприятия. При грамотной работе с Флюидом медиум сначала убирает этот сегмент из чужих умов. А потом делает с ним что хочет. Вспомни: что видят двое, видит Верховное Существо. А то, что видит один, — это личное путешествие. Если мастер Флюида — а Бог, как известно, лучший из его мастеров — захочет скрыть перемену, ее не заметит никто.

— Но у этого принципа есть границы, — возразил я. — Ведь есть не только память, но и память о том, какой была память. Некий центральный реестр ума, где записано главное.

— Изменить в человеческом сознании можно все. В каком угодно реестре и картотеке. Там нет ничего постоянного. Память — и личная, и историческая — это просто колода карт. Если к ней приближается шулер, мы можем за пять минут переехать в другой мир. А шулера треплют эту колоду, вырывая ее друг у друга, всю историю человечества.

— Историки говорят, у них все ходы записаны, — сказала я.

— Конечно, — ответил Менелай. — Кто бы сомневался. Но почему-то на той же самой колоде.

— А что, другой нет?

Менелай развел руками.

— Увы. Человеческому уму негде бросить якорь.

— Что, и я тоже просто колода карт?

Он кивнул.

— Кто тогда мной играет?

Менелай весело посмотрел на меня.

— Ни ты, ни я никогда этого не узнаем, — сказал он. — Ни один самый мудрый историк — ни здесь, ни на Ветхой Земле — никогда не выяснит, кто, как и почему меняет мир. По той простой причине, что мы способны замечать изменения лишь тогда, когда нам оставляют о них память. Сейчас тебе повезло, потому что твоей колодой играю я.

— В каком смысле?

Он сощурился.

— Ты помнишь про третий резонатор?

— Какой?

И вдруг я вспомнил, что перед последним опытом Менелай продемонстрировал, как именно следует сжать медную голову в кулаке — и даже объяснил, что медь особенно легко поддается трансформации под действием Флюида.

У него действительно был еще один резонатор — тоже со старых четок, с дырочкой сквозь оба уха, что показалось мне смешным... Он на секунду спрятал руку с ним под стол — а когда вынул ее и разжал кулак, его ладонь была пустой.

Я про это почему-то забыл — причем полностью, хотя сразу же повторил вслед за ним то же действие. Я помнил только, как он выложил на стол следующую медную горошину — и сказал: «Попробуй сам».

— Как... как...

— Вот именно так, — ответил Менелай. — Все тайные перемены в мире осуществляют похожими методами.

— А я смогу научиться этому? — спросил я.

— Надеюсь, нет. Смотрителю подобное не к лицу.

Я знал, что настаивать бесполезно — да мне и не особо хотелось. Такие навыки и правда полезны только фокуснику или шулеру. Но затронутая тема была очень интересна. Если, думал я, какая-то сила действительно тайно меняет наш мир, знает ли Менелай, что она такое? Или нет?

Но внятного ответа я не получил.

— Это не входит в круг интересов невозвращенца, — сказал Менелай. — Хотя, как ни странно, сильно занимает некоторых архатов. Если попадешь в Железную Бездну, поговори с тамошними монахами. У них интересные идеи на этот счет.

Опуская всю специфику, скажу, что к концу нашего общения я научился очень многим практическим навыкам — как пошутил сам Менелай, если считать Флюид велосипедом, теперь я умел на нем кататься. Но, даже научившись возводить из Флюида стены, я так же мало понимал его природу, как до начала занятий.

Последнее, что сказал мне Менелай при нашем расставании, удивило меня своей банальностью.

— Помни, Алекс — самое надежное на свете может оказаться просто миражом. Даже самое-самое знакомое и дорогое... Поэтому бери пример с меня — никогда не стремись узнать то, без чего можно обойтись. И не держись за то, за что можно не держаться. В этом залог счастья.

Он был прав, так прав... Но я пропустил его слова мимо ушей. А зря — наверняка этот монах видел будущее: беда уже летела на меня в ту минуту на своих черных крыльях, и я сам отчаянно зазывал ее в гости.

Мое счастье рухнуло внезапно, из-за одного глупого вопроса — и виною всему, конечно, был я сам. Это случилось через день после отъезда Менелая.

Был вечер. Мы с Юкой сидели на высокой террасе Михайловского замка, любовались закатом и пили чай.

Террасу окружала ограда с мраморными вазами и драконами, украшенными фосфорической эмалью — такая отделка была в моде век или два назад. Эмаль уже начинала понемногу отдавать свет, поглощенный днем. Ее таинственное сияние успокаивало.

На столе стоял походный чайник-самогрев, ваза с фруктами, тончайший глиняный сервиз и коробка бисквитов «Сны Горного Старца» с изображением бородатого ассасина, спящего среди голубых роз. Кажется, владельцем пекарни, где делали это печенье, был известный солик, рухнувший было в пучину зла, но нашедший в себе силу выбраться из личной бездны и стать кондитером.

После отъезда Менелая мне казалось, что я, как этот бородач на коробке, блаженно заснул на нездешнем лугу и вижу счастливый до неприличия сон.

Солнце, как часто бывает в начале осени, садилось не за сам горизонт, а за полосу фиолетовых туч. Эти далекие, словно из другой вселенной, облака причудливых и романтических форм отчего-то казались подлинным Городом, а наша каменная столица с ее шпилями, обелисками и крышами — всего лишь разминкой Создателя, пробующего себя на хрупкой глине, перед тем как начать творить из вечного небесного пурпура.

Облачный город был далек и огромен; закатное величие его башен, дворцов и пагод указывало на такие высокие и грозные умы, такие силы, такую благородную и полную ясности волю, что человеческое поселение по соседству казалось ничтожным.

— Вечный небесный город, — сказал я. — По сравнению с ним наша столица — горсть пыли.

— Но горсть пыли будет здесь и завтра, — ответила Юка. — А вечный небесный город навсегда исчезнет через час. Разве это не странно?

Я внимательно поглядел на нее — но ничего не сказал.

Со времени моей первой встречи с Ангелами мне не давал покоя один вопрос. Почему, почему они назвали ее «проекцией моего сознания»? И отчего — «в техническом смысле»? Что значила эта темная казуистика?

Теперь, когда мои занятия с Менелаем закончились, я мог спросить об этом Ангела Воды. Но идти в часовню я не хотел. Мне казалось правильным выяснить все при Юке — прямо здесь, на террасе.

На шпиле далекого собора блестела в закатных лучах золотая фигура ангела — если фашисты говорили правду, этого было достаточно.

Я мысленно попросил Ангела отозваться.

— Здравствуй, Алекс.

Услышав голос Ангела Воды, я тут же увидел его. В этот раз он выглядел не так внушительно. Полупрозрачный и маленький, он висел в пустоте — и сквозь него было видно закатное небо.

Я вскочил на ноги и распростерся в поклоне.

Юка тоже поднялась, и на ее лице мелькнул испуг.

— Что случилось, Алекс?

— Я буду говорить с Ангелом, — ответил я. — Подожди пока в стороне, прошу тебя...

Юка послушно кивнула — и пошла к краю террасы.

— Ты можешь сесть, — сказал Ангел.

Я сел на прежнее место и поднял глаза на Ангела. Выглядел он смешно, потому что сквозь него был виден шпиль собора — и он казался прозрачным головастиком, насаженным на гвоздь.

Ангел отодвинулся в сторону.

— Мы слышим все, что ты думаешь, обращаясь к нам.

Кажется, я покраснел — моим щекам стало жарко. Ангел засмеялся. Его смех был тихим и успокаивающим, похожим на серебристый плеск.

— Я не боюсь выглядеть смешно, — сказал он. — Это лучше, чем ужасать.

— Я завершил занятия с Менелаем, — сообщил я.

— Знаю, — ответил Ангел. — Сегодня можешь отдохнуть. Завтра я дам дальнейшие инструкции.

— Теперь я могу задать свой вопрос?

— Какой?

— Когда Ангелы обсуждали мой экзамен, я услышал нечто странное. Что в техническом и каком-то еще смысле Юка — моя проекция. В прошлый раз у нас не нашлось времени говорить об этом. Но сейчас я могу наконец спросить — о чем шла речь?

— Именно о техническом аспекте проблемы, — сказал Ангел. — В тот момент был важен только он.

— Но какой...

Ангел поднял руку. Это простое движение выглядело величественным и гордым, словно его сопровождал невидимый взмах крыла.

— Я хочу предупредить тебя, Алексис, — сказал он, — что дальнейшие расспросы вряд ли увеличат количество твоего субъективного мирского счастья. Подумай, следует ли продолжать.

— Я хочу знать все, что касается Юки, — ответил я. — И потом... Это может быть важно в государственном смысле.

Ангел засмеялся.

— Государственному мужу я, конечно, отказать не могу. Тогда слушай. Никколо Третий сказал, что в нашем мире не используют *baquet*. Это не так. Несколько приборов у нас осталось, и Ангелы тщательно следят за каждым. Твоя подруга Юка — порождение одного из них, установленного в Оленьем Парке.

— Что?

— Она фрейлина категории «Зеленые Рукава». «Зеленки» — своего рода овеществленные галлюцинации. Сгущения Флюида. Это не совсем люди. Они не существуют отдельно от того, кто их воспринимает. Во всех прочих смыслах они так же реальны, как ты сам — но лишь на то время, пока ты их видишь.

Мне показалось, что у меня в груди перевернулось ведро с ледяной водой.

— Но ведь «зеленку» видят и другие, — сказал я. — Гости, слуги и так далее. У них тоже галлюцинация?

— Фрейлина «Зеленые Рукава» — не галлюцинация, — сказал Ангел. — Это овеществленная галлюцинация. Она не мерещится. Она есть. Но не всегда. Она существует, когда ты ее видишь. Или когда ее видят другие. Но другие обычно видят ее недолго — тогда, когда она возникает перед ними в обществе своего господина. Сама она никому из них не явится.

— У Юки есть свои комнаты, — сказал я. — Там убирают слуги.

— И если ты спросишь их о ее самочувствии, — подхватил Ангел Воды, — им покажется, что они совсем недавно ее видели. Но это будет лишь реакцией Флюида на твой вопрос.

— Она любит кататься на лошади.

— Она может кататься на лошади точно так же, как ты. Вы ничем не отличаетесь — кроме того, что у Юки нет независимого существования. Она возникает из твоего внимания, уловленного полем материализации, которое создают на расстоянии медиумы Оленьего Парка. Юка появляется для тебя, но другие тоже могут ее видеть. Когда вы расстаетесь, ее некоторое время может поддерживать и чужое внимание. Хотя бы даже лошади. Но потом она исчезнет.

— Куда?

— Исчезать не надо куда-то, — сказал Ангел. — Исчезать можно никуда.

— Почему тогда она появляется в следующий раз?

— Потому что ты хочешь ее увидеть. Это очень затратное удовольствие, и «зеленки» доступны только высшим должностным лицам Идиллиума. Тем, рядом с кем ни в коем случае не должен появиться соглядатай в юбке. Шпионить через женщин — обычная методика разного рода заговорщиков. Не представляешь, сколько бед нам удалось предотвратить таким образом...

Государственный аспект проблемы, однако, интересовал меня меньше всего — наверно, для своего ранга я был еще незрел.

— Юка говорила, что, если их отправляют назад, они переходят в разряд гетер ниже рангом... Кажется, «Красные Рукава».

— У них подробно продуманная мифология, — сказал Ангел Воды. — Любая «зеленка» знает ее назубок и искренне в нее верит — на то время, пока она появляется. У них действительно есть личное прошлое. Медиумы Оленьего Парка создают «зеленок» постепенно, как пишут книгу или высекают из мрамора скульптуру. Каждую выдерживает и фиксирует в своем коллективном внимании десяток профессионалов. Можно сказать, что специалисты Оленьего Парка обучают их, подолгу работая над тем, что запечатлено в их памяти. Самые совершенные образцы формируются несколько лет. А характеры им придумывают лучшие драматисты.

— Юка рассказывала, что во время летнего солнцестояния они бьют чучело Смотрителя тапком.

— Вполне возможно. Медиумы Оленьего Парка на время работы освобождаются от всех моральных обетов. Подобные девиации нужны, чтобы в характере появилась непредсказуемость и глубина. Все это будет приятно удивлять заказчика... «Зеленка» — не подделка. Она живое облако смыслов и памяти, оплотняющееся Флюидом каждый раз, когда ее вызывают к жизни. В остальное время ее не существует.

— Не верю, — сказал я. — Что за чушь. Однажды Юка при мне порезала палец. И я помню, как постепенно заживал этот порез. Целую неделю или две. В конце концов остался маленький шрам. В это время мы с нею много раз расставались и встречались. Иногда я не видел ее целыми днями. Что, этим порезом специально занимался департамент Воды?

— Нет, — ответил Ангел, — им занимался ты сам. Наш департамент просто создавал все требуемые условия, чтобы это стало возможно.

— Но если Юка может порезаться, чем она тогда отличается от живого человека? — спросил я.

— Лишь одним. Живой человек реален, а она идеальна. Как сон в летнюю ночь. Как улыбка Джоконды. У нее нет собственной кармы. Есть только зыбкое облако свойств. Такой совершенной женщины не может быть на самом деле. У тебя ведь возникало подобное чувство?

— Много раз, — признался я.

— Ну вот. Оно тебя не обмануло.

Я чувствовал опустошение и растерянность — как будто Великий Фехтовальщик вновь дотянулся до меня из небытия своей отравленной шпагой.

— Что же она... Какая-то эктоплазма? Мираж?

— Нет, — ответил Ангел Воды терпеливо. — Повторяю, она поток Флюида — и так же реальна, как эти мраморные вазы. Или, лучше сказать, так же реальна, как Галилео и ты сам. Но Галилео есть и тогда, когда ты его не видишь. А вот Юки нет.

Я задумался. Что-то в его объяснениях не сходилось. Или, может быть, Ангел просто недоговаривал.

— Я хочу знать детали, — сказал я. — Вот когда мы с ней говорим, откуда берется ее ответ? Конкретно?

— Ты твердо уверен, что хочешь знать? — спросил Ангел.

— Да.

— Когда ты что-то говоришь «зеленке», ты входишь в контакт с дежурной группой медиумов-драматистов Оленьего Парка. Они находятся в другом состоянии сознания — или, скажем так, у них иная субъективная скорость времени. Когда ты задаешь Юке вопрос, они совещаются, какой ответ лучше дать. В их субъективном времени каждый раз проходит несколько минут перед тем, как Юка отвечает. Так что у них полно времени на размышление. Именно поэтому она такой интересный собеседник.

Я поглядел на Юку.

Словно почувствовав мой взгляд, она повернулась и помахала рукой. Я улыбнулся в ответ. Что-то с моей улыбкой, похоже, было не так — она вытаращила глаза. Второй раз у меня получилось лучше, и она, пожав плечами, отвернулась к вечернему городу.

— Драматисты придумывают и ее мимику тоже?

— Да, — сказал Ангел Воды, — этим занимается приписанный к ней личный мим.

— Понятно. Значит, каждый раз, когда мы остаемся с ней в спальне вдвоем, на деле нас там гораздо больше? И несколько почтенных монахов все время смотрят эротический водевиль со мной в главной роли? Даже не смотрят, а, так сказать, вовсю участвуют?

— Можно увидеть вещи и таким образом, — усмехнулся Ангел. — Хотя, например, Никколо Третьему этот аспект происходящего никогда не мешал получать удовольствие от общения с «Зелеными Рукавами». Он даже придумал специальный термин — «фуа-гра любви».

— Он был ценитель, я знаю... Да, теперь понятно.

— Что понятно? — спросил Ангел.

— Почему он так вел себя с Юкой. Он знал, что говорит с этими... Драматистами.

— Ну вот. Почему бы тебе не взять с него пример? Если каждый раз вспоминать, что делают с гусем для получения паштета, тебе кусок не полезет в горло. Но люди как-то справляются. И потом, Алекс, ты заглядывал когда-нибудь в душу красивой молодой женщины, имеющей любовника?

— Нет, — ответил я. — Меня этому не учили.

— Не делай такого никогда — даже если у тебя появится возможность. В этом залог смешного и глупого мужского счастья, к которому ты так привязан.

С каждой минутой мне делалось все тревожней.

— А что там такое?

— У нас нет времени на обсуждение этих вопросов, — сказал Ангел. — Но поверь, если бы ты заглянул в обычную женскую голову и узрел весь синклит населяющих ее демонов, чертей, леших и кикимор, не говоря уже о древних рыбах и звероящерах, ты понял бы, какое это счастье, когда в сознании твоей любимой звучат только умные, доброжелательные и взвешенные голоса наших специалистов. Поверь, этот вариант — самый чистый и безопасный из всего, что могут дать плотские отношения.

— Не сомневаюсь, — буркнул я. — Беда в другом.

— В чем же?

— Когда она в следующий раз скажет «дай я подержусь за твоего малыша, пока он не станет большим», я сразу представлю себе лысую монашескую голову, где родилось это высказывание.

— Возможно, — сказал Ангел, — мне не следует знать так много о деталях твоей личной жизни.

— Прошу прощения.

— Ничего страшного, — ответил Ангел. — Я ведь предупреждал, что есть вещи, которых лучше не выяснять. И другие тебя предупреждали. Ты даже не представляешь, Алекс, до чего таких вещей много.

Я поглядел на Юку.

— Минуту назад я думал, что она жива.

— Она жива, — терпеливо сказал Ангел. — Просто не так, как ты. И не всегда.

— Но почему нельзя сделать так, чтобы она была всегда?

— Потому что она перестанет быть идеальным существом. Сейчас реальность не имеет над ней власти. Вас не обременяет тысяча неприятных мелочей, происходящих с любовниками. Знаешь, как бывает — ты расстался с девушкой, которую любишь больше жизни, встретил ее через три дня и понял, что это чужой человек. На нее даже неприятно смотреть.

Что-то очень похожее происходило со мной прямо сейчас — только три дня сжались до трех минут.

— Пытаясь разобраться, что произошло за эти три дня, — продолжал Ангел, — люди пишут толстые романы. С Юкой такого не случится. Она действительно может порезаться при тебе — но не может порезаться без тебя. Она всегда в точности такая, какой ты ее ждешь, разве нет?

Я неуверенно кивнул. А потом спросил:

— Значит, она на самом деле меня не любит?

— Когда ты рядом, она тебя любит.

— Вернее, — сказал я, — меня любит сразу целый авторский коллектив?

Ангел Воды засмеялся. И чем сильнее вытягивалось мое лицо, тем громче он хохотал. Наконец Ангел успокоился и ответил:

— Земной мудрец Шопенгауэр, живший вскоре после Исхода, сказал, что чужое сознание существует лишь косвенно, ибо лишенный магических сил наблюдатель в состоянии ознакомиться только с поведением другого существа. В этом косвенном смысле Юка любит тебя всегда. А прямой смысл в мире один, и никакого отношения к плотским радостям он не имеет... Все, разговор закончен. Завтра днем приходи в часовню. Я стану тебя учить.

И Ангел исчез из моего поля зрения.

Я несколько минут оглушенно сидел на месте, глядя на переливающуюся эмалевую чешую ближайшего ко мне дракона. С каждой минутой ее мерцание делалось ярче — пока я не понял, что вокруг уже темно. А потом ко мне подошла Юка.

— О чем ты с ними говорил? — спросила она, садясь за стол. — С этими своими...

Она спирально провела в воздухе рукой. Этот жест час назад показался бы мне очаровательным, но теперь я вспомнил слова Ангела о персональном миме. Этот мим наверняка *le bougre*, подумал я с тоской, нормальный мужчина так не сможет. Артистизма не хватит.

— Что ты слышала? — спросил я.

— Ничего, — сказала она. — Ты выглядел крайне возбужденным и что-то бубнил себе под нос. И совершенно забыл про бедняжку Юку.

Вместо того чтобы улыбнуться, как это произошло бы до разговора с Ангелом, я представил себе небольшой творческий коллектив, десять минут обсуждавший эту фразу в растянутом времени, прежде чем вывалить ее на меня. И вместо волны обожания испытал отвращение.

А Юка еще подлила масла в огонь.

— Ты плохо себя вел, — сказала она. — Поэтому сегодня я тебя накажу. Привяжу тебя к кровати. Заклею тебе один глаз и надену на тебя твою черную треуголку. Всегда мечтала изнасиловать пирата... Алекс, что с тобой? Почему ты так морщишься? Тебе плохо?

— Я в порядке, Юка, — ответил я. — Просто очень устал.

— Ангел сообщил что-то важное? Какие-то новости?

— Да, — сказал я. — Есть хорошая и плохая. С какой начать?

— Гм... Меня учили, что есть две великие школы ответа на этот вопрос. Каждая из них безупречно аргументирует свою точку зрения. Тебе интересно как?

Глядя на нее с холодным любопытством, я кивнул.

— Начинатели с плохого утверждают, что запоминается лишь последнее впечатление — ибо оно оставляет окончательное послевкусие. Быстро проглотив плохое, надо постараться сразу забыть его, заев хорошим. А вот начинатели с хорошего говорят, что все хорошее приходит ненадолго и надо наслаждаться им именно в те секунды, когда оно происходит. Лучше не омрачать вкусом плохого те несколько мгновений, когда хорошее с нами — плохое все равно захлестнет нас своей мутной субстанцией...

Она несла эту очаровательную женскую чушь с озорной улыбкой, поглядывая мне за спину, словно там висела шпаргалка — как школьная отличница, отвечающая урок.

В любое другое время меня восхитила бы эта пантомима. Но я опять подумал о медиумах Оленьего Парка, висящих в своем растянутом времени, — и представил, как в одной лысой голове рождается этот уютный текст, в другой — милая мимика, и как потом они соединяются в безупречное представление в третьей голове.

Моей.

Теперь так будет со всем — всем без исключения, что мне в ней нравилось, с ужасом понял я. Мое счастье рушилось в тартарары.

— Так с чего начать? — повторил я. — С хорошего или плохого?

— С хорошего, — улыбнулась она.

— Сегодня ты прекрасна, как никогда.

Я ни капли не кривил душой.

— А плохое?

— В ближайшее время мы не сможем видеться. Ангел сказал, что мне понадобится вся моя энергия для овладения Флюидом.

— Сколько это будет продолжаться?

— Не знаю, — ответил я. — Когда кончится, ты узнаешь первой.

— Но сегодня мы еще...

— Нет, — сказал я. — Все очень серьезно. Иди к себе прямо сейчас.

Она кивнула, поцеловала меня в щеку (мне потребовалось усилие воли, чтобы не отстраниться) и пошла к выходу с террасы.

ЖЕЛЕЗНАЯ БЕЗДНА

Почему, думал я, глядя ей вслед, ну почему я не послушал невозвращенца Менелая? Теперь вот Юка тоже стала невозвращенкой. Я помнил точный момент, когда это произошло — она отошла от стола к краю террасы и больше ко мне не вернулась...

Мне показалось, что светящийся дракон заваливается в темноте набок, а потом я понял — это слезы в моих глазах искривляют мир.

III

В этот раз Ангел выглядел куда скромнее. Часовня вокруг него не меняла своих очертаний, и сам он казался похожим... я знал, что он услышит — но ничего не мог поделать: он походил на надувную куклу. На полуспущенный воздушный шарик серебряного цвета, кое-как порхающий над полом.

— Могу я спросить про Юку? — начал я.

— Нет, — наморщился он. — Не сейчас. Если ты серьезно относишься к происходящему, ты должен задать совсем другой вопрос.

Хоть я теперь относился к происходящему не просто серьезно, а даже и мрачно, других вопросов у меня не было.

— Ты должен спросить, — пришел Ангел на помощь, — что случилось с Кижем после того, как Павел воскресил его в Идиллиуме.

— Хорошо, — отозвался я послушно. — Что случилось с Кижем после того, как его воскресили?

— Павел подверг его страшному наказанию.

— За что?

— Киж совершил неподобающее деяние, — сказал Ангел. — Нечто такое, чего Павел не смог простить, несмотря на всю свою кротость. Воспользовавшись своим сходством с Павлом, Киж тайно овладел подругой и спутницей Павла Анастасией — причем успел совершить злодеяние много раз. Он считал, что имеет на это право, поскольку Анастасия совершенно точно относилась к числу прекраснейших женщин эпохи и, следовательно, была ему обещана. Когда все вскрылось, Павел был разъярен. Он отправил Кижа пешком в Сибирь. Мало того, Павел распорядился, чтобы будущие Смотрители тоже оживляли Кижа и ссылали его в Сибирь. Киж при этом должен помнить все свои прежние ссылки...

Я понял, куда он клонит.

— То есть мне надо будет оживить его и заново сослать?

Ангел кивнул.

— Но за что мне наказывать собственного предка?

— Не думай об этом как об экзекуции, — сказал Ангел. — Для каждого Смотрителя это важный шаг в овладении Флюидом. Не сделав его, ты не сможешь провести *Saint Rapport*. Как и все, что завещал нам Павел Великий, это действие имеет глубокий смысл.

— Ладно, — вздохнул я. — В чем же он?

— В управлении Флюидом есть три ступени. Павел назвал их «мертвая», «живая» и «предельная». Мертвая — это искусство обращения с материей. То, чему учил Менелай. Теперь тебе предстоит создать живое существо, причем сразу человека. Это и сложно, и легко. Легко, потому что тебе не надо ничего выдумывать. Киж — как бы форма, которая пропустила через себя уже много отливок. Воскресив Кижа, ты постигнешь «живую» ступень.

— Хорошо, — сказал я. — А зачем ссылать его в Сибирь?

— Затем, — ответил Ангел, — что никакой Сибири у нас нет. Тебе придется сотворить ее заново, как сделал Павел.

— Что? Всю Сибирь?

— В известном смысле да. Тебе предстоит создать своего рода мешок восприятия, или пространство возмездия, куда низвергнется Киж. По сути, это сотворение нового мира. Оно требует высочайшего душевного напряжения и мобилизации всех эмоциональных сил. Такая ступень власти над Флюидом называется «предельной».

— А я смогу это сделать?

— Сможешь, — улыбнулся Ангел. — Павел Великий продумал эту часть обучения будущих Смотрителей до мелочей. Высшие ступени только кажутся невозможным делом. Ты взойдешь на них легко и незаметно для себя, поверь. Помогут обстоятельства... Иди к себе и занимайся в уединении. Сперва ты должен изучить Сибирь — чтобы, возродив Кижа, ты был готов ко всему дальнейшему. Тебе пришлют необходимые материалы.

В тот же день фельдъегерь доставил мне большой коричневый пакет. В нем были старинные виды Сибири — рисунки и гравюры, в основном конца восемнадцатого века, а также несколько ветхих географических брошюр. Похоже, Ангел не шутил.

Около часа я изучал изображения заснеженных трактов, окруженных огромными пустотами — пространственными и смысловыми. Изредка в пустоте появлялись похожие на города остроги, похожие на остроги города и даже какие-то полярные кремли, ужасавшие своей претензией на красоту.

Сосланные реки в ледяных кандалах. Самоеды в мехах. Мосты, прогибающиеся под тяжестью намерзшего льда. Лошадки под высокими дугами, похожими на нимбы древних страстотерпцев.

Лошадок было особенно жалко — их-то за что впрягли? В общем, стало ясно, почему в Сибирь ссылали... Запомнить эти угнетающие картины не представляло труда — но я подозревал, что их будет сложно забыть.

Особенно неприятное впечатление на меня произвела одна французская гравюра, несколько отличавшаяся по стилю от остальных:

она изображала так называемую «по́рочную избу» — такие, как следовало из разъяснительного текста, ставились когда-то на каждой почтовой станции, чтобы ссыльные, бредущие к ледяной смерти, могли получить по дороге очередную порцию розог.

Перед избой стояло корыто водки, откуда палачи пили перед экзекуцией, и громоздилась груда костей, похожих на скелет кита (сосланного, подумал я, за неловкий взмах хвоста в петербургском зоологическом саду — и засеченного пьяными эвенками насмерть).

Срок, отведенный на мои мнемонические упражнения, был рассчитан на среднюю память: несколько дней дали на то, для чего мне требовалась всего пара минут. В результате я не просто ознакомился с видами Сибири — я в нее попал.

В моей душе выл ледяной ветер. Но дело было не в картинках — чтобы он поднялся, достаточно было вспомнить о Юке. Видеть ее я не мог, забыть — тоже.

А еще я размышлял о себе самом.

Я всегда считал себя настоящим мужчиной. Так оно, видимо, и было, но раньше я не до конца понимал, что это словосочетание означает. Теперь же меня накрыла ясность.

Мы, мужчины, тщательно культивируем суровый героизм своего облика, думал я, — хотя, если разобраться, бритые черепа и небритые челюсти, подбитые ватой плечи и воинские амулеты на раскрытой груди являются просто разновидностью накладных ресниц, ибо выполняют симметричную функцию. Но изнутри мужчина — удивительно капризное и неблагодарное существо, наделенное этими качествами в пропорциях, давно выметенных из остальной природы естественным отбором.

Когда рядом спутница, по-настоящему близкая к совершенству, мужчина снисходительно отмечает, что его личная жизнь кое-как обустроена, — и даже ставит себе в карму ежедневные плюсики за то, что в душевной снисходительности прощает подруге ее смешные недостатки. Расплата наступает, когда спутницу отбирает судьба — и мужчина начинает понемногу припоминать, что такое физиологическое одиночество.

Со мной происходило именно это. Ужас и парадокс ситуации заключались в том, что Юка была по-прежнему рядом (если это слово применительно к ней вообще имело смысл) и в ней не переменилось ничего. Но я не мог ее больше видеть — по причинам, которые, полагаю, ясны.

Теперь любая мысль о ней за несколько секунд приводила к пропасти, откуда веяло сибирским абсурдом. Например, я думал, не тревожит ли бедняжку то, что я пропал на такой долгий срок, — и тут же вспоминал: беспокоить это может только авторский коллектив Оленьего Парка.

Мне хотелось позвать ее и объясниться полностью, начистоту — но я сразу вспоминал, с кем буду говорить на самом деле. В результате я начинал придумывать, что сказал бы за нее сам, если б создавал ее вместе с другими драматистами... Словом, любая мысль о ней обрывалась болью.

И вместе с тем я не перестал любить ее ни на миг. Юка, несомненно, существовала — она была отчетливо оформленной личностью. Ангел Воды говорил правду — то, что она появлялась в результате коллективного усилия некой группы специально обученных людей, не делало ее хуже.

Наоборот, это делало ее лучше. Она совершала меньше ошибок, потому что у нее (или у ее создателей, какая разница) хватало времени подумать. Если бы я только послушал Ангела и сохранил свое спасительное неведение, я до сих пор был бы счастлив.

Но было уже поздно.

Оставалось одно — исполнять свой долг. Это означало пропитываться духом Сибири, на знакомство с чем мне отвели так много времени. В результате я погрузился в холод, мрак и стужу куда глубже, чем это предполагали присланные мне географические материалы.

Когда фельдъегерь доставил мне второй коричневый пакет, я испытал большое облегчение оттого, что мое ледяное безделье наконец прекратилось.

В пакете была папка со старыми карандашными рисунками, две цветные гравюры и маленькая склянка с притертой пробкой. На рисунках был изображен некто очень похожий на Павла Великого. Я знал уже, что это Киж.

Рисунки принадлежали самому Павлу — тот, как оказалось, был отличным рисовальщиком. Они изображали разные мимические гримасы Кижа. Возможно, фиксируя их, Павел сознательно пытался запечатлеть свое творение непохожим на себя — чтобы доказать, что создал не двойника, а лишь зеркальную обезьяну. Это отчасти удалось — рисунки были безжалостными и смешными.

Гравюры не добавляли к образу Кижа ничего радикально нового. У него было лицо Павла. Но зато я во всех подробностях рассмотрел его офицерскую форму — это был мундир полковника. Странно, я думал, что Киж умер генералом.

В склянке оказались старые духи со сладким навязчивым запахом. Я понял, что ими когда-то душился Киж, — и тут же споткнулся о слово «душился», вспомнив про шарф и табакерку. Именно эта мысль вызвала окончательную кристаллизацию: теперь, закрыв глаза, я без труда мог его увидеть. Он был похож на Павла. Но не был Павлом.

В следующую нашу встречу Ангел выглядел лучше.

— Можешь приступать, — сказал он. — Сотвори Кижа. А затем сошли его в Сибирь.

— Звучит просто, — усмехнулся я.

— Но это действительно просто, Алекс. Сложность лишь в том, что само движение воли, создающей живое существо, очень особое. Нужно как бы искривить Флюид определенным образом. Это с непривычки может показаться извращением или даже святотатством.

— Что значит «искривить»? — спросил я.

— Надо заставить Флюид изогнуться так, чтобы он одновременно образовал зеркало и находящийся перед ним объект. Восприняв свое отражение в себе самом, Флюид решит, что этот объект — он. Что будет, разумеется, чистой правдой — но и на редкость хитрым обманом. Как только капкан защелкнется, мы получим новое смертное существо.

— А как превратить Флюид в зеркало?

— Ничего не надо делать. Флюид зеркален изначально.

— Когда я получу дальнейшие инструкции?

— То, что я сейчас сказал, и есть инструкции, — ответил Ангел. — Их вполне достаточно. Я даже наговорил лишнего — все необходимые сведения были в дневнике Павла. Этому нельзя научить. Можно лишь научиться. Ты все поймешь сам, когда примешься за дело.

— Но...

Он остановил меня ладонью.

— Может быть, рядовому алхимику этого было бы мало — но ты Смотритель, обладающий силой Ангелов.

— Вы дадите мне еще какой-нибудь совет?

— Только один, — улыбнулся Ангел. — Надень треуголку.

Вся сила Ангелов... Ангел Воды в последнее время не выглядел особенно сильным. К счастью, я подумал это, уже выйдя из часовни.

Но Ангел говорил правду.

Моя задача была не так уж сложна, особенно по сравнению с тем, что совершил когда-то Павел. Этот титан, стоявший у колыбели нашего мира, ваял свое детище прямо из потока Флюида, как скульптор лепит из глины смутно проступающую в его воображении фигуру. При этом неизбежны были просчеты и ошибки — они, вероятно, и объясняли столь странный результат.

Мне же предстояло всего лишь оплотнить уже существующий объект: вырвать его из пространства мысли и соединить с материальной основой. Мне не надо было задумываться над обликом моего творения, над его характером, над его воспоминаниями и привычками — все это каким-то образом уже существовало. От меня, по сути, требовался просто акт воли.

Киж был идеальным манекеном для тренировки еще по одной причине: воплощая его заново, я не вторгался в область Промысла, а оставался как бы в тени магического акта, совершенного когда-то Павлом. Никколо Третий назвал этот принцип главным законом нашего мира; очень разумно было придерживаться его в таком рискованном начинании, как мое.

Секретная лаборатория Михайловского замка, где все Смотрители проходили через это испытание, полностью повторяла по форме петербургскую лабораторию Павла — только была перенесена на верхний этаж. Она давно пришла в запустение — но ее специально не ремонтировали, чтобы сохранить жутковатый отпечаток столетий.

По традиции я должен был войти в лабораторию один. Поднявшись в этот старомодный лофт по винтовой лестнице (ее касались когда-то ботфорты Павла), я с трудом открыл тяжелую дверь. Мне сразу стало не по себе.

Лаборатория напоминала высоко вознесенный склеп. Если не считать длинного дубового стола и двух стульев, комната была совершенно пуста. Запах мышей и сырости, тусклые стекла окон, желтые и синие пятна на сводах потолка — такое трудно было подделать.

Я увидел в стене нишу, упомянутую в дневнике. Именно в ней, видимо, раз за разом возникал Киж. В этом углублении было что-то зловещее — из его стен до сих пор торчали ржавые крючья.

Минуту или две я пытался представить, как лаборатория выглядела при Павле — а потом понял, что просто оттягиваю время.

Надев треуголку, я сосредоточился. Соединив в своей памяти все, что составляло Кижа — запах его духов, запечатленные Павлом гримасы, цвета его мундира, — я собрал вокруг себя вихрь Флюида и вместе с ним вовлекся в невыразимый волевой акт, велев Флюиду заполнить созданный мною образ.

Начать было легко — как оттолкнуться ногами от края крыши. Но уже в следующую секунду мне стало ясно, насколько опасны подобные опыты.

То, что я делал, действительно напоминало отливку статуи из расплавленного металла. Но в форме оставалось слишком много дыр. Хоть я и вообразил Кижа со всею доступной мне тщательностью, этого оказалось недостаточно, и в мой ум впились тысячи крохотных коготков. Каждый из них был маленьким вопросом, который как бы задавала мне одна из занятых творением бесчисленных сущностей...

Я не смог бы ответить всем — но к счастью,

можно было просто оставить Кижа таким, каким он отпечатался в памяти Флюида.

Теперь я понял, до чего ничтожны мои способности по сравнению с Павлом Великим: когда тот создавал двойника, подобной опции у него не было. Впрочем, великий алхимик тоже, скорее всего, не отвечал на эти бесчисленные вопросы сам — такое превосходило человеческие силы. Он использовал энергию чужих ожиданий, мастерски возбужденных его якобы ошибочным приказом. Именно для этого он и выращивал столько лет своего Кижа из домыслов и слухов.

Чем глубже я вовлекался в алхимический процесс, тем лучше понимал, в какую авантюру ввязался.

Инструкция Ангела оказалась неполной. Недостаточно было разделить Флюид на образ нового существа и зеркало. Зеркальный Флюид обязательно должен был окружить зарождаемое сознание со всех сторон — но при этом новому существу и отражающему его зеркалу следовало оставаться одним целым.

Выходило, что они могли соприкасаться лишь одной точкой, и спрятать ее можно было единственным способом — поймав в ней сознание создаваемого существа. После этого пузырь немедленно начинал видеть свои отражения во Флюиде со всех возможных сторон — и решал, что он действительно есть. В известном смысле это было правдой.

Присутствующая здесь изощренность напоминала даже не святотатство, как сказал Ангел, а продуманное военное преступление. Но ужас был в другом. Во время манипуляций с Флюидом мне стало ясно, что и сам я, и все другие люди скроены по такому же точно образцу: иного механизма просто не существовало.

Читая когда-то в древних книгах, что «я» — преграда, отделяющая человека от его вечного источника, я всегда понимал это в туманно-возвышенном смысле, даже отдаленно не представляя грубого практического смысла этих слов.

Теперь я понял наконец, что они значат.

Дети, думал я, иногда берут обрывок воздушного шарика, засасывают тонкую резину в рот и перекручивают ножку, создавая новый воздушный шарик — крохотный и очень туго натянутый. А потом с грохотом взрывают его, ударяя о стену... Я и сам развлекался так в детстве, совершенно не догадываясь, что моделирую свою собственную суть — и рождение, и смерть.

Но я размышлял об этом недолго: алхимический процесс требовал слишком серьезной концентрации, чтобы отвлекаться на философию.

СМОТРИТЕЛЬ

На самом деле Ангел был прав — нюансы выяснялись во время работы сами. Я мог не волноваться, что забреду куда-то не туда. Маршрут был один, и Флюид хорошо его знал. Мало того, Флюид безропотно подсказывал, что и как следует делать, хотя сама суть моих манипуляций заключалась в том, чтобы обмануть его самым неприглядным способом.

Внешне все выглядело просто. Подняв руки и повернув их ладонями к темной нише, я ушел в глубокое сосредоточение, позволив Флюиду открыть мне все то, о чем я только что рассказал. Никаких пассов я при этом не совершал — подозреваю, что Месмер в свое время делал их исключительно из артистизма.

Когда мне удалось правильное волеизъявление (теперь я знал, что это сложно лишь в первый раз), раздался сухой треск — и комнату заполнили разноцветные огни, подобные северному сиянию. Сияние было густым, как туман в дождливое утро — и совершенно скрыло за собой стенную нишу.

Aurora Borealis, подумал я, опуская руки. Павел и Франц-Антон не зря выбрали это имя...

Дело было сделано.

Прошло полминуты, сияние рассеялось — и я увидел Кижа.

Он стоял на коленях. На его руках были кандалы, прицепленные к стенным крючьям (я не сковывал его специально — но испытал облегчение при виде этого железа).

Киж был в точности таким, каким я его представил: мундир, двууголка с опушкой, курносое лицо, чуть бульдожьи глаза навыкат. На полу перед ним лежал мешок — залатанный и объемистый, перевязанный розовой лентой (с похожим часто рисуют новогоднего Дедушку Клауса). А рядом был какой-то рулон — не то одеяло, не то свернутый матрас.

Ни мешка, ни одеяла я точно не создавал. Видимо, мироздание представляло себе Кижа лучше меня.

— Полковник, — позвал я. — Слышите меня?

Киж обвел комнату глазами и остановил взгляд на мне — вернее, на моей шляпе.

— О-о-о, — простонал он, — о-о-о-о!

Похоже, бытие опять было ему не в радость.

— Полковник, — сказал я, — вы меня узнаете?

— Конечно, — ответил Киж почему-то по-немецки. — Ты истязатель, раз за разом вызывающий меня к жизненной муке — и обрекающий затем на боль смертную... Может быть, ты Павел, я не знаю. Зачем ты будишь меня вновь?

Я понял, что дело в черной маске, которую я на всякий случай надел перед процедурой. Должно быть, я выглядел несколько эклектично — кроме маски и треуголки, на мне был оранжевый домашний халат, похожий на монашескую одежду. Мне стало даже лестно от мысли, что древнее творение Павла принимает меня за своего создателя.

— Я не Павел, — сказал я.

— Верно ли это? — спросил он недоверчиво. — Сними свою маску.

Я снял маску — и тут же об этом пожалел.

Бульдожьи глаза Кижа вдруг словно прыгнули к моему лицу, и мне показалось, что какая-то едкая воля кислотой затекла в мой мозг, сразу растворив в себе все мои тайны. Меня будто парализовало, а Киж вглядывался в меня все глубже и пристальней — пока наконец не втянул свою умственную кислоту назад. Только после этого я пришел в чувство.

— Да, — сказал Киж по-русски, — ты не Павел. Теперь я верю.

Сложив пальцы лодочкой (на одном из пальцев блеснул синим камнем большой перстень), он легко вынул руки из кандалов, подошел к столу и сел за него.

— Я, вероятно, скоро покину вас, ваша экселенция, — сказал он, переходя на «вы». — Ведь так?

Я ощутил, что это «вы» понизило мой статус: на «ты» называют богов и героев, к которым Киж, похоже, меня более не относил. Правда, я и сам почему-то называл Ангела Воды на «вы»... Я снова надел маску, но Киж уже утратил ко мне интерес.

— Меня зовут Алекс, — сказал я. — Скажи, за какой проступок Павел наложил на тебя столь тяжелую кару?

Киж надменно улыбнулся.

— Я хочу есть, ваша экселенция. Вина и жаркого. Перед ссылкой мне удается нормально поесть лишь один раз. Если считать на ваши годы, я не ел лет семь или около. Обычно в этой комнате меня вкусно угощают. Не нарушайте порядок, заведенный вашими предшественниками.

— Но я должен...

— Я голоден, ваша экселенция, — перебил он. — Вы совершили серьезный грех, вернув страдающее сознание к жизни, так не усугубляйте же мою боль и муку. Они с каждою минутой становятся все сильнее! Если угодно, я могу заплатить...

Он сунул руку в карман, и я увидел на его ладони серебряный павловский глюк. Отчего-то я подумал, что он показывает его каждому очередному Смотрителю, стараясь сохранить хотя бы тень собственного достоинства, и мне стало его жаль.

— Хорошо, — сказал я. — Я постараюсь что-нибудь устроить.

Выйдя из лаборатории, я закрыл за собой дверь и повернул в ней ключ на два оборота.

Как назло, мне долго не попадался никто из прислуги — казалось, все специально куда-то попрятались. Наконец в одном из коридоров двумя этажами ниже мне встретилась всклокоченная счастливая горничная — она, должно быть, возвращалась к себе после свидания с садовником.

Я велел ей пойти на кухню и принести в лабораторию вина и жаркого. Она долго не понимала, где находится лаборатория. Мне пришлось лично отвести ее к самой двери и вывести назад. Затем я ненадолго спустился к себе и зачем-то освежил в памяти виды Сибири — говорю об этом, чтобы было понятно, как я нервничал.

Когда я вернулся в лабораторию, ключ по-прежнему торчал из двери, но я ощутил внезапную тревогу. Мне показалось... Нет, этого не могло быть, но мне показалось, что в воздухе разлит еле заметный аромат духов Юки.

Повернув ключ на те же два оборота, я раскрыл дверь и шагнул в комнату.

Увиденное потрясло меня настолько, что мне померещилось, будто моя душа — или воспринимающая сила сознания — покинула тело и смотрит одновременно на меня самого, входящего в лабораторию (оранжевый халат, черная маска с блестящими прорезями глаз, треуголка), и на то, что творится в комнате (лежащая на столе Юка, задранное до груди зеленое платье, стоящий рядом Киж со спущенными штанами, проворно двигающий

78

бледным голым задом, где проступает мали-
новый чирей).

Самым же страшным был хриплый женский стон, хорошо знакомый мне по собственной спальне.

Глаза Юки были закрыты — а лицо иска-
жал тот хищный оскал счастья, за которым я
столько ночей отправлялся в долгие и риско-
ванные экспедиции, без всякой уверенности,
что сумею еще раз высечь эту искру из наших
тел. У Кижа это каким-то образом получилось
без всякого труда, с первой попытки — даже
времени прошло не так много.

Он глядел на меня выпученными в издева-
тельском ужасе глазами, а его бледные чресла
работали все быстрее и быстрее. А потом он
отпустил одну из ног Юки, и, не прекращая
своих омерзительных рывков, отдал мне честь.

— Прекратить! — заорал я. — Молчать!
Смирно!

Я по-прежнему как бы глядел на себя со
стороны, и мне пришло в голову, что, судя по
нехарактерным для меня выкрикам, в меня
вселился дух самого Павла — и мы сейчас ра-
зыгрываем сцену, случившуюся в этих стенах
больше двух столетий назад.

Мой крик, однако, был так страшен, что
Юка пробудилась. Посмотрев на меня, а затем на склонившегося над ней Кижа, она
яростно оттолкнула его, соскочила со стола

и, жутко побледнев (это действительно было жутко, потому что миг назад ее щеки покрывал румянец наслаждения), бросилась прочь из комнаты.

Я сразу забыл про Кижа — и побежал за ней.

Мне не удалось настичь ее на винтовой лестнице. Мы пронеслись по коридору к лестничной площадке и через несколько секунд уже мчались вниз по ступеням — она на один этаж ниже. Ни единой мысли о медиумах Оленьего Парка не возникло в моей голове. Во мне остались только сострадание, любовь и жалость.

Я боялся, что не успею ничего ей объяснить и она вот-вот сделает с собой что-то страшное. Например, бросится в лестничный пролет... Но этажом ниже Юка исчезла в коридоре. Когда я оказался там же, она была уже далеко — и на моих глазах повернула за угол. А когда я добежал до угла, впереди ее не было.

Я не мог понять, куда она делась.

Передо мной был длинный коридор, увешанный картинами. В нем стояли две архаичные статуи — из той немыслимой древности, когда мраморные герои еще не обзавелись рельефными животами и стояли перед скульптором по стойке «смирно». Статуи были слишком маленькими, чтобы за ними спрятаться. Дверей здесь не было. Штор или портьер — тоже.

Юка словно растворилась в воздухе. Ее покои располагались за углом, но добежать до него она все равно не успела бы.

Самое время было ее навестить.

Меньше чем через минуту я распахнул дверь в комнату, служившую ей гостиной. Там никого не было. Но одна из внутренних дверей тут же открылась, и передо мной появилась Юка.

На ней было домашнее платье. Но не зеленое, как минуту назад. Оно было бледно-розовым.

Увидев меня, Юка открыла от радости рот.

— Алекс! Ну наконец-то!

— Где ты сейчас была? — спросил я строго.

— Здесь... Где же еще? Что случилось?

На ее лице было такое искреннее недоумение, что я сразу же решил ничего ей не говорить. Я оглядел комнату. На стене висели несколько античных редкостей, и среди них испанская фальката — кривой кавалерийский меч, ужасавший когда-то римских солдат.

— Ты пойдешь со мной, — сказал я Юке и снял фалькату со стены.

— Алекс, что случилось? Я никогда не видела тебя таким.

— Идем, — повторил я.

— Подожди, я приведу себя в порядок.

Я хотел сказать, что она и так в полном порядке, — но вспомнил волну жалости и любви, только что прошедшую через мое сердце, и решил не перечить.

Юка переодевалась долго. Я ходил по комнате, помахивая фалькатой, и успел многое передумать.

Во-первых, ее зеленое платье: даже если бы она каким-то чудом ухитрилась добежать до двери, она не успела бы снять его и надеть другое. Во-вторых... У меня все не шел из головы этот высасывающий душу взгляд Кижа, впившийся в мои глаза, когда я снял маску. Мало того, я точно вспомнил теперь, что в последний раз видел Юку именно в зеленом платье. Могло ли быть, что Киж проник в мою память...

— Именно так, — сказал Ангел Воды.

Я увидел его размытую фигуру, висящую в воздухе передо мной. В этот раз я его не звал — он появился по собственной инициативе.

— Киж — дитя Павла, — сказал Ангел, — и обладает властью над Флюидом. Она досталась ему случайно — просто как тень способностей творца.

— Киж может создать из Флюида Юку?

— Нет, — ответил Ангел. — Но он может обмануть медиумов Оленьего Парка, ненадолго притворившись перед ними тобой.

— Как?

— Через тот же механизм, посредством которого ты спускаешься в его петербургскую эфирную оболочку. Только здесь этот механизм работает в другую сторону. Медиумы думали, что Юка с тобой.

Меня передернуло.

— Она что-нибудь помнит?

— Нет. Она... Вернее, они... В общем, можешь считать, что это было не с ней. Той Юки уже нет.

— Я убью Кижа, — сказал я.

В этот момент Юка вышла из-за двери.

— Я готова... С кем ты тут говоришь?

Было непонятно, чем она занималась столько времени — я не увидел никаких изменений в ее наряде. А потом заметил, что у нее чуть по-другому уложены волосы.

— Идем, — сказал я. — Я представлю тебя одному господину. Пусть он напоследок увидит тебя еще раз.

— Алекс... Ты меня пугаешь.

Когда мы шли по коридору, Ангел снова сгустился в воздухе передо мной.

— Алекс, — сказал он, — не вздумай убивать его.

— Почему?

— Потому что именно этого он и желает. Ты полагаешь, ему очень хочется в Сибирь? Он уже сделал свое дело, и смерть будет для него просто избавлением от мук холода и голода. Получится, он проехался зайцем.

— Тогда я убью его медленно, — ответил я. — Сначала отрублю руки, потом ноги...

Юка в ужасе смотрела на меня, не понимая, с кем я говорю. Должно быть, она решила, что я сошел с ума.

— Ты не первый, с кем это случилось, — сказал Ангел.

— Что значит — не первый?

— Киж поступает так с каждым Смотрителем. Их подруги — всегда прекраснейшие женщины эпохи, а слово, данное Павлом, не имеет срока давности. Но убили его только два раза, остальное время ссылали в Сибирь. Найди в себе силы сделать должное. Теперь в твоем сердце достаточно искренней ярости, чтобы у тебя все получилось.

— Так это специально так придумано? — прокричал я, яростно махнув фалькатой, и Юка шарахнулась в сторону.

— Таков порядок, установленный Павлом, — сказал Ангел. — Со всеми Смотрителями при этом испытании — тяжком, не спорю — происходит одно и то же: возникает сильный эмоциональный вихрь, совершенно необходимый для сотворения нового пространства. Но не все впадают в такую истерику, как ты, Алекс... Веди себя прилично, твоя подруга от тебя в ужасе.

Это было правдой — но я был на таком взводе, что даже не задумался, кого Ангел имеет в виду — драматистов и мимов Оленьего Парка или их воплотившийся в женское тело спектакль, шагавший рядом. Впрочем, когда мы дошли до лаборатории, я уже взял себя в руки.

Ангел был прав.

Киж хотел, чтобы я его убил — не зря ведь первыми его словами, сказанными как бы спросонья, оказалась жалоба на муку жизни. Если он помнил происходившее при каждой прошлой ссылке, ему ведомы были и жизнь и смерть, и он, видимо, предпочитал смерть очередному северному путешествию. Сколько их у него уже было? Десять? Двадцать? Его ведь пару раз убили на месте...

— Это сделали Смотрители, предпочитавшие мальчиков, — сказал Ангел. — Их не связывало данное Павлом слово. К тому же Киж как-то совсем уж по-казарменному обошелся с их любимцами — в однополой любви он, как требует славянская традиция, презрителен и жесток. Но тебя слово Павла связывает. Не окажись первым Смотрителем, кто его нарушит.

Я криво улыбнулся.

— Нет... Теперь я понимаю. Хитро задумано, господин полковник... Но не пройдет. Ты у меня попляшешь...

— Вот это уже лучше, — сказал Ангел. — Всегда в первую очередь помни о своем долге.

Он исчез, оставив меня вдвоем с Юкой,

шедшей в нескольких шагах позади. Бедняжка опасалась, видимо, что я задену ее фалькатой.

Но я уже перестал ею размахивать — теперь моя злоба не бурлила, как лава извергающегося вулкана, а клокотала под крышкой сдерживающей ее воли, словно на медленном огне — не расплескиваясь, но и не утихая. Я мог только дивиться мастерству, с каким Ангел привел меня в это инженерно выверенное состояние — причем к тому самому моменту, когда мы с Юкой вернулись в лабораторию.

Киж сидел за столом спиной к двери — и закусывал. Перед ним стоял поднос с жарким, графин вина и бокал. Здесь же была и горничная — она сидела напротив Кижа и слушала его рассказ. Когда я появился в дверях с фалькатой в руке, она подняла на меня круглые от ужаса глаза, — но Киж, занятый жарким, ничего не заметил.

— Самая красивая была у Антона Второго, — говорил он, жадно уплетая мясо. — Он потому что сам скульптор был, классического разумения человек. Он ее из греческой статуи приспособил. Знаешь, безрукая такая. Только себе, конечно, с руками, все как положено. Она хоть в теле была. Я два раза успел, пока он за стражей бегал. А нынешние... Ни подержаться, ни ущипнуть. Как на пустой телеге ехать — только синяки набьешь. Последние сто лет вообще безмясые, одна видимость.

Меня поразило, что Киж успел переодеться — теперь на нем был перелатанный ватный балахон с красным ромбом на спине, а на голове — дурацкая облезлая шапка с задранными вверх ушами.

— Кто это? — спросила Юка.

Киж обернулся. Я ожидал, что он хотя бы поглядит на Юку, но он даже не обратил на нее внимания, словно она была предметом меблировки. Почему-то это оскорбило меня сильнее всего, и моя рука с фалькатой сама прыгнула вверх.

— Алекс! — крикнула Юка. — Прошу тебя!

Но я уже справился с собой. Направив подрагивающий стальной клинок в нишу, откуда совсем недавно вылупился мой жуткий гость, я собрал весь свой гнев, всю бушующую во мне ненависть, все свое оскорбленное и растоптанное достоинство — и, взмыв на их обжигающей волне над временем и пространством, закричал:

— В Сиб-и-и-ирь! Пешко-о-о-м! Шагом а-а-арш!

И опять мне почудилось, будто эти слова исторг из себя не я, а овладевший мною дух великого императора, привычного не только к тишине алхимической лаборатории, но и к грохоту солдатских сапог.

Вслед за этим произошло нечто невообразимое — и совершенно мне прежде незнакомое.

Мне показалось, что я — камень в плотине. Сзади была бесконечная толща Флюида, давившего мне в спину. А единственная щель, сквозь которую Флюид мог вырваться на свободу, осталась на острие моей фалькаты.

С нее как бы ударил луч, проколовший наш мир — и создавший за ним какой-то быстро вытягивающийся мешок, где, как по волшебству, появились снега, избенки, остроги, реки, мосты и лошадки с присланных мне рисунков. А потом я увидел быстро перебирающую руками и ногами фигурку Кижа, падающую прямо на них.

Он шлепнулся в снег, встал, отряхнулся — и увернулся от вонзившейся рядом фалькаты (сотрясение Флюида вырвало ее из моей руки). Затем он поймал упавший на него мешок, следом — свой свернутый мундир и, наконец, ловко подхватил поднос с вином и остатками жаркого, причем стоящий на подносе графин даже не опрокинулся.

Секунду или две созданный мной снежный мир сверкал передо мной ярко и широко, обдавая меня свежим морозом и неожиданным солнцем. А потом пуповина, соединявшая меня с длинным рыбьим пузырем нового измерения, лопнула, Сибирь исчезла, и на ее месте опять появилась ниша с торчащими из кирпичей крючьями.

Никаких следов Кижа в комнате не осталось.

— Что это было? — спросила Юка.

— Пустяки, — сказал я. — Служебные вопросы. Идем, дорогая.

Она недоверчиво посмотрела на меня, но все же оперлась на предложенную мной руку. Мы подошли к дверям, и тут меня позвала оставшаяся в лаборатории горничная:

— Ваше Безличество... А куда вот это?

Я увидел на ее ладони серебряную монету, которую прежде показал мне Киж. Только что вызванная сила до сих пор переполняла меня — и я, словно под лупой, издалека увидел во всех подробностях выбитый в серебре павловский крест и слова:

Eine Glück

— Возьми себе, — сказал я. — За то, что все забудешь. За этот глюк нумизматы дадут тебе сто нынешних.

IV

Ангел лучился довольством. Он, несомненно, был счастлив — если применительно к ангелам это слово имеет смысл.

Что-то звякнуло на полу часовни.

В первый момент мне показалось, что это монета. Но передо мной был ключ. Совсем маленький, вроде часового.

— Что это? — спросил я, поднимая его.

— Ключ от часовни Кижа.

— Кижа?

— Да, — сказал Ангел. — Теперь, когда Киж в Сибири, у тебя есть туда доступ. Ты можешь вновь увидеть своего предка. Его часовня находится точно напротив церкви, где мы сейчас, в противоположном конце замка. Вход возле статуи Лаокоона.

Я понял, о какой статуе он говорит, — это был древний грек, сражающийся с огромными змеями.

— Зачем нужна часовня Кижа? — спросил я.

— Смотритель приходит туда, если у него есть серьезные вопросы к бытию. Киж способен на них ответить.

Я не выдержал и засмеялся.

— Я видел этого господина и не сомневаюсь, что он ответит на любой вопрос с ходу. Особенно на серьезный вопрос к бытию. Вот только я не уверен, что у меня в скором времени появится желание у него консультироваться.

— Не гордись, — усмехнулся Ангел. — Киж — оракул Смотрителей. Ответы, которые он дает, глубоки и серьезны. Обращаться к нему можно лишь раз в году. Все остальное время его часовня будет для тебя закрыта.

Я понял, что спорить с Ангелом не следует.

— Благодарю.

Ангел улыбнулся.

— Ты не представляешь, как мне приятно вручить тебе этот ключ. Ты не подвел нас. Теперь ты в силах провести *Saint Rapport*. Мы назначим его через месяц, чтобы успеть подготовиться. Надеюсь, все пройдет хорошо.

— Что мне надо будет сделать?

— Ты получишь инструкции прямо перед ритуалом.

— Почему не сейчас?

— Потому что иначе ты весь месяц будешь об этом думать, — сказал Ангел, — и надумаешь столько, что у нас появятся какие-нибудь проблемы. Прошу тебя, не касайся этой темы своими мыслями. Вообще. Ты справишься, сомнений нет. Главное, чтобы...

СМОТРИТЕЛЬ

Я понял его невысказанную мысль — и тоже промолчал. Произнести слова «Великий Фехтовальщик» вслух было жутко: словно древний дикарь, я боялся, что поименованный услышит и придет на зов. Вместо этого я спросил:

— Чем мне заниматься целый месяц?

— Ничем. Ты ведь любишь ничего не делать, Алекс. Перед тобой тридцать дней сладчайшего безделья. Наслаждайся...

Не знаю, понимал ли Ангел, как издевательски звучат его слова. Полагаю, что нет — он вряд ли вообще помнил в этот момент о Юке.

Некоторые вещи до Ангелов просто не доходят из-за однобокости их личного опыта. Да что там Ангелы, даже монахи-невозвращенцы уверены, что любой объем свободного времени можно без труда превратить в личное счастье, была бы под рукой подушка для медитации. Чего, спрашивается, тогда ждать от тех, кто вообще не разделен на два пола?

Они способны лишь притворяться, будто знают сердце человека. Вот вам ключ от часовни Кижа, и не отказывайте себе ни в чем...

Мысль о том, что я могу вернуть Юку, использовав свою новообретенную силу, пришла мне в голову следующим утром. Вернее, еще ночью. Я не думал об этом вечером. А утром проснулся с уже принятым решением. Видимо, во сне я не терял времени зря — и провел все требуемые изыскания.

Я не сомневался, что Флюид может оживить Юку. Впрочем, это слово здесь не годилось: не оживить, а сделать такой же, как я.

После воскрешения Кижа я стал понимать, к чему я могу приложить силу Флюида, а от чего следует быстрее отойти как от пятна зыбучего песка. Случай Юки даже не был особенно сложным — я помнил ее наизусть. Работу, как и в случае с Кижем, уже сделали до меня целиком. Просто Флюиду, становившемуся Юкой, не позволяли долго ею оставаться.

Я понимал теперь техническую разницу между созданным мною Кижем и творениями Оленьего Парка. Она заключалась в том, что в случае Юки медиумы не давали тому узкому перешейку, где пузырь Флюида переходил в свое зеркальное отражение, закрыться и стянуться в точку.

Усилием своего коллективного ума медиумы Оленьего Парка удерживали эти сообщающиеся сосуды в неустойчивом равновесии: Юку как бы разворачивали при каждой нашей встрече, поднимали, как парус, поворачивали под ветер (которым был я) — а потом давали ей свернуться. Ее заставляли проявлять все свойства ума и характера — но не давали ее «личности» схлопнуться в точку, изолирующую внешний Флюид от внутреннего.

Это было, конечно, в высшей степени гуманно — но с профессиональной точки зрения такая трудоемкая аллокация Флюида представлялась мне сильной головной болью, и в качестве шивы я не стал бы работать над подобным проектом ни за какие глюки. Наверно, поэтому медиумам Оленьего Парка и нужен был *baquet*. Но не буду уходить в технические подробности — те немногие, кому они доступны, понимают все и так.

С практической точки зрения важным было то, что Юка, как и другие уже воплощавшиеся человеческие формы, не требовала инженерного усилия с моей стороны. Я был не скульптором, а просто литейщиком. Мне не следовало даже слишком точно целиться — достаточно было повернуть поток Флюида в нужном направлении, чтобы он нашел русло сам.

Существенным и необратимым действием, однако, было позволить перешейку на пузыре Флюида стянуться в точку. Тогда Юка сделалась бы неотличимой от любого другого человека.

На всякий случай я решил обсудить вопрос с Ангелом Воды — теперь я имел на это полное право.

Отчего-то мне неловко было идти с таким делом в церковь, и я дождался заката на терра-

се. Как только металлический ангел на далеком шпиле засверкал в последних солнечных лучах, я почтительно воззвал к Небу и сообщил о своем замысле.

Ангел ответил, никак не проявляясь — я просто услышал его голос.

— Ты вспомнил про кошку Никколо Первого?

Ход его мыслей оказался несколько другим, чем я ожидал, но я кивнул головой. Можно было, наверно, подойти к вопросу и так.

— Алекс, чем больше ты будешь тренироваться, тем лучше для нашего дела, — сказал Ангел. — Но хочу тебя предупредить о возможных последствиях для твоей личной жизни.

— Именно на них я и надеюсь, — ответил я.

— Если ты это сделаешь, ты накажешь себя, ничего не приобретая. Юка потеряет свою идеальность. Ты изменишь, как говорят философы, ее фундаментальную онтологию — но не лучшим образом. В выигрыше будут только медиумы Оленьего Парка. У них станет меньше работы.

— Что это зна...

— Я не хочу лезть в эти дебри, — недовольно продолжал Ангел, — блуждания среди слов меня не привлекают. Говоря коротко, сейчас она отражается в тебе, а потом будет отражаться в мире — но то, в чем отражается мир и ты сам, останется прежним. От такой перестановки слагаемых сумма не изменится, но никому не известно, какой узор ты увидишь в результате. Вот только стереть его и нарисовать заново будет уже невозможно. Ты должен это понимать. Хочу предостеречь тебя от глупости. Я не стану тебе помогать. Но и запретить тоже не могу.

— Я уже решил, — сказал я.

— Помни главное, — ответил Ангел. — Это необратимо. Юку можно сделать реальной. Но нельзя будет сделать идеальной опять.

Ангел явно был недоволен — после этих слов он замолчал и не отвечал мне больше. Но главным было то, что он не запретил мне задуманного. Он чуть лукавил, когда сказал, что не станет мне помогать. Он ведь не собирался и мешать. А помощь Ангелов, как утверждают догматики, состоит в том, что они не возбраняют пользоваться своею силой.

Я четко знал, чего хочу. Мне следовало сделать Юку независимой от Оленьего Парка, перенеся уже существующее облако смыслов в ее собственную голову — чтобы я смог наконец любить ее саму, а не синклит бритых медиумов.

Хотя что, собственно, значило — «ее саму»?

Если бы я не знал, как ничтожна разница с точки зрения организации Флюида, мне было бы легче. Не зря ведь Юка — вернее, кто-то из шутников Оленьего Парка — назвал Смотрителя гинекологом. Очень точная метафора, если иметь в виду манипуляции с интимнейшей сутью реальности. Но ведь и гинеколог имеет право на личную жизнь, разве нет?

Действовать следовало быстро, потому что Юка не понимала произошедшей со мной перемены; в наши редкие формальные встречи мы не обменивались ни словом, и я чувствовал удивление, боль и грусть такой глубины, что казался себе мучителем — хоть и помнил, какова подлинная природа моей подруги.

Но я не мог ничего с собой поделать — какой-то угол моей души все еще считал ее живым человеком. Абсурд происходящего невероятно меня утомлял. Я не боялся, конечно, обидеть творческий коллектив Оленьего Парка — но я предполагал, что мое равнодушие может отпечататься в ее памяти.

В конце концов мне пришла в голову довольно странная идея. Я решил посоветоваться с самой Юкой — и получить, возможно, последний из ее безукоризненно мудрых советов. Разумно было узнать, как она отнесется к процедуре, которой вскоре подвергнется сама (хоть понятие «сама» применительно к ней вызывало сомнения, я все же хотел иметь чистую совесть).

Я поступил просто. Раз Ангел сказал «кошка», пусть так и будет.

Утром на следующий день я нашел портрет Никколо Первого с кошкой (та была редкой породы и напоминала лысую летучую мышь с крыльями на месте ушей), отнес его в лабораторию, поставил у стены — и попытался представить запечатленное на холсте существо во всех подробностях.

Сначала получалось плохо — но потом я вспомнил, что Никколо Первый давно стал частью моего ума, и образ его кошки должен сохраняться в глубинах моей памяти.

Это помогло. Глядя на рисунок, я без особого труда и пафоса вернул кошку к жизни — в нише, где прежде появился Киж.

Кошка женственно поглядела на меня и мяукнула — возможно, повторяя на своем языке ту самую жалобу на ужас существования, которой встретил меня Киж. Когда я попытался приблизиться к ней, она забилась в угол и зашипела. Я не стал навязываться — и отправился к Юке.

Она сидела возле окна у себя в комнате и читала (ха-ха). На ней было одно из тех странных женских платьев, что кажутся сделанными из обрезков — но стоят при этом целое состояние.

Как всегда, Юка словно ждала моего появления — и выглядела идеально. Прежде мне всегда мерещился в этом подвох.

— Ты совсем перестал меня навещать, Алекс, — сказала она печально. — Я чем-то тебя расстроила? Или ты еще занят?

— Это скоро изменится, обещаю, — ответил я. — Сейчас просто ответственный момент в моих занятиях... Прошу тебя, не надо об этом. Я к тебе по делу — нужен совет.

Я в двух словах рассказал о кошке, не упомянув, разумеется, что целью ее создания была разминка перед куда более важным для меня опытом.

— Не знаю, что теперь с ней делать, — жаловался я. — Просто стереть? Жестоко. С другой стороны, вряд ли это заметит хоть одна травинка во вселенной...

Как я и предполагал, Юка немедленно захотела увидеть кошку Никколо Первого.

Когда мы пришли в лабораторию, в стенной нише ее уже не было. Но Юка сразу нашла ее — кошка пряталась за картиной.

Юка несколько раз погладила ее, и кошка (видимо, признав в ней родственную душу) замурлыкала и стала тереться головой о ее руки. Меня она к себе по-прежнему не подпускала.

— Ты не можешь просто так ее уничтожить, — сказала Юка.

— Позволить ей бегать по коридорам Михайловского замка я тоже не могу, — ответил я. — Нам тут не нужны привидения. Это кошка Никколо Первого. В некотором смысле она сакральное существо. Таких либо обожествляют, либо усыпляют.

— Проблема в том, — сказал Юка, — что ты

не можешь ее усыпить. Ты нарушишь один из пяти обетов своего ордена — не отнимать чужую жизнь без крайней нужды.

Юка была права. Об этом я не подумал. Мне никогда не пришло бы в голову лишить жизни встреченную на прогулке кошку или залетевшую в окно муху — но я отчего-то не распространял это правило на результаты своих опытов. Может быть, дело было в том, что созданное подобным образом существо не казалось мне в полном смысле живым... Но как тогда я могу приниматься за сотворение Юки?

Она словно чувствовала мои мысли.

— Удивительно, мой милый, — сказала она. — Даже преступники, помнящие только о наживе, планируют, как будут избавляться от трупов. А ты не подумал, что будешь делать с живым существом, которое обретет дыхание и плоть. Это должно отучить тебя от замашек всемогущего творца. Комплекс Элохима лечится только второй бритвой Оккама.

— А что это, кстати, за вторая бритва? — спросил я. — Давно мечтаю узнать.

— Не следует создавать новые сущности без любви. Все, что ты натворил, останется с тобой навсегда — хотя бы в виде укоров совести... Новое живое существо можно вызывать к жизни лишь тогда, когда ты уверен, что сможешь надолго согреть его теплом своего сердца.

Я понуро молчал, глядя на кошку, трущуюся о ее запястье. Слова Юки так глубоко проникали в мою душу, что я забыл на минуту об Оленьем Парке. Со мной опять говорила моя Юка...

И тут это произошло. Как только я ощутил забытое доверие, как только я вспомнил ту Юку, что была рядом в счастливые дни моего неведения, я понял, что никто не сумеет отговорить меня от задуманного — даже она сама. Вторая бритва совершенно точно не была мне страшна. Моей любви хватило бы навечно.

— Как же нам быть? — спросил я.

Юка соображала почти минуту.

— Почему бы не трансмутировать ее, не отнимая у нее жизнь? Плавно превратить в какое-нибудь другое живое существо, у которого не будет такого сакрального значения. Ты сумеешь?

— Наверно, — сказал я. — Надо попробовать.

— Тогда трансмутируй ее... Ну, скажем, в морскую свинку. Морскую свинку — в мышку. Мышку — в пчелку. А пчелку потом можно будет отпустить — и забыть о ней.

Я сообразил, что перед тем, как вложить эти слова Юке в рот, медиумы Оленьего Парка перерыли гору литературы и проконсультировались со своими шивами, а может, и вообще связались с кем-то из Ангелов — и этот совет содержит не только способ выпутаться из затруднительной моральной дилеммы, но и практическую последовательность действий. Ее следовало воплотить самым буквальным образом.

Юка была права. Превратить вызванную из небытия кошку в морскую свинку можно было без всяких укоров совести — и мне это сразу удалось: я хорошо помнил, как свинки выглядят.

Свинка послушно стала мышкой, мышка побежала прочь из ниши, и мне удалось настичь ее лишь у самой стены, откуда она продолжила свое путешествие уже в виде пчелы, в спешке получившейся у меня не слишком хорошо: я не столько увидел это, сколько почувствовал по негодующей отдаче Флюида.

Но здесь уже ничего нельзя было поделать — пчела вылетела в открытую форточку, и связывавшая нас невидимая пуповина прервалась.

Мы с Юкой отправились гулять в дворцовый парк.

Дул свежий ветер. В аллее не было никого, кроме усатого садовника в мундире с двумя рядами блестящих пуговиц. Он лихо накалывал опавшие листья на пику с длинным гвоздем. Я подумал, что это усатое чудо — наверняка далекое эхо какого-то древнего воинского ужаса, не сумевшего воплотиться в нашем мирном измерении никак иначе.

Мы устроились в белой беседке на берегу пруда.

— Красивая рябь на воде, — сказал я. — Как будто это расплавленное серебро. Или свинец.

— У тебя такие сравнения из-за этой твоей постоянной алхимии, — ответила Юка. — Когда тебе только надоест это живодерство? Скоро ты от кошек перейдешь к людям.

— Во-первых, — сказал я, — металлы имеют к алхимии лишь иносказательное отношение. Они просто символы. А во-вторых, почему это должно мне надоесть? Я надеюсь, тебе тоже будет интересно. Мы сможем вернуть к жизни великих людей прошлого. Сократа. Эпикура. Александра Македонского...

— Ага. Поговорим с Македонским о Персидском походе. Через переводчика. Потом превратим его в большую обезьяну. Обезьяну — в собаку, собаку — в кошку. А дальше мы уже умеем.

Я засмеялся.

— Это правда... Тех, кто жил, воскрешать не следует, я чувствую сам. Любой человек — часть своего времени. Когда уходит время, уходит и он. Но бывают, наверно, исключения.

Юка не сказала ничего.

— Если б тебе было интересно поговорить с Македонским о Персидском походе, — продолжал я, — я бы доставил тебе эту радость, несмотря ни на что.

— Мне интереснее говорить с тобой, — сказала Юка. — Но в последнее время редко удается.

— Скоро это изменится, — ответил я, — я уже обещал.

— Ой!

Юка наморщилась и шлепнула себя по руке.

В моем животе что-то дернулось — и я увидел мертвую пчелу, упавшую на стол.

Это была та самая пчела, что вылетела в форточку лаборатории — в спешке я сделал полоски на ее брюшке не поперечными, а продольными.

На руке Юки появилось маленькое красное пятнышко.

— Больно? — спросил я.

Она отрицательно покачала головой.

— Нет, не так уж больно. Я не хотела ее убивать. Не знаю, как это получилось.

— Ты защищалась.

— Что я натворила, — прошептала она печально.

— Это я натворил, — сказал я.

Она кивнула.

— Когда даешь совет злодею, становишься соучастником его злодеяний. Я шучу... Красивое слово — «натворил», да? Очень теологичный глагол. Больше не плоди страдающих сущностей, мой милый. Во всяком случае, без крайней нужды.

Редкой души человек был этот Оккам. Каждое из ее слов прожгло меня насквозь — я даже предположил, что создающие Юку монахи читают мне нотацию, хоть это было маловероятно: я помнил, что на время работы они освобождены от моральных обетов.

Гибель пчелы походила на знамение — но смысл его был непонятен. Пчелу ведь убил не я, а сама Юка. Я не изменил своего решения после этого странного происшествия, а, наоборот, решил действовать быстро, чтобы меня не смутили какие-нибудь другие знамения — или то, что я соглашусь за них принять.

— Приглашаю тебя вечером выпить чаю на террасе, — сказал я. — Как в прошлый раз. Мне очень нравятся закаты над городом. Ты придешь?

— Галилео там будет?

— Нет, — сказал я. — Только ты и я. Надень что-нибудь сказочное. У меня романтическое настроение.

Юка кивнула, и ее лицо чуть зарделось. Если бы это случилось до рассказа Ангела Воды, я подумал бы, что она никак не проявила своих эмоций, но я доставил ей радость. А теперь я не знал даже, что сказать. Разве выписать премию миму из Оленьего Парка.

Нет, обратной дороги не было.

СМОТРИТЕЛЬ

Солнце уже заходило, когда Юка пришла на террасу.

На ней было старинное длинное платье со вставками из серебряной парчи и головной убор, который я прежде видел на рисунках из древних рукописей — высокий белый конус с вуалью. Так одевались дамы, вдохновлявшие рыцарей на крестовые походы и альбигойскую ересь.

— Тебе очень идет этот наряд, — сказал я.

Юка загадочно улыбнулась, и у меня возникло подозрение, что она знает о моем плане. Это, конечно, было полным идиотизмом — в любом случае знать что-то могли только работники Оленьего Парка. Но они не знали ничего.

Если, конечно, им не рассказал Ангел Воды.

А он, кстати, мог. Потому что это его собственный департамент, и вряд ли ему нужны всякие веселые неожиданности... Нет, надо как можно быстрее оставить все позади.

— Ты можешь подойти к ограде? — спросил я. — Мне хочется как следует рассмотреть тебя в этом платье.

Женщина сделает что угодно, если полагает, что ваша цель — полюбоваться ее красотой, и медиумы Оленьего Парка были в курсе этого. Подхватив свою чашку, Юка подошла к ограждению с мраморными драконами, облокотилась о перила и стала смотреть на закат, необыкновенно красивый и яркий.

— Сейчас она звезда, — сказал Ангел Воды, — а потом станет падающей звездой...

Я не увидел его, только услышал голос.

В конце концов, подумал я в ответ, все люди вокруг — да и я сам — тоже падающие звезды. Превратить Юку в существо, полностью мне равное, не кажется мне преступлением против человечности.

Ангел хмыкнул, и я наконец различил его. Он восседал на далеком пурпурном облаке и казался небесным гигантом. Но я уже знал, что видимость обманчива: в моем кабинете он съежился бы до шпица.

— Медиумы Оленьего Парка создают не только известное тебе облако смыслов, — сказал Ангел. — Что гораздо важнее, они определяют траекторию его движения. Юка меняется таким образом, что она не меняется никогда. Именно это позволяет ей быть идеальной. Сейчас ты хочешь ее сфотографировать. Фотография будет абсолютно точной, сомнений нет. Но после этого она покинет свою волшебную траекторию и полетит по касательной к той точке, где ты решишься сделать снимок...

Я уже размышлял об этом — значит, нужно было хорошо выбрать момент. Ситуация меня устраивала: не каждый день Юка одевалась сказочной принцессой.

Посмотрев на меня, Юка улыбнулась.

— О чем ты думаешь? — спросил я.

— О Франце-Антоне, создающем эти облака. Не хотел бы ты как-нибудь зайти к нему в гости?

— Господь Франц-Антон пребывает в блаженном недеянии, — сказал я. — Он больше не творит. Мы существуем в его счастливом и равнодушном сознании. Все осуществляет безличная сила Флюида. И я с ней хорошо знаком.

Юка покачала головой.

— Ты считаешь, Алекс, что ты господин и повелитель этой силы. Но ты просто крестьянин, прорывший арык к своему огороду. В мире есть океаны и бури, есть Ангелы и демоны, чудовища глубин... И есть, конечно, Франц-Антон, невидимый и вездесущий. Он думает, что очень хорошо спрятался, но каждый день во время заката на небе видны все его секреты. Они перед нами прямо сейчас, мой милый. Что ты на это скажешь?

— Я не скажу, — ответил я, — я сделаю. Чего бы тебе хотелось больше всего в жизни?

В моих руках появилась треуголка Смотрителя, и, вынув ее из-под стола, я надел ее на голову. Мне нужна была вся доступная власть над Флюидом.

— Мне хотелось бы найти место, где рождается наш мир, — сказала Юка. — Место, где спрятаны его тайны. Я хотела бы посмотреть на них одним глазком, а потом не жалко и исчезнуть...

Я вспомнил таинственную надпись на фронтоне Михайловского замка — «Дому Твоему подобает Святыня Господня в долготу дней». Теперь в моем доме действительно появится эта святыня, думал я, закручивая весь доступный мне Флюид в невидимый вихрь вокруг стоящей у ограждения Юки, и пусть она остается со мной всю долготу моих дней... Что еще, как не любовь, мог иметь в виду Павел?

Вторая бритва Оккама по-прежнему меня не пугала. Если я был уверен хоть в чем-то, это в своей любви.

Юка поглядела на меня.

— Почему ты в шляпе?

Я засмеялся, снял треуголку Павла и убрал ее под стол, откуда перед этим вынул. А потом показал Юке пустые руки. Треуголка вернулась в футляр в моем кабинете — туда, где лежала минуту назад. Невозвращенец Менелай был бы доволен... Впрочем, с треуголкой такие фокусы проделывать было просто из-за скрытых под ее сукном резонаторов.

— Я хотел исполнить твое желание, — ответил я. — Сделать для тебя то, что тебе хочется. Но ты захотела такого, что золотая рыбка сошла с ума.

На самом деле золотая рыбка никогда не чувствовала себя лучше. Все было уже сделано.

По сравнению с сотворением Кижа это оказалось настолько легким делом, что в первый момент я испугался. Может, я упустил что-то важное? Я почти не заметил отдачи Флюида.

Все, однако, было в порядке. Просто требуемый шаг оказался таким крохотным, что практически не ощущался. Но как бы мал он ни был, он уже разделил причал и палубу уходящего в море корабля. Юка теперь существовала сама по себе — и ни один из медиумов Оленьего Парка больше не имел к ней отношения.

Я подошел и обнял ее.

— Ты вернулся, Алекс, — прошептала она. — Интересно, где ты пропадал все это время?

— А где была ты? — спросил я. — Ты думаешь, тебе известно?

— Я не думаю, — улыбнулась она. — И не буду думать больше никогда. Я буду подставкой для твоей черной шляпы...

— Спасибо, — сказал я. — Фашисты у нас уже есть.

Через полчаса мы ушли с террасы и провели вместе прекрасную ночь. Но когда я уже засыпал, она вдруг спросила:

— А что такое Святыня Господня в долготу дней?

Я вздрогнул. Я был уверен, что не произносил этих слов вслух. Но Юка стала реальной именно в тот момент, когда я про них вспомнил.

— Почему ты спрашиваешь?

Она пожала плечами.

— Просто пришло в голову. Это ведь надпись на доме, где мы живем. А я не знаю, что она значит.

— Об этом до сих пор спорят теологи, — сказал я.

— То есть ты тоже не знаешь, — вздохнула она. — Спокойной ночи.

Только утром я начал понемногу понимать, что натворил.

Юка сказала мне с соседней подушки:

— Алекс, ты умеешь толковать сны?

— Тебе что-то приснилось? — спросил я.

Юка кивнула.

— Мне снилось, что я такое веселое крылатое существо...

— Ты такая и есть, — сказал я.

— Не перебивай... И я гляжу в чьи-то огромные глаза... Словно изнутри большого стеклянного бокала. И отвечаю на какой-то сложный вопрос. Я радуюсь, что могу так хорошо и складно ответить, но постепенно понимаю, что меня создали именно для того, чтобы я на него ответила, и, договорив до конца, я тут же исчезну — поскольку я и есть ответ.

Но мне совсем не грустно. А наоборот, легко и весело. И немного жалко того, с кем говорю, потому что он и есть вопрос, на который я отвечаю. И когда я кончусь, он никуда не исчезнет, а так и будет задавать и задавать себя дальше... Но другого ответа уже не будет.

— А кто это был? — спросил я.

— Алекс... Это был ты. Только какой-то старый и мудрый. И ты плакал. Что это значит? Наверно, все из-за вчерашней пчелы?

— Мои учителя уверяли, — ответил я, стараясь говорить небрежно и весело, — что сны никогда не означают чего-то отличного от них. Они означают лишь сами себя. Именно в этом их прелесть. Привычка искать в сновидении смысл — это психическая уринотерапия. Сон — это просто сон. И ничего больше.

Юка кивнула — как мне показалось, недоверчиво.

— Лучше скажи, — продолжал я, — отчего ты раньше никогда не рассказывала про свои сны?

Юка нахмурилась.

— Мне раньше ничего не снилось, — сказала она. — Ничего, что я могла бы вспомнить. Почему?

— Чистая совесть и хорошее здоровье, — отшутился я.

Но я понимал, почему раньше ей не снились сны. Раньше, как только я засыпал, она исчезала. А появлялась, когда я просыпался и опять поднимал на нее глаза.

Мне захотелось побыть одному, и я ушел к себе.

Раньше это было так просто: побыть одному. Но теперь, чем бы я ни пытался заниматься, Юка заслоняла мне все. Мысль о том, что она сидит в своей комнате одна — на самом деле одна — и думает о чем-то, уже никак не связанном со мной, не давала мне покоя.

Странно, но, когда я был полностью уверен в ее реальности, я никогда не задумывался, чем она занимается в одиночестве.

Наверно, теперь я чувствовал себя ответственным за все, что с ней может случиться. И еще за то, что она может натворить. Мне казалось, она обязательно выкинет что-то дикое и ее нельзя оставлять одну.

А если она, как Киж, сочтет бытие мукой — и действительно удавится на своем зеленом шнуре, как пугал меня ее авторский коллектив?

В общем, не прошло и нескольких часов, как я отправился к ней в гости.

Предчувствие меня не обмануло.

Юка сидела на полу, а перед ней лежал золоченый Франклин, прежде стоявший в ее гостиной. Это была дорогая дворцовая модель, инкрустированная драгоценными камнями. Но Юка оказалась безжалостна, как ребенок, — Франклин был разобран на части, а кое-где просто разломан. Инструментами ей послужил обычный столовый прибор; вилка и нож из мягкого серебра были сильно погнуты.

— Что ты делаешь? — спросил я.

— Смотрю, что у него внутри, — отозвалась Юка.

В разломе на животе Франклина виднелась большая белая коробка с эмблемами элементов.

— Ты его убила, — сказал я.

Словно услышав, голова Франклина моргнула золочеными веками и тихо пропела:

— Пигманцы пигманцы пигманцы чигиринь... Кидаяки кидаяки кидаяки цидилинь...

У головы свистело в горле, но в мелодии все равно были красота и тайна. Я не понял, то ли это Франклин пел на неизвестном языке, то ли Юка так повредила его механику, что он стал путать звуки и слоги.

— Его нельзя убить, — сказала Юка. — Он не относится к живым существам. Это музыкальный механизм. Обеты на него не распространяются.

— Может быть, это святотатство, — предположил я неуверенно.

— Не думаю, — ответила Юка. — Он мне такое тут напел, что вполне заслужил.

Она была права, на ее Франклине стояла маркировка «+22+», а это означало, что он поет песни для взрослых, побуждая их к решительности в любодеянии. Таких держали обычно в клубах ночных знакомств, и я даже не представлял, зачем его установили в комнате Юки. Наверно, кто-то заботился таким образом обо мне... Но раньше по понятным причинам Франклин для Юки не пел.

— Он настолько тебя оскорбил? — спросил я.

— Нет. Что ты. Я просто хотела узнать, как он поет.

— И узнала?

Она отрицательно покачала головой.

— Могла бы меня спросить, — сказал я. — Я бы объяснил.

— И как же он поет?

— По Ангельской благодати, — ответил я.

— Понятно, — вздохнула Юка. — Тебя, значит, тоже придется разбирать.

Если она и испытывала раскаяние от содеянного, то ей отлично удалось его скрыть.

Я уже понимал, что произошло, — для этого достаточно было вспомнить сказанное Юкой в момент ее появления на свет.

Она, похоже, уже начала свое путешествие к тайнам мира — бедняга Бен просто оказался первой из них. Но я был слишком счастлив, чтобы упрекать ее за этот акт вандализма.

115

СМОТРИТЕЛЬ

Нескромно испытывать чрезмерное счастье в тревожные времена. Тем более многократно путешествовать по одному билету. Но если весь Идиллиум едет зайцем уже третий век, стоило ли ожидать иного от его Смотрителя?

У нас с Юкой начался второй медовый месяц. Возможно, правильно было бы назвать его первым, потому что раньше я знал совсем другую Юку. Вернее, я вообще ее не знал — а приписывал ей реальность, которую она обрела лишь сейчас. Прежде мне рассказывали про нее истории, а теперь я встретил ее на самом деле...

В общем, какое-то из этих неубедительных объяснений и давало мне возможность войти в одну и ту же реку дважды. А то и трижды, такое у нас тоже нередко случалось.

Но я не буду приводить слишком интимные подробности нашего счастья — в конце концов, счастливы одинаково не столько все семьи, как уверяет *Corpus Anonymous* (семья, разъяснил бы мой монах-наставник, не является чувствующим существом и не может быть субъектом счастья), сколько все люди, чтобы не сказать — все мозги: это такой же трюизм, как то, что все кастрюли кипятят воду одним и тем же древним способом, и замерзает она по Ангельской благодати тоже в совершенно одинаковый лед, какого бы цвета ни был холодильник.

Я не зря упомянул холодильник — вслед за поющим Беном Юка разобрала и его. Когда она потребовала объяснить, как холодильник работает, я смог повторить только то, что знал про этот смутный вопрос с детства, — добавив от неуверенности апломба:

— Неужели вас не учили в Оленьем Парке? Есть четыре великих элемента. Воздух связан с дыханием, Огонь — с теплом и холодом, Вода — с подвижностью и сцеплением, Земля — с плотностью.

— И что?

— Что делает холодильник? Охлаждает. Значит, здесь инверсивно действует элемент Огня. Поэтому сам холодильник снаружи бывает горячим, хотя внутри холодно. Действие элемента Огня питается благодатью соответствующего Ангела.

Мне казалось, что дать более исчерпывающее объяснение невозможно. Так я отвечал на школьных экзаменах, и моих учителей это вполне удовлетворяло.

— А умофон? — спросила она. — Ну, или просто телефон?

Я немного подумал.

— Так же. Только... Наверно, тут действует Воздух. Мы ведь говорим друг с другом на расстоянии через воздух, верно? И, может быть, тут участвуют и другие элементы. В любом предмете и явлении можно отыскать если не все четыре элемента одновременно, то хотя бы их семена.

Повторив эту зазубренную в непонятно каком году фразу, я ощутил себя академиком, устало поучающим туповатого студента. Юка, однако, не сдавалась.

— А почему все эти телефоны и холодильники становятся лучше каждый год?

— Потому, — ответил я, — что Ангелы четырех элементов заняты непрерывным духовным самосовершенствованием, и сила их благодати неуклонно возрастает. Наша коллективная карма тоже становится лучше. Это позволяет нам все полнее радоваться жизни.

— Какой ты умный... А ты знаешь, что это такое?

Она показала мне какую-то распотрошенную плоскую коробочку.

Это оказался разобранный умофон последней модели. Внутри, как во всех подобных технических устройствах, был белый контейнер, разделенный на четыре секции с эмблемами элементов, и маленький латунный цилиндр, обвязанный разноцветными шелковыми нитями. Цилиндр был тоже вспорот чем-то острым.

— Ты и туда залезла? — изумился я.

Она кивнула.

Мне стало смешно — а потом грустно. Я вспомнил свое детство. Отчего-то я никогда не задавался подобными вопросами слишком глубоко. Меня вполне удовлетворяло то, что я слышал на уроках техники в фаланстере, где рос, — и теми же самыми словами я отвечал экзаменатору: мол, благодаря благодати, запасенной в этих белых сотах (я все время забывал, как они назывались), в телефонной трубке слышен голос, а на экране вычислителя появляется картинка...

Я еще раз повторил Юке то же самое.

— То есть ты опять ничего не знаешь, — констатировала Юка. — В латунной трубке была свернутая бумажка, очень тонкая. А на ней — абракадабра на латыни. И цифры, много цифр.

— Ты прямо как ребенок, — сказал я. — Помню, у нас в фаланстере были такие, кто развинчивал старую технику и читал эти мантры. Но я слышал, что это плохо для кармы. Неуважение к Ангелам. И что там написано на латыни?

— Я не смогла перевести, — ответила Юка. — В словарях такого нет.

Я пожал плечами.

— Наверно, что-то техническое.

— А в пылесосе? — спросила она. — Там тоже такой цилиндр. Только чуть больше. И в нем тоже бумажка с буковками и цифрами.

— Ты и пылесос разломала? — изумился я.

— Ну да, — ответила она. — Не волнуйся, уже новый привезли.

— И что ты там нашла?

— Я же говорю, все то же самое. Почему в телефоне, в холодильнике и в пылесосе — одно и то же? Они же по-разному работают.

— В принципе различия не так важны, — сказал я. — По милости Ангелов Флюид и благодать могут обретать любые формы и двигаться какими угодно путями.

— Алекс! — ответила Юка рассерженно. — Ты прямо как старый поп. Зачем ты талдычишь эти дурацкие прописи? Неужели тебе совсем не интересно?

Я почувствовал обиду. Раньше она так со мной не говорила. Но она сказала правду — это действительно было интересно. Даже очень.

Но почему-то я начал это понимать только после того, как она измучила меня своими вопросами. Самое удивительное, я с детства считал свою нелюбознательность признаком серьезности — и положительности, что ли... Впрочем, я не был в этом виноват. Так уж меня воспитали.

— Хорошо, — сказал я. — Сдаюсь. Я не знаю. Не знаю, как все работает. И не хочу знать. Потому что я вообще не пользуюсь ни телефоном, ни телевизором. Их делают для бедняг, не знакомых с абсорбциями.

Сказав это, я почувствовал себя совсем глупо. Можно подумать, я сам был хорошо с ними знаком.

— А ты можешь найти кого-нибудь, кто знает? — спросила Юка. — Пригласи его. Пусть расскажет. Ты же Смотритель.

— Тратить на это время?

— Отчего нет? Мы ведь тратим его на все остальное.

Я понял, что начинаю злиться — и это изумило меня. Повода ведь не было. Просто раньше Юка никогда не просила о подобном. Меня даже расстраивало, что у нее ко мне так мало просьб.

— Хорошо, — ответил я. — Я постараюсь.

Мой месячный отпуск еще длился, и следовало пользоваться случаем. Я поговорил с Галилео, и он сказал, что лучшим специалистом по этим вопросам считается блаженный архат Адонис из Железной Бездны. Он жил в главном монастыре ордена.

— Там разрабатывают технические приборы, — сказал Галилео. — Телефоны, телевизоры, холодильники, пылесосы. И поющих Бенов тоже. Архат Адонис довольно занятый человек, но Смотрителю отказать не посмеет. Лучше него про технику не расскажет никто. Хотя его речи не всегда понятны — он употребляет слишком много ветхих словечек.

— Он настоящий архат? — спросил я.

— Не знаю, — ответил Галилео, — спроси у него. Я в этом сомневаюсь, если честно, — он всю жизнь занимался совсем другим. Но Железная Бездна — очень большой и важный монастырь. Его глава получает право на такой титул автоматически.

— Можно вызвать его к нам?

— Я узнаю, — сказал Галилео.

Юка больше не напоминала про свою просьбу: ждать она умела. Скоро я и думать забыл об этом разговоре — но через несколько дней во дворе Михайловского замка появились монахи в синих рясах.

Я никогда не видел прежде такой духовной формы.

V

Монахи в синем ходили по двору, скрестив руки на груди и опустив скрытые капюшонами лица. Пройдя от одной стены до другой, они разворачивались и шли назад.

Это больше походило на тюремную прогулку, чем на ходячую медитацию. Тем более что и шагали они странно — не перекатываясь с пятки на пальцы ноги, как делают медитирующие, а резко опуская всю ступню на землю, словно солдаты на плацу. И они не сняли перед духовным упражнением обувь.

Признаться, мне в душу закралась тревога — я не был уверен, что передо мной настоящие монахи. Государственный переворот, как известно, — это нечто такое, что называют «воспаленным параноидальным бредом» за минуту до его начала и «долгожданной освободительной бурей» через минуту после. Любой потомок Павла Великого (даже настолько отдаленный, как я) всегда помнит о такой возможности.

Я собрался уже кликнуть стражу, когда мне доложили, что прибыл архат Адонис из Железной Бездны — и ждет аудиенции. Я догадался, что монахи — его свита.

Юка пришла в восторг и исчезла в своих гардеробах на целый час. Когда она появилась, на ней было совсем простое коричневое платье — вроде тех, какие девочки носят в школу. И вообще она выглядела чрезвычайно скромно. Но я уже знал, что скромная и неброская простота является сложнейшей разновидностью женского макияжа, поэтому не стал укорять ее за задержку.

Адонис ожидал нас в Малом Зале Приемов.

Он сидел в большом высоком кресле, где по этикету полагалось бы находиться мне. При нашем появлении он даже не встал. Но когда я увидел, сколько ему лет, я не испытал обиды.

Это был седой старик в синей рясе — такой же, как у монахов во дворе. На его правом плече поблескивал серебряный эполет и четыре вышитых под ним колеса — знаки ранга. Его лицо казалось задубевшим от ветра, а кожа имела странный бирюзовый оттенок. С первого взгляда делалось ясно, что это очень необычный человек.

Именно он прислал когда-то в Красный Дом усыпанного драгоценностями Франклина с разноцветной стеклянной гармоникой — в дар от Железной Бездны. После истории с Менелаем я не стал расспрашивать о подарке, решив, что Адонис, если захочет, вспомнит о нем сам. Но этого так и не произошло: видимо, канцелярия была права, и смысла в дарах действительно не следовало искать.

Мы с Юкой совершили простирание, как положено при встрече с архатом. Я вспомнил требуемый при обращении титул не без напряжения — урок этикета, где это проходили, примерно совпадал по времени с изготовлением моей последней рогатки.

— Прошу простить, Ваша Исчерпанность, что вас вынудили совершить это путешествие, — сказал я. — Я просто выразил вслух нескромное пожелание встретиться с вами, но никогда не посмел бы...

— Хватит, — ответил Адонис, поднимая руку. — Ты новый Смотритель и имеешь право знать все, что тебе хочется. Смотрители обычно вызывают меня, чтобы удовлетворить свое любопытство, а потом забывают о Железной Бездне. Они воспринимают наш огромный труд как нечто само собой разумеющееся. Знаешь почему?

— Почему?

— Потому что мы никогда никого не подводим. Про таких не принято помнить... Но я не ропщу. Наше дело — служить. Что именно ты хотел знать, Алексис?

Юка принесла с собой свой разобранный телефон — и я с поклоном показал его Адонису. Мне неловко было признаться, что я вызвал такого почтенного старика, чтобы развлечь свою подругу, и я решил чуть схитрить.

— Я часто вспоминаю уроки техники в фаланстере, где я рос, — сказал я. — В детстве я... ну, не я, а другие мальчишки, неважно, — открывали старые телефоны и приемники. Внутри был латунный цилиндр, а в цилиндре — бумажка с надписью на латыни...

— Мальчишки? — переспросил Адонис. — Может, скорее девчонки?

Я ничего не ответил, только покраснел. Архата трудно обмануть. К счастью, на помощь мне пришла Юка.

— Алекс выгораживает меня как может, — сказала она.

Адонис благожелательно кивнул. Похоже, Юка ему понравилась. Но она, в конце концов, была проектом таких же, как он, бритоголовых ребят — наверно, удивляться не стоило.

— Мы хотим знать, почему в телефонной трубке слышен голос? — продолжала Юка. — Почему на экране телевизора и вычислителя появляется картинка? И зачем эта надпись на латыни?

— Ты пробовала ее перевести? — спросил Адонис.

— Да, — ответила Юка. — Но не смогла.

— Эти надписи обычно зашифрованы, — сказал Адонис. — Главным образом для таинственности, другого смысла нет.

— А что там написано?

— Это молитва. Смысл примерно следующий — по повелению Ангелов четырех стихий да будет это устройство телефоном, работающим согласно комплекту технической документации номер такой-то, аминь... Раньше ухитрялись помещать в прибор саму техническую документацию, но с каждым годом приходилось писать все мельче, а бумагу делать все тоньше. Теперь это стало так сложно, что дается только ссылка на номер документа, хранящегося в департаменте Воздуха.

— А белые коробочки? — спросил я. — Зачем на них эмблемы элементов?

Адонис внимательно уставился на меня.

— Что тебе известно о происхождении нашего мира? — спросил он.

Я хотел спросить, что об этом известно самому Адонису, — но осекся. На плече старика были знаки достоинства одного из высших иерархов Идиллиума — наверняка он знал куда больше моего.

— Я получил посвящение от Никколо Третьего и от Ангелов, — ответил я. — Юка тоже.

— Хорошо, — сказал Адонис. — Если так, покойный Никколо должен был объяснить тебе, что мы прячемся в тени мира, от которого отпочковались два столетия назад. Когда я учу монахов, я сравниваю Ветхую Землю с небесной ширмой, заслоняющей нас от лучей Абсолюта.

— Что...

— Только не спрашивай, что такое Абсолют, — махнул Адонис рукой. — Просто представь себе жаркое безжалостное солнце. Ветхая Земля полностью открыта его лучам. Это мир жестких необходимостей и твердых причинно-следственных связей. Ветхая Земля как бы принимает удар космоса на себя, оставляя нас в тени. Поэтому Ветхая Земля ведет мучительный торг с материей за право пользоваться ее законами для своего блага, а мы свободны от этой необходимости.

— Так что это за белые штучки? — повторил я. — Почему они то большие, то маленькие?

— В белых, как ты выразился, штучках содержатся симпатические наполнители. Субстанции, через которые прибор связан с силами Огня, Воздуха, Воды и Земли. Энергии элементов, соединяясь, исполняются благодати и заставляют прибор действовать по назначению.

— Я ей так и объяснил, — сказал я, победоносно поглядев на Юку. — И в фаланстере нам говорили то же самое. Но если кто-то из учеников спрашивал, почему нельзя заставить телефон делать что угодно — например, летать по небу или превращаться по ночам в красивую девушку, — ни один преподаватель не мог внятно ответить.

— Зато всего через несколько лет тебе подарили именно такой телефон, — ответил Адонис и захохотал.

Смех у него был резкий и режущий, как будто он пилил жестяной лист ножовкой.

Я нахмурился, показывая, что шутка неуместна. Юка ничего не поняла — но на всякий случай улыбнулась.

— Извини, — сказал Адонис. — Не хотел тебя обидеть.

— Все в порядке, — ответил я. — Но я действительно не понимаю, что нас ограничивает. Почему эти телефоны, телевизоры и соковыжималки каждый год становятся немного лучше, но мы не можем сделать их какими хочется прямо сразу?

Адонис жалобно вздохнул.

— Ты неправильно ставишь вопрос, — сказал он. — Совсем как твои предшественники, Алекс.

— А как правильно?

— Правильно так — почему мы вообще такое можем? Почему мы в состоянии сделать телефон и телевизор, не вдаваясь в подробности?

— Почему?

— Да потому, — ответил Адонис, — что это уже кто-то сделал!

— На Ветхой Земле?

Адонис кивнул.

— Мы в некотором смысле паразитируем на них. Но выбора у нас нет. Никколо ведь рассказывал тебе историю новых созвездий? Которые хотели зажечь в небе вместо прежних?

— Да.

— С техникой обстоит точно так же. Мы можем лишь повторять формы, уже существующие в мире.

— Значит, все эти вещи придумывают на Ветхой Земле, — повторила Юка.

— Да, — ответил Адонис. — Только не спрашивай как — наши пути давно разошлись, и это будет сложно понять. Когда их инженеры, поторговавшись с материей и заручившись ее согласием, делают новый телевизор и телефон, нам достаточно знать, что материя не возражает. Разрешение распространяется на нас тоже. Точно так же медиумы Франца-Антона создавали когда-то горы и реки, не вдаваясь в тонкости геологии, поскольку горы и реки уже были в мире.

— Понимаю, — сказал я. — Но ведь можно предположить, что через десять лет телефоны и телевизоры станут еще лучше. И сразу написать самое продвинутое техзадание на латыни, а потом приложить к нему силу четырех элементов. Выйти из тени совсем чуть-чуть.

— Это много раз пробовали. Но такие устройства не хотят работать.

— Почему?

— Потому, — ответил Адонис, — что вся техника Ветхой Земли — это магия. Мы ее почти не понимаем. В других областях мы выходим из тени достаточно далеко, и космос с этим мирится. А здесь... Здесь мы можем только шагать вслед за ними. След в след. Это очень, очень специфическая форма магии. Хорошо, что она вообще нам доступна.

— А как мы узнаем, что на Ветхой Земле появилось новое устройство? У нас же нет никакого контакта. Он запрещен, разве нет?

— Это мрачная тема, — ответил Адонис. — И лучше тебе в нее не погружаться, потому что с каждым новым шагом ты будешь стремиться узнать все больше и больше, пока это не кончится неизлечимой травмой для психики.

— Я должен знать, — сказал я. — Я Смотритель.

— Хорошо, — ответил Адонис. — Этим занимается так называемая Ветхая Обсерватория. Формально это часть департамента Воздуха. Но на самом деле мы не подчиняемся никому — у нас слишком специфические задачи.

— Это тоже Железная Бездна? — спросил я.

— Да. У нас трудятся особым образом обученные медиумы, «Свидетели Прогресса». Они похожи на астрономов, созерцающих космос. Но телескопом им служит их собственный чрезвычайно чувствительный ум. Они могут проникать в тайны Ветхого мира, сканируя акты так называемого «консумирования», или «потребления». Их засекают по энергетическим выплескам особого рода... но подробнее прошу не расспрашивать, увязнем. Поскольку любимый вид спорта на Ветхой Земле — это синхронное потребление, каждый исследуемый объект очень выпукло и ярко представлен во множестве консумирующих его умов. Входя с ними в контакт, Свидетели собирают сведения об интересующих нас устройствах.

— Звучит просто, — сказал я.

— Только звучит. Медиумы тренируются всю жизнь и лишь поэтому сохраняют душевное здоровье.

— Что именно они выясняют?

— Две вещи. Как выглядит тот или иной аппарат и как он работает. Они постигают это в мельчайших подробностях. Отрефлексировав сотни актов потребления, они узнают про интересующий нас прибор все. Шивам из департамента Воздуха нужно после этого создать первый работающий экземпляр.

— И все? — спросила Юка.

Адонис кивнул.

— Если не было допущено серьезных ошибок, все будет работать как на Ветхой Земле.

Затем техническая комиссия присваивает новому устройству инвентарный номер. Это самое главное, потому что номер вписан в молитву Ангелов — и связывает все последующие копии с первой. Железяку после этого можно ставить на поток — копии будут работать точно так же. Ну, или почти так же — они немного глючат. Сами знаете... Хотя некоторые говорят, что глючат именно исходные устройства, а мы просто копируем эту их особенность вместе с остальным.

— А как Свидетели передают свой опыт шивам? — спросил я.

— У нас тоже есть *baquet*, — улыбнулся Адонис. — И не один. Не хуже, чем в Оленьем Парке.

Я решил не углубляться в тему и быстро спросил:

— А почему телефоны обязательно следует класть ночью на алтарь?

— Их надо заряжать благодатью.

— Я знаю, — сказал я, — мне не три года. Но почему нельзя сделать их постоянно заряженными благодатью? Я думаю, Ангелы не будут возражать.

— Ангелы не будут, — ответил Адонис. — Но космос будет.

— Почему?

— На Ветхой Земле нет благодати. Там одно электричество. Их телефон устроен так, что его надо заряжать раз в несколько дней. Поэтому надо заряжать и наш. Мы воспроизводим земные неудобства.

— Зачем?

— Когда речь идет о ветхой технике, мы обязаны копировать не только достоинства, но и недостатки. Наш телефон должен причинять владельцу столько же проблем. Он не может быть лучше, он может быть лишь хуже. Но если заменить электричество благодатью, космос не возражает.

— Почему тогда один телефон разряжается за день, а другой — за три дня?

— Значит, — сказал Адонис терпеливо, — так написано в техзадании, в соответствии с которым действует благодать.

Пора было менять тему.

— Выходит, на Ветхую Землю все-таки можно заглянуть? — спросил я.

— Ну вот, — недовольно сказал Адонис. — Я знал, что разговор приведет именно сюда.

— Можно или нет?

— Можно. Но делать это дозволяется лишь медиумам Ветхой Обсерватории, психика которых закалена суровыми тренировками.

— А в чем проблема? — спросил я. — Там что-то страшное? Невыносимое? Чудовищное?

— Это как посмотреть, — ответил Адонис. — На первый взгляд, все не так уж страшно. Даже совсем не страшно. Но только на первый... Чем больший кусок их реальности ты пытаешься осознать, тем тяжелее последствия. Возникает своего рода психический перитонит, ударный шок — назови как хочешь. Все понятия и смыслы нашего мира приходят в содрогание.

— И что, — спросил я, — высшие чиновники все равно могут туда смотреть?

Адонис склонил голову, словно покоряясь неизбежному.

— Могут, — ответил он. — Это делали довольно многие, включая, разумеется, и меня. И все потом жалели. За последние двести лет — ни одного исключения. Опыт бесполезен и мрачен. Кроме того, после него долго болеют.

— Кто? Смотрители?

Адонис поглядел на меня, как мне показалось, с легким презрением.

— Нет. Смотрители хорошо защищены, и у них есть свой собственный выход в Ветхий мир. Болеют медиумы, которых заставляют глядеть на Ветхую Землю.

— Но ведь они делают это постоянно?

— Они делают не это, — сказал Адонис. — Они занимаются техническими устройствами и обучены избегать психических травм. Они движутся по кратчайшему пути к своей цели, не обращая внимания на остальное. Проблемы начинаются, когда моих ребят заставляют везти на экскурсию кого-то из сановников. Те обычно задают маршрут, после которого бывает нужна медицинская помощь.

— Мы хотим это сделать, — сказала Юка. — И как можно быстрее. Когда медиумы могут прибыть?

Адонис вздохнул.

— Они здесь. Я привез их с собой. Желания обитателей Михайловского замка предугадать нетрудно... Надеюсь, вас не сломит то, что вы увидите и узнаете, — и вы сможете наслаждаться своим счастьем и после опыта.

Когда я услышал эти слова, у меня екнуло в груди. Жутким казалось прикосновение к праху, откуда восстал наш мир: заказав экскурсию на тот свет, я не особо опечалился бы отказу. Но Адонис согласился.

— Монахи придут в требуемое состояние духа сегодня вечером, — сказал он. — При прежних Смотрителях мы ставили опыт в этом самом зале. Путешествие рассчитано на одного наблюдателя...

Юка растерянно посмотрела на меня.

— ...но по секрету скажу, — продолжал Адонис, — что если Смотрителю угодно пригласить для участия в опыте свое доверенное лицо, он может дать ему на время свою треуголку. Тогда доверенное лицо увидит и почувствует то же самое. Это против правил, но так делали и Никколо Третий, и Никколо Второй.

Что касается Никколо Первого, то его кошка все отлично видела и без резонаторов.

Адонис обвел нас озабоченным взглядом, словно ощупывая наши тела.

— Перед опытом я рекомендую вам отдохнуть. Лучше всего поспать час или два. Обдумайте заранее, что вы хотите выяснить, потому что следующий подобный эксперимент мы сможем поставить не скоро.

Мы последовали этому совету.

Я вернулся к себе и проспал два часа. Но отдых не освежил меня — мне приснился тревожный удушливый сон, какие бывают при гриппе. Увиденное напоминало традиционные картины ада. Я скитался по подземным казематам, где ездил железный поезд, заполненный потерявшими надежду людьми.

Когда я проснулся, мне пришло в голову, что сон может быть связан с готовящимся опытом. Ведь говорил же кто-то из великих, что будущее посылает перед собой герольдов, окрашенных в его цвета...

Но отменять сеанс было уже поздно.

Адонис и Юка ждали меня у дверей Малого Зала Приемов.

— Ты опаздываешь, Алекс, — сказала Юка.

Она выглядела немного хмурой — и я решил, что ей тоже снился кошмар.

СМОТРИТЕЛЬ

— Небольшое вступление, — сказал Адонис. — Для Смотрителя и других высших сановников, желающих заглянуть на Ветхую Землю, разработан специальный ритуал. Его цель — обезопасить рассудок наблюдателя, переложив весь риск на моих ребят. Вам не угрожает ничего. Но помните, что для медиумов это серьезное испытание. Решайте сами, страданию какой глубины вы готовы их подвергнуть ради своего любопытства. И говорите очень тихо.

Такое начало мне не слишком понравилось. Я хотел что-то сказать, но Адонис приложил палец к губам и повернул ручку двери.

В Малом Зале Приемов нас ожидали восемь монахов в синих рясах без знаков различия. Я понял, что видел во дворе Инженерного замка кого-то из них.

Теперь их капюшоны были откинуты.

При нашем появлении монахи даже не открыли глаз. Видимо, они уже вошли в транс. Лица их были грубыми и хмурыми, нездорового зеленоватого цвета — как у шахтеров, ежедневно вдыхающих вредный для легких газ.

Они сидели на соломенных циновках вокруг двух темных кресел с прямыми спинками, стоящих вплотную друг к другу. На полу желтым мелом было нарисовано похожее на подсолнух солнце — его корона как бы окружала кресла защитной чертой. Из солнечной короны выходили желтые раздвоенные лучи павловского креста: кресла находились в его невидимом центре, а циновки лежали на остриях.

Я понял, что на полу нарисована копия моей татуировки — и сразу же почувствовал слабый зуд на своей левой кисти. Но татуировка так и не стала видна. Скорее всего, подумал я, ритуальное излишество.

Но, даже несмотря на свой скептицизм, я испытывал благоговение: примерно так, наверное, выглядели когда-то первые месмерические сеансы. Не хватало только древнего *baquet* с электродами — и Господа Франца-Антона.

— Садитесь, — прошептал Адонис, указывая на кресла.

Тишина, видимо, нужна была для того, чтобы не вывести монахов из сосредоточения. Я ощущал их концентрацию почти физически — в происходящем чувствовалась незнакомая мне мрачная сила.

Мы сели в кресла. Юка улыбнулась мне одними глазами — и надела мою треуголку.

— Сейчас я объясню, как будет проходить опыт, — еле слышно сказал Адонис. — Свидетели находятся в своем обычном рабочем состоянии — они могут ежесекундно входить в контакт с мерцающими вокруг ветхими умами... Только не думайте, пожалуйста, что вокруг действительно мерцают какие-то умы, это просто наш рабочий язык. На Ветхой Земле это называют «информационным полем» — оно не имеет пространственных... пространственных...

— Размеров? — предположил я шепотом. — Границ?

Адонис махнул рукой.

— Короче, чтобы вас не путать, — мои ребята хорошо знают, куда глядеть и как, но количество и качество установленных ими контактов постоянно меняется. Так что точность и осмысленность ответа на ваши вопросы зависит от случая. Обычно они сканируют сразу множество мерцаний.

— Нам придется ждать?

— Нет. Наше и их время имеет разную субъективную скорость. Даже когда они отвечают быстро, за этим стоят часы серьезной работы. Поднимая темы, выходящие за область их обычной практики, или направляя внимание на излишние подробности, вы подвергнете их риску.

— Почему?

— Так действует информация...

До Адониса я слышал это ветхое слово от Алексея Николаевича — но уже забыл, в каком контексте.

— Что это?

— Долго объяснять. Просто почувствуй слово на вкус. Словно что-то вдавливает в тебя свой отпечаток, меняя твою форму, да? Вот это оно и есть. Поток информации, в котором находятся медиумы, опасен для душевного и физического здоровья. В рабочих условиях они могут себя защитить. Но чем необычнее вопросы, тем сложнее им выдержать информационное давление — ты как бы заставишь их метаться под водопадом ядовитых стрел. Помни об этом.

— Они могут узнать что-то, способное нарушить их душевный покой?

Адонис посмотрел на меня очень серьезно.

— Нет, — сказал он. — Но они могут подвергнуться действию жестких лучей Абсолюта, пронизывающих Ветхую Землю.

— Хорошо. Как задавать вопросы?

— Сначала вслух. Потом между вами установится контакт. Ответ придет в молчании. Когда он будет получен, можете задавать уточняющие вопросы — как угодно, вслух или мысленно. Учти, Алексис, ты — генерал, посылающий солдат в битву. Постарайся не подвергать их опасности без нужды.

Он протянул мне медный колокольчик в форме черепа без нижней челюсти. У черепа впереди почему-то было только три зуба. Наверно, подумал я, подвергся действию жестких лучей Абсолюта.

— Не забудь позвонить, когда насытишь свое любопытство.

Я кивнул, закрыл глаза и сосредоточился.

СМОТРИТЕЛЬ

Я никак не чувствовал присутствия монахов в пространстве своего ума. Или, может быть, обычная черная тишина и была их присутствием. Пока я соображал, о чем спросить (после вступления Адониса мне ничего уже особенно не хотелось), вопрос задала Юка:

— Как работает умофон на Ветхой Земле?

Ответ пришел сразу. Он воспринимался как моя собственная ясная догадка об объекте интереса.

«Так же точно, как здесь».

— Нет, — сказала Юка, — я имею в виду не функции, а суть. Как телефон может работать без Ангельской благодати? На каком же тогда принципе?

В этот раз была долгая пауза — должно быть, Свидетели Прогресса готовили ответ. А потом...

Не знаю, как описать это видение. Словно я очутился в пустыне, где только что пронеслась буря, раскрывшая древнее погребение. Я увидел нечто, показавшееся мне в первый момент ладьей фараона с сорванной верхней палубой.

Это был огромный умофон. Но внутри у него не оказалось ни симпатических наполнителей, ни латунного цилиндра с технической молитвой. Зато там было много другого — так много, что по филигранной продуманности умофон не уступал человеческому телу. И, самое поразительное, я понимал назначение деталей и элементов, заполнявших нутро аппарата.

Большую часть ладьи занимал короб с запасенной в нем электрической силой, заменявшей на Ветхой Земле благодать. Остальная начинка напоминала город, увиденный с большой высоты — словно бы тесно стоящие дома, соединенные лабиринтами тонких металлических улиц. Некоторые из домов были сверху похожи на почтовые марки с золотыми зубцами.

Я захотел понять, как работают эти марки. Ответ, дошедший до меня через некоторое время, был маловразумителен. Суть заключалась в том, что электрическую силу со страшной, поистине невообразимой скоростью заставляют метаться по их зубцам, и при каждом таком прыжке марки выполняют особое правило, заложенное в них людьми, и правил таких очень-очень много. Я захотел постичь это глубже. И тогда...

Тогда мне открылось нечто невероятное.

Я попробую объяснить то, что я увидел, пользуясь понятными нормальному человеку аналогиями.

Умофон как бы состоял из невообразимого числа свитков с законами, исполнявшимися электрической силой много раз в секунду, вот только записаны эти повеления были иначе, чем принято у нас. Вместо латунных цилиндров и полосок рисовой бумаги ветхие люди применяли изощренную и чрезвычайно мелкую резьбу по камню, во много слоев вытравливая в нем тончайшие иероглифы с непостижимо сложным смыслом. Электричество, проходя по ним так и сяк, каждый раз как бы принудительно прочитывало их.

Нечто похожее происходит, когда ветер вращает барабан молитвенной мельницы с вырезанными на нем мантрами. Но здесь было наоборот: мельница оставалась неподвижной, а вокруг нее замысловато кружил ветер — и не простой ветер, а как бы дуновение множества голосов, читающих заклинания.

Молитвенный барабан назывался у ветхих людей словом «Хад», а произносящий заклинания голос — словом «Цоф» (так я расслышал). Мантры на барабане «Хад» были все время одни и те же, а заклинания «Цоф» постоянно менялись.

И каждый раз, когда эти «Хад» и «Цоф» встречались, электрическая сила как бы околдовывала себя сама — подчиняясь заклинаниям, она разбегалась по металлическому лабиринту таким хитрым способом, что функции умофона проявлялись совершенно безблагодатно — то есть вообще без вмешательства Ангелов!

Трудно было поверить, но те удивительные вещи, которые могли делать эти маленькие коробочки, всего лишь вытекали из железных необходимостей материи — и свойств хитрой тюрьмы, построенной для нее людьми.

Мы, конечно, не сумели бы повторить у себя ничего похожего: эти мелкие до невидимости иероглифы, вытравленные в кристалле, вобрали так много разных смыслов, что при самом мелком почерке все заключенные в них команды нельзя было бы вместить даже в миллион латунных цилиндров с бумажными свитками.

Смысл происходящего, однако, оставался неизменным — зафиксированная человеческая воля принуждала физические эффекты происходить определенным образом, и они происходили. По сути, наша технология работала так же, но была намного дешевле и компактней. А вот в мистическом отношении техника Ветхой Земли показалась мне куда мрачнее.

Дело в том, что вытравленные в камне иероглифы были основаны на открытиях, когда-то давно (иногда за века до этого) нащупанных и записанных людьми. Этих людей было очень много — и большей частью они давно умерли. Каждый из них походил на древнего раба, выбившего на гранитной плите крошечный отрезок длинного-предлинного заклинания.

СМОТРИТЕЛЬ

И уже давно на Ветхой Земле не было ни одного человека, кто знал бы все некрозаклинание целиком. Люди в лучшем случае понимали, как соединить один этаж библиотеки с другим, чтобы накопленные в веках смыслы растеклись по их черным электрическим маркам, выныривая из формул и таблиц, составленных мертвецами, почти не видевшими при жизни счастья — и горько ушедшими в небытие.

Умофон Ветхой Земли, несмотря на свою безблагодатность, был сосудом ритуальной некромантии. Мало того, это был продукт безжалостных азиатских потогонок — таких пирамид человеческого страдания и тоски, что древнеегипетский проект рядом с ними казался шуткой. Вряд ли эти пропитанные болью коробочки могли принести кому-нибудь из живых счастье.

Но я уже знал, что на Ветхой Земле инженеры думают не о счастье, а о скорости, с какой письмена мертвых душ приказывают электрической силе прыгать туда-сюда по медным волосам этих карманных големов.

Теперь я понимал, почему умофон показался мне похожим на погребальную ладью. Он и был ладьей, огромной ладьей, где гребли мертвецы. Их набилось там очень много, и чем совершенней становилось устройство, тем больше их собиралось. Но никто не гнал ветхих людей плетью в это жуткое загробье.

Молодежь, постиг я, сознательно стремилась на эту призрачную галеру: превратить свою жизнь в цепочку заклинаний, которая обретает мимолетный смысл, лишь сплетаясь с другими похожими цепочками, считалось у них чуть ли не лучшим доступным человеку шансом.

Я захотел отвернуться от открывшейся мне бездны, но мое внимание словно прикипело к тому, что я видел. К счастью, в этот момент зазвонил колокольчик. Адонис пришел мне на помощь — и вынул его из моей онемевшей руки, прервав транс.

Последовала долгая секунда безмыслия, а потом я вынырнул в знакомый мир, и моя голова, как оболочка монгольфьера, стала надуваться суждениями и оценками.

Мрачные глубины, куда я заглянул, изнурили мою душу. Все эти умофоны и вычислители не зря ассоциировались у меня с черепами, склепами и вообще чем-то потусторонним. Череп был главным символом Железной Бездны. Теперь я знал, что орден имеет полное право на такую форму резонатора.

Я открыл глаза. И в ужасе закрыл их.

Со Свидетелями Прогресса произошла жуткая перемена. Их лица, и так нездорового цвета, стали синюшно-зелеными, словно они умерли неделю назад — и успели разложиться на жаре.

Но они были живы. Они шумно дышали и дергались — будто увязли в кошмаре, от которого никак не могли проснуться. Почти у всех сочилась кровь из носу, у одного — вдобавок из ушей, еще у одного — из-под закрытых век... Можно было подумать, они попали под залп невидимой картечи. Вот почему Адонис так боялся жестких лучей Абсолюта.

Адонис еще раз позвонил в колокольчик, и в зал вошли служители в робах с медицинским змеем. Они принялись вытаскивать монахов в коридор. Никто из бедняг в синих рясах при этом так и не открыл глаза. Через минуту в зале остались только мы трое — о закончившемся сеансе напоминали лишь редкие капли крови на полу.

— Ну что? — спросил Адонис. — Поймал бога за бороду?

— Кого-то поймал, — сказал я.

— То ли бога за бороду, то ли черта за лобковые волосы, — хохотнул Адонис. — Сразу не разберешь, да?

Он, похоже, понимал, что я чувствую, — и выразил это довольно точно, хоть и несколько по-солдатски.

— Я надеюсь, — сказал он строго, — увиденное стоило мучений моих мальчиков. Им придется теперь почти месяц лечиться и отдыхать... Ну что, кто-нибудь из вас может описать свой опыт?

Я кивнул, открыл рот... и закрыл его.

Все только что пережитое с невероятной скоростью забывалось и теряло достоверность — как бывает с запутанным сном. Миг назад я понимал, почему мельчайшие иероглифы, вырезанные в камне, работают как молитвенная мельница, и каким образом телефон может быть погребальной ладьей — а теперь все это превратилось просто в осыпающуюся штукатурку сна, бессмысленный набор образов, больше не одушевляемый проходящим сквозь него сквозным знанием.

Что бы я ни сказал, это прозвучало бы как утренний бред — когда человек бормочет спросонья всякую чушь, не понимая, что смысл, который он тщится вложить в слова, целиком остался в сновидении.

— Хад и Цоф, — прошептал я.

— Да, — повторила Юка, — Хад и Цоф!

— А что это? — спросил Адонис.

Я попытался найти ответ — но смог только покрутить в воздухе руками. Левой — вертикально, а правой почему-то горизонтально.

— Трудно выразить? — засмеялся Адонис. — Теперь ты видишь: даже проникнув в душу другого мира и увидев его тайны, ты не унесешь это знание с собой. На границе миров оно потеряет весь волшебный блеск, как вынутая из моря ракушка.

— Зачем тогда вообще ставят такие опыты?

— Именно для того, чтобы наблюдатель сделал это открытие самостоятельно. Начни я объяснять, ты вряд ли понял бы. Или просто не поверил бы.

Адонис был прав.

— Когда-то мир Ветхой Земли представлялся мне бесконечным соблазном, — сказал он. — Я нырял туда так часто, что все время выглядел как эти бедняги, — он кивнул на дверь, куда унесли монахов. — Не могу сказать, что узнал про Ветхую Землю все. Но я узнал очень многое. В конце концов я просто потерял любопытство. Может быть, поглупел. Или, наоборот, поумнел... Знаешь, погонщику ведь не кажется тайной нутро слона, хотя он вряд ли знает, как слоновьи кишки соединены друг с другом. Это ему просто не важно.

— А что тогда важно? — спросил я.

— Мы живем в пространстве причин и следствий, — ответил Адонис. — Важна только их связь и последовательность. Если ты твердо знаешь, что в ответ на «А» услышишь «Б», ты уже понял про мир все необходимое. Остальным пусть занимаются монахи в синих рясах.

Мои мысли неожиданно приняли новое направление.

— Кстати, — сказал я, — насчет остального. Эти монахи-обсерванты... некроманты... Они занимаются только технологиями?

— Нет. Ветхая Обсерватория сканирует весь спектр информационного поля. И мы, э-э-э, заимствуем у Ветхой Земли некоторые элементы культуры и искусства. То, что пригодно к использованию у нас.

— А как определяют пригодность? — спросила Юка.

— Все, что содержит информацию о реальной жизни Ветхой Земли, вредоносно. Таково огромное большинство их книг, фильмов и прочего — из них так и хлещут жесткие лучи. Нам подходят стихи, поговорки, исторические эссе — особенно если они касаются нашей общей истории. Проще всего со стихами. Что-нибудь про зорьку, осень, одинокий парус или ветреный день в Древнем Риме. Это никого не собьет с толку.

— Стихи я не люблю, — сказал я. — Что еще?

— Картины. Скульптуры. Музыка. Отрывки из книг, которые не могут быть воспроизведены целиком. Весь *Corpus Anonymous*. Весь репертуар Поющего Бена...

— Я предполагал что-то похожее, — кивнул я. — Никогда не верил в божественное происхождение его песенок. Но я думал, их сочиняет специальный департамент. А кто ему эти песни отбирает?

— Он сам.

— Он сам? — спросила Юка. — Каким образом?

— Если приедешь в Железную Бездну, сможешь увидеть. Говорить про это я не могу.

— А что еще мы у них... э-э-э... заимствуем?

— То, что относится к области чистой формы, фантазии, абстрактной игры ума... Плоды, по которым нельзя сказать, где растет породившее их дерево. И, конечно, мы используем их светлые идеи. Например, фаланстер, где ты вырос, был придуман не у нас, а во Франции, уже после Исхода. Но в те времена обмен информацией был проще. Между нашими мирами даже перемещались редкие путешественники.

— А когда это прекратилось? — спросил я.

— Около ста лет назад. Когда двое посвященных во все тайны Желтого Флага — губернатор Внутренней Монголии барон фон Штернберг и граф ди Чапао — отправились на Ветхую Землю, чтобы принять участие в идущей там смуте.

— Они победили?

Адонис пожал плечами.

— И что случилось?

— Все обошлось. Эта история подробно описана в монастырской литературе. Но такие опыты были признаны опасными, потому что могли закончиться вторжением сил хаоса в Идиллиум. С тех пор мы только наблюдаем Ветхую Землю.

— В общем, — подвел я итог, — мы обдираем их мир как липку.

Адонис ухмыльнулся, и я понял, что попал в точку. Но его лицо тут же стало серьезным.

— Смотритель не должен понимать это таким образом, — сказал он, — поскольку это негативно отразится на...

— Ясно, — ответил я. — Что же мне следует думать?

— Лучше всего иметь следующее воззрение: Ветхая Земля — это корень, открытый подземной сырости и мраку. А мы — цветок, питаемый корнем.

— Вот только корень не знает про цветок, — сказал я задумчиво. — А цветок не знает про корень...

VI

На следующий день Адонис попрощался с нами («приезжайте сами, я наездился на десять лет») и отбыл в Железную Бездну со своими «мальчиками».

Сам он ехал впереди на велосипеде (таких я раньше не видел — своими странными шестеренками, пружинами и тросами он напоминал спортивный лук), а монахов везли следом в двух старых медицинских каретах с фигурками бога Эскулапа. Монахам до сих пор было так плохо, что они могли только лежать.

Кареты низко урчали, и мне в первый раз в жизни пришло в голову, что производящие противный шум трещотки на задних колесах нужны не для трансформации Ангельской благодати в крутящий момент, а для того, чтобы транспортное средство шумело не меньше своего ветхого первообраза... И звук этот сразу стал меня раздражать. Все-таки правду говорят — во многой мудрости много печали.

Я был уверен, что теперь любопытство Юки удовлетворено надолго. Но я ошибся.

За обедом она спросила:

— Алекс, ты помнишь, что сказал вчера?

— Когда именно, моя киска? — спросил я. — Вчера я сказал много разного.

— Не называй меня «киской». Ты не Никколо Первый, а я не твоя кошка.

— Хорошо, моя птичка.

— Лучше говори «мой цветок».

— Почему? — заинтересовался я.

— Это будет в тему. Вчера ты заявил, что цветок ничего не знает про корень. А корень не знает про цветок.

Я испугался. Почему-то мне пришло в голову, что она узнала от Адониса о своем воплощении — и нас ждет непредсказуемый разговор.

К счастью, я ошибся.

— Как, интересно, у растений на самом деле? — спросила она.

— Не знаю, — ответил я. — Я не садовник.

— Садовник тоже не знает. Он в лучшем случае умеет остричь ветки ножницами.

— Значит, никто не знает.

— Почему. Роза, например, знает. И лилия тоже.

— Вот и поговори с ними, — сказал я. — Расскажешь потом.

— Я не могу. А ты можешь, если захочешь.

— Монахи уже уехали.

— Ты можешь заглянуть туда сам. Просто

как Смотритель — силой четырех Ангелов. Давай попробуем прямо сейчас, не откладывая... А я надену твою шляпу, чтобы все видеть.

У нее был продуманный план. Да, новая Юка серьезно отличалась от прежней.

— Как же я задам вопрос, если треуголка будет на тебе? — спросил я, все еще надеясь отвертеться.

— Ты знаешь, что настоящему Смотрителю она не нужна. Ангелы хорошо знают тебя и так, Алекс.

Трудно спорить с целеустремленным человеком, твердо знающим, чего он хочет. Особенно если это твоя подруга. Я сунул руку под стол, вынул оттуда треуголку и протянул ее Юке. Когда она надела ее, я закрыл глаза и мысленно обратился к Ангелу Воды:

«Что корень знает про цветок? Что цветок знает про корень?»

Ответа не было.

— Ну вот, — сказал я. — Я спросил, но никто не отвечает.

— Потому что тебе все равно, — сказала Юка. — Если ты проникнешься интересом на самом деле, Ангелам придется ответить. Это ведь интересно — как ощущает себя цветок. Очень интересно. Попробуй сместить туда равновесие ума.

— Откуда ты знаешь, что надо делать? — наморщился я.

— Я повторяю то, что много раз слышала от тебя самого.

Она была права. Я вполне мог дать такой совет кому-нибудь другому.

Я закрыл глаза и попробовал сдвинуться в это любопытство целиком, усилив его почти до физического зуда, сделав его самой насущной из своих проблем.

И тогда ответ пришел.

Я не понял, кто именно из Ангелов со мной говорил, — просто не успел. Ответ содержался в неожиданном и ни на что не похожем переживании.

Я почувствовал себя цветком, вернее — растением, у которого есть цветок. И это было странно, так странно...

Раньше я считал цветок чем-то вроде головы. Но все обстояло с точностью до наоборот. Моей головой оказался корень — он вгрызался в неподатливую реальность, где были пища и вода. Я как бы ввинчивался головой в темноту, в сгущение бесчисленных смертей, сделавших мою жизнь возможной.

Корень пытался сделать то, что не удалось мириадам распадающихся вокруг кадавров: добраться до смысла жизни, до самого центра ее темной сути... в которой я своим человеческим умом с изумлением и испугом опознал силу тяжести (верх и низ для растения почему-то оказались перевернутыми — оно как бы росло корнем вверх, свесив зеленый хвост вниз).

Сам же цветок со своими благоухающими лепестками и тычинками был подобием вывешенных в пустоту гениталий, содрогавшихся то в наслаждении, то в тревоге: из этой солнечной пропасти рано или поздно приходил приказ умереть.

Но в корне не было ничего, что знало про цветок, а в цветке не было ничего, что знало про корень. Знал я.

Мне вдруг показалось, что все, принимаемое нами за высокие смыслы, ради которых стоит жить и даже подставлять иногда висок табакерке, — это такая же перевернутая сила тяжести, безжалостно прессующая в компост живших прежде, нас — и тех, кто придет следом... Но наваждение, к счастью, прошло.

Я с удовольствием отвесил бы здесь какую-нибудь поэтическую глупость вроде того, что мне больше понравилось быть цветком, чем человеком. Но цветку не было лучше, чем мне. Совсем. В его мире просто не существовало «лучше» и «хуже». Ему даже не надо было *быть* — Гамлет из подсолнуха не вышел бы.

Я не мог сравнить себя с цветком. «Я» мог быть только «собой». Но какая это тягостная ноша, я понял, лишь ощутив легкое бремя цветка.

Парадокс, однако, заключался в том, что эту ношу никто на меня не взваливал. Ноша и была мной. Ее никто не нес — она несла себя сама, и сама себя тяготила. И за вычетом этой вывешенной неясно куда кишечно-мозговой петли в форме бесконечно думающей о себе восьмерки, я не отличался от цветка ничем, кроме того, что не ввинчивался головой в компост из разлагающихся трупов, а имел временную возможность скакать в пустоте над ним.

Чем пристальнее я вглядывался в простую душу цветка, тем больше понимал про себя. Мне не нужна была ноша, которая была мною. Совсем. В этом заключался какой-то неприличный парадокс — и словно бы попытка уйти от человеческой ответственности.

Я попытался хитро обидеться на того, кто повесил на меня такую ответственность, но тут же понял, что «человек» и есть вешалка для нее, и глупо будет вешалке жаловаться гардеробщику, что на ней висит шуба, если именно для шубы вешалку и сделали.

Тем более, додумал я, когда видение уже исчезло, что даже не сообразишь сразу, кто на кого жалуется — шуба на вешалку или вешалка на шубу, а гардеробщика вообще не встречал никто и никогда.

— Странно, — сказала Юка, возвращая мне шляпу.

— Что странно? — спросил я, убирая ее под стол.

— Пытаешься понять что-то про цветок, а понимаешь про себя...

Когда Юка ушла, я в очередной раз задумался о том, что натворил, вызвав ее к жизни — наш опыт очень этому способствовал.

У нее тоже была теперь эта мозговая петля, эта тяжелая шуба на вешалке, показавшаяся мне таким отвратительным бременем. А раньше на этом месте не было никого, кто мог сказать про себя «я». Прежняя Юка совершенно точно не могла понять ничего «про себя».

С другой стороны, она вполне могла произнести фразу со словом «я». И много раз произносила. Так была ли на самом деле разница?

Наверно, раньше она походила на цветок, а теперь я приделал к нему корень. Когда мне пришла в голову эта мысль, я даже смахнул слезу.

Мне казалось, я вот-вот пойму про нее что-то важное — стоит лишь увеличить напряжение мысли. Но это было иллюзией — спазмы ума не вели никуда. Я чувствовал себя бегуном, поднятым над дорогой: хоть я перебирал ногами, бега не получалось.

Во всяком случае, в переносном смысле. В прямом же мне приходилось бегать все быстрее — Юкино любопытство было неутолимо.

Когда в разговоре с ней я обмолвился про часовню Кижа, я предполагал, что она проявит к моим словам умеренный интерес (сам я не собирался в обозримом будущем духовно окормляться у ссыльного полковника). Но того, что произошло, я не ждал никак.

— Немедленно! — закричала она. — Идем туда немедленно!

Я не стал возражать. Любое совместное времяпровождение было мне в радость — оно избавляло от сомнений и страхов по ее поводу.

Для этого похода Юка переоделась в строгое и торжественное платье — черное с белым: можно было подумать, она собралась принять посвящение в культ Кижа. Я решил высказаться по поводу ее постоянных переодеваний — и нам хватило этой темы на всю прогулку по длинной галерее в другой конец замка.

— Кто-то из монастырских писателей, — сказал я, — заметил, что у трезвого художника не должно быть никаких проблем с изображением женской психологии. Достаточно описать, в каком женщина платье.

Я просто сочинил это, сославшись на *Corpus Anonymous*, но вполне могло быть, что кто-то из писателей действительно дошел до этой несложной мысли.

— О! Заметил платье, — улыбнулась Юка. — Спасибо, милый.

— Я вообще наблюдателен.

— Между прочим, — сказала Юка, — это

действительно глубокая мысль, только я не уверена, что ты понимаешь ее сам.

— Где уж мне, — ответил я.

— Вернее, ты понимаешь ее в обычном мужском ключе — дескать, на уме у женщин одни тряпки, чего там еще может быть... Но я думаю, что писатель имел в виду другое.

— Что?

— Женщин называют прекрасным полом. Они привлекательные существа, в этом их сила и проклятие. Красиво и со вкусом одеваясь, женщина делает себя сильнее — и это не пустяк, а очень серьезная вещь. Целые империи рушились от этой силы. А поскольку красота всегда артистична, женщина доводит эффект до предела, как бы сливаясь со своим нарядом — и проецирует вовне предполагаемые им свойства. Это как воин. Если в руке копье, он будет действовать одним образом, если меч — другим.

— Понял, — сказал я. — Сейчас на тебе простое и строгое платье, к которому подходят серьезность, наблюдательность и недюжинный ум, да?

Юка с улыбкой кивнула.

— А до этого на тебе было платье в сиреневых бабочках, — продолжал я, — и ты сама казалась смеющейся бабочкой. Ты ни за что не выдала бы в это время такого аналитического рассуждения. Но все равно мне кажется — Киж что-то потерял.

Сказав это, я поморщился, вспомнив отвратительный эпизод в лаборатории. Но Юка, к счастью, ничего не подозревала — у меня хватило ума ей не рассказывать. Только вот хватит ли его у Кижа, подумал я с внезапной тревогой...

— Можем вернуться, — сказала Юка. — Я переоденусь в сиреневое.

— Не стоит, — ответил я. — Ты ведь красиво одеваешься не для Кижа, а для меня? Во всяком случае, мне хочется в это верить... К тому же мы пришли. Вот Лаокоон.

Даже одной мысли о Киже было достаточно, чтобы серьезно исказить восприятие. Змееборец с сыновьями выглядел сегодня как-то двусмысленно — и показался мне небритым после долгого запоя Тиберием, блуждающим в джунглях похоти вместе со своими любимчиками: те еще вкладывали в происходящее эмоции, но сам Тиберий, уже вконец пресыщенный, лишь отпихивался с отвращением от толстых кривых гениталий, направленных на него со всех сторон.

— И где же часовня? — спросила Юка, оглядывая статую.

— Я не знаю. У меня только ключ... Тут должен быть замок.

Мы некоторое время разглядывали статую, а потом Юка сказала:

— Да вот же. На самом видном месте.

Она указала на медную пластинку со словом «Лаокоон». Все буквы «о» в этом слове выглядели одинаковыми черными кружками — но одну окружали мелкие царапины. Я приставил к ней ключ, надавил на него — и он погрузился в пластинку.

Я почему-то ожидал, что статуя сдвинется с места — но вместо этого отодвинулась часть стены рядом с ней, и между двумя фальшколоннами, выделявшимися своей неуместностью, образовался проход шириной в дверь.

Из этой черной дыры чуть потянуло погребом. Я увидел на обнажившемся полу медную букву «Ф» и понял, что делать.

Сосредоточившись, я собрал перед собой волну Флюида и направил его в комнату, как бы ощупывая пространство. Внутри что-то сразу поддалось — там зажегся свет, и послышалась тихая органная музыка. Даже воздух за несколько секунд потерял свою затхлость. Видимо, это место часто посещали Смотрители прошлого, и оно хорошо понимало их язык.

Мы вошли внутрь. Я увидел комнату со скамьями и стульями — как и положено в небольшой часовне. Дальняя ее часть была скрыта за багровым занавесом.

Почувствовав за спиной движение, я обернулся.

В часовне непонятно откуда появился худенький монах в толстых очках. Он походил на сильно состарившегося двенадцатилетнего мальчика.

— Здравствуйте, ваше Безличество, — сказал он и поклонился. — С вашего позволения, я закрою за нами дверь.

Он повернул ручку, и стена встала на место.

— Я аттендант при часовне и ваш почтительный проводник в мистерию Кижа. Я вхожу сюда лишь тогда, когда к Страдальцу приходят гости, а в остальное время живу в комнатке по соседству. Мое послушание в том, чтобы терпеливо ждать, поэтому я провожу большую часть времени в абсорбции.

— Часто сюда приходят гости? — спросил я.

Монашек пожал плечами.

— При прежних аттендантах это были только Смотрители. Но со времен Никколо Второго сюда также допускаются ученые и созерцатели, которым требуется ответ оракула. Они обращаются в канцелярию Смотрителя, и, если там находят дело достаточно важным, их допускают в часовню.

— А в чем заключается сама мистерия? — спросил я, не удержавшись от саркастической интонации.

Монашек, однако, оставался совершенно серьезным.

— Вы знаете, Ваше Безличество, — ответил он, — что Павел дал Кижу слово спасти его. Учитывая случившееся с Кижем, это было практически невозможно, но великий алхимик нашел выход.

— Какой?

— Он придумал этот трюк с сибирской ссылкой. Секрет в том, чтобы все время возвращать Кижу органы чувств. Каждый раз, оживляя его и отправляя в Сибирь, Смотрители чуть ослабляют связь Страдальца с Инженерным замком. Но работы здесь еще на много поколений.

— А почему именно Сибирь?

— Нужны очень сильные, яркие и даже болезненные впечатления, чтобы удерживать сознание Кижа вдали от петербургского дворца, к которому приковано его эфирное тело. Нужно все время как бы будить его — задремав, он низвергается вниз. Для этого приходится пороть его на каждом почтовом перегоне. Но это не месть. Это помощь. Из жизни в жизнь Киж идет по особому, удивительному, ни на что не похожему духовному пути. Наблюдать за ним можно из этой часовни. Сюда в тяжелую минуту приходят Смотрители, чтобы выслушать напутствие Страдальца. В нем истина.

— А каким образом, — спросил я, — господин Киж получает доступ к этой самой истине?

— Попытаюсь объяснить, — сказал монашек. — Вы ведь немного знакомы с действием Флюида, ваше Безличество?

Я заметил под погоном его рясы два вышитых колеса — знак Однажды Возвращающегося — и решил не обижаться. Я ведь действительно был знаком с Флюидом совсем немного — по сравнению, например, с Менелаем. А тот был лишь на один чин старше этого монашка.

— Можно сказать и так, — ответил я.

— Тогда вы без труда поймете, что происходит при обращении к оракулу. Как я уже сказал, Киж бредет по снежной пустыне, подвергаясь экзекуциям на каждой почтовой станции. Сами порочные избы ставили, должны помнить...

Мне показалось, в тоне монашка прозвучало осуждение, но я не стал его прерывать.

— Мы не знаем, что именно происходит сейчас со Страдальцем — и вообще не факт, что об этом имеет смысл говорить, ибо время в его пространстве свое. Оно не тождественно нашему, и вообще связано с нами не слишком. Но наши миры сопряжены таким образом, что каждый раз, когда этот занавес открывается, в далекой Сибири начинают пороть Кижа.

— Розгами? — спросил я.

Монашек отрицательно покачал головой.

— Наказывают там весьма серьезно — хлещут кожаными бичами. Муки полковника быстро достигают такой интенсивности, что создающий его поток Флюида как бы закипает, поднимается над маревом неопределенности и достигает позиции, откуда видно все. Когда страдание Кижа делается абсолютно непереносимым, в нем открывается абсолютное ясновидение — во всем, что касается Идиллиума. Если в этот момент задать ему вопрос, он ответит на него исчерпывающе и точно. Но его ответы обычно очень кратки. Связно говорить он в таком состоянии не может. Чаще всего кричит... Правильная интерпретация услышанного — постоянно возникающая у нас проблема.

Я поглядел на Юку. Мне казалось, что она должна прийти в ужас от услышанного. Но она опять меня удивила.

— Сколько вопросов разрешается задавать оракулу?

Монашек снял очки и протер их краем рясы.

— Так как в известном смысле мы являемся причиной страдания, через которое проходит Киж, существует традиция ограничивать себя одним вопросом.

— Одним на двоих? — спросила Юка.

— Нет, — сказал монашек, — в данном случае вы, госпожа фрейлина, и его Безличество можете задать по вопросу каждый.

— Вопрос может быть любым? — быстро спросила Юка.

— Да. Но не забывайте о милосердии.

Монашек указал на скамью в третьем ряду.

— Вот здесь вам будет хорошо. Ближе не садитесь, забрызгает.

Мы с Юкой робко уселись куда он сказал. Монашек подошел к стене, взялся за витой золотой шнур, свисавший с круглого бронзового блока, и повис на нем всем весом.

Громко вступил орган. Это была грозная минорная сюита — как сказал бы музыковед, трогающая сердце романтическая пьеса о том, как живет и борется человек.

Будто человек сам этого не знает. Я не художественный критик, но не люблю, когда врут: в реальности человек живет и борется совсем не так. Он не столько противостоит враждебному космосу в героической позе, как намекает музыка, сколько пытается быстро и незаметно уползти на четвереньках назад в кусты. И борется он не с враждебным космосом — куда там — а со спазмами собственного кишечника, от которых обычно и помирает.

Но слушать такую музыку все равно приятно, потому что она на время наделяет нас достоинством. Да, эффект достигается обманом, но не за это ли мы и кидаем в шляпу уличного композитора свои глюки?

Словом, музыка вполне подходила к моменту.

Золотой шнур привел наконец в движение застоявшуюся механику, и занавес поехал в сторону.

Появившееся за ним было видно со скамьи, где мы сидели, как сквозь дымку — словно между залом и сценой помещалась огромная линза, заполненная завитками тумана, и линза эта заметно искажала перспективу.

Я увидел бревенчатую комнату. В ее центре стоял странного вида гимнастический снаряд, обтянутый потертой красной кожей — с двумя похожими на уши медными кольцами на торце и выгибающейся вверх средней частью.

На стене висели свернутые кнуты и плетки. Под ними стоял столик с зеленым штофом и двумя стаканами. Было ясно — все это находится страшно далеко от нас, так далеко, что даже говорить о дистанции нет смысла. Тем не менее мы видели все отлично.

Открылась дверь, и я услышал вой вьюги. Как ни далеки казались бревенчатые стены, на нас повеяло ледяным холодом. В избу вошли два бородатых мужика в красных рубахах. Я догадался, что это палачи. Они не обратили на нас внимания — скорее всего, мы не были им видны. Но вслед за ними вошел Киж и с порога посмотрел прямо на нас, словно он точно знал, откуда за ним наблюдают.

Пока палачи пили водку из штофа, Киж снял свою ватную шинель с бубновым тузом и тряпки, которые были под ней. У него оказалось худое и неожиданно мускулистое тело. Он привычно лег на кожаный снаряд, просунув руки в медные кольца, — и выпятил к потолку свой бледный зад с уже знакомым мне малиновым фурункулом.

Невидимая оптика, разделявшая нас с порочной избой, невероятно увеличила при этом лицо Кижа: оно раздвинулось почти во всю сцену, словно перед нами теперь висела живая маска. Почти такими же большими выглядели просунутые в медные кольца кулаки.

В причудливой оптике Флюида далекие палачи казались карликами. Кончив пить водку, они привязали руки Кижа к кольцам и сняли со стены по кнуту каждый.

Киж глядел то на меня, то на Юку — и улыбался так недобро, что я грешным делом порадовался веревкам на его руках.

— Ну, — простужено прохрипел он, — спрашивай, раз пришел. Мучитель...

Я понимал теперь — у него были основания жаловаться на муку в момент своего появления на свет. В его случае это вовсе не было поэтическим преувеличением. И мне стало очень неприятно, что причиной его боли в каком-то смысле являюсь я.

— Господин Киж, — начал я, — мне неловко, что наша вторая встреча происходит при таких печальных обстоятельствах...

Где-то далеко щелкнул кнут, и лицо Кижа исказила гримаса боли.

— ...и ваше страдание глубоко меня удручает. Поверьте, как ваш отдаленный потомок, я не могу желать вам зла, — договорил я.

Бич щелкнул еще раз, и Киж выпучил глаза — не то от боли, не то от негодования.

— Ты? Мой потомок?

— Все Смотрители носят фамилию «де Киже» и происходят — во всяком случае, теоретически — от вас...

Бич щелкнул снова, и глаза Кижа превратились в две узкие щели.

— Ты происходишь не от меня, — протянул он почти нежно. — Ты... ты происходишь... от кареты.

— От какой кареты?

— А помнишь, тебя везли в Михайловский замок? На встречу с Николашкой? И ты в этой карете всю свою жизнь вспоминал, чтобы покаяться?

— Помню, — сказал я.

— Так это тебя не везли, а делали. И когда ты думал, что вспоминаешь, в тебя эту память записывали. Всех Смотрителей делают в этой карете. Уже сто лет почти. Чтобы вы были какие надо и не рыпались.

— Делают? — спросил я. — Из чего?

— Из Флюида, из чего же еще. Из чего здесь все сделано? Так что ты не от меня происходишь, а от кареты. Запомни. Не «де Киже», а «де Рыдван»...

И он захохотал. Я в ужасе поглядел на Юку. Она пожала плечами.

Но тут удары бича защелкали один за другим, и смех Кижа перешел в вой.

— Вопросы! — крикнул он. — Вопросы, быстро!

— Можно я? — спросила Юка.

Я кивнул. Мне надо было прийти в себя.

— Один вопрос! — напомнил монашек, по-прежнему всем своим весом тянущий шнур вниз.

— Господин Киж, — сказала Юка, — на фронтоне Михайловского замка есть надпись: «Дому Твоему подобает Святыня Господня в долготу дней». Она и в Петербурге, и у нас. Мне кажется, здесь скрыта тайна. В чем она?

Киж секунду глядел на нее круглыми от боли глазами, а потом прокричал:

— Мудрость Змея! Храм Последнего Поворота! Зеркало Фаустуса!

Юка изобразила на лице сострадание.

— Где можно получить дополнительные разъяснения? — спросила она.

— Железная Бездна! — взвыл Киж.

Монашек недовольно покосился на Юку.

— Теперь вы, — сказал он мне.

— У меня тоже один, по сути, вопрос, — начал я, морщась от визга Кижа, — но в нем несколько подвопросов. Только я не буду запихивать их в одно корявое предложение, потому что хочу избежать путаницы... Предупреждаю, все то, о чем я буду говорить, имеет государственное значение.

— Извольте, — сказал монашек, — но быстро, быстро. Он страдает и может потерять сознание.

Я повернулся к Кижу.

— Откуда приходит Великий Фехтовальщик?

— Ниоткуда!

— Когда он нанесет новый удар?

— Сейчас!

Монашек посмотрел на меня вопросительно, но я жестом велел ему подождать. Я хотел спросить Кижа, что он еще может сообщить про Великого Фехтовальщика — но вместо этого неожиданно задал другой вопрос:

— Почему это Смотрителей делают в карете?

— Потому что их все время убивает Фехтовальщик! — заорал Киж. — Они нужны все время новые! Этих Николашек было штук двадцать одинаковых, пока на тебя, дурака, не поменяли!

Я так растерялся от этих слов, что снова задал не тот вопрос, какой хотел:

— Как меня могли сделать в карете, если она ехала?

— Она не ехала! Идиот! ОНА СТОЯЛА!

— А как тогда меня привезли в Михайловский замок?

— НА ВОЗДУШНОМ ШАРЕ!

— А где эта карета?

Но ответа я не дождался. Бархатный занавес закрыл искаженное болью лицо Кижа — и сразу же стихли его поросячий визг и далекое щелканье бичей.

Монашек, про которого я совсем забыл, отпустил золотой шнур.

— Зачем? — заорал я. — Он почти все уже рассказал!

— Было бы бесчеловечно мучать его дальше, — печально сказал монашек. — Прошу извинить.

— А меня — человечно? — вопросил я.

— Вас не мучает никто, кроме вашего собственного несбалансированного ума, Ваше Безличество, — ответил монашек. — Киж рассказывает историю про карету каждому Смотрителю. И каждого обзывает «де Рыдваном». Некоторые верят и смеются, некоторые не верят и смеются. Но ни на кого на моей памяти это не производило такого впечатления, как на вас.

— А скольких Смотрителей ты помнишь? — спросил я подозрительно.

— Я не веду им счет, — ответил монашек. — Это запрещено.

— О чем они спрашивали?

— Обычно про Великого Фехтовальщика. Но ни одному из Смотрителей Киж не сказал о нем ничего интересного. Видимо, эта тайна просто не относится к нашему миру.

— А про карету никто не спрашивал?

Монашек посмотрел на меня почти презрительно.

— Обычно, Ваше Безличество, — отчеканил он, — к этому моменту Смотрители проникают в тайны Флюида достаточно глубоко, чтобы их не волновали подобные мелочи.

Я понял — препираться с ним бесполезно.

— Когда я смогу опять говорить с Кижем?

— Через один календарный год, — сказал монашек. — Не раньше. Таковы наши правила.

Когда мы с Юкой вышли в коридор, я пробормотал:

— От кареты. Надо же...

— Это объясняет, почему ты такой нелюбопытный, — сказала Юка и чмокнула меня в щеку. — Я тебя все равно люблю, де Рыдван.

Я посмотрел на нее долгим взглядом. Но она не смутилась.

— Теперь, надеюсь, ты не думаешь, что ты призрак Павла? Одно из двух — или ты призрак Павла, или родился от кареты.

Я попытался рассердиться, но не смог. Вместо этого я сказал:

— Спасибо за утешение. Но я совершенно не удивлюсь, если окажется, что я каким-то образом родился от кареты — и при этом призрак Павла.

— Мой бедный призрачек, — вздохнула Юка. — Как тебе тяжело... Понимаю.

— Ничего, — сказал я. — Пусть хоть кто-то из нас двоих будет настоящим.

Юка вдруг взяла меня за руку.

— Что это?

По коридору к нам бежали вооруженные люди. Это была моя охрана — но выглядели стражники странно, словно им пришлось одеваться в спешке: на некоторых вместо мундиров были домашние тряпки.

— Ваше Безличество! — кричал офицер в бархатном берете, размахивая шпагой. — Вы живы! Какое счастье!

— Иди к себе, — велел я Юке. — Быстро.

Повернувшись к офицеру, я спросил:

— А разве я должен быть мертв?

— Увы, — сказал офицер, — мы только что так решили... На террасе обнаружили ваш труп.

Это было слишком. Хотя, подумал я без

всякой иронии, если я призрак, именно такого и следует ожидать.

— Кто обнаружил?

— Горничная.

— Идем-ка посмотрим, — сказал я.

— Но это может быть опасно!

— Чего бояться, если я уже мертв?

— На вас могут напасть еще раз!

— Вот вы меня и защитите, — сказал я. — Ведь вы не трусите?

— Нет, — ответил офицер.

Одна его щека была недобрита — а в глазах читалась веселая готовность умереть. Я вспомнил про музыку, игравшую в часовне Кижа, и подумал, что был, наверное, не до конца прав в своем пессимизме.

— Тогда вперед...

На террасе перед спальней действительно лежал мой труп — я и сам подумал именно это.

На мертвеце был оранжевый халат — точно такой же, как тот, что я ношу дома. На лице — черная маска, неотличимая от моей. А рядом с его головой лежала треуголка с золотым позументом, очень похожая на шляпу Павла Алхимика.

Спина бедняги была рассечена ударом такой силы, что видны были сахарно белые ребра и кости позвоночника. Крови для подобной раны вытекло на удивление мало.

ЖЕЛЕЗНАЯ БЕЗДНА

Терраса быстро заполнялась народом — появились врачи, потом бледная донна Александрина. Последним пришел Галилео — он посмотрел сумасшедшими глазами сначала на труп, затем на меня.

— Кто это сделал? — спросил он, обводя глазами толпу придворных.

Донна Александрина сделала шажок вперед.

— Ты хорошо знаешь.

— Нет, — сказал Галилео, — я имею в виду — кто все это придумал?

— Я, — ответила Александрина.

— А кто был двойником?

— Один из фашистов.

— Как он здесь оказался? — спросил я.

— До *Saint Rapport* осталось всего несколько дней, — ответила Александрина, — и мы установили тайное дежурство. В тех местах, где ты часто бываешь, ходили оба фашиста, одетые так же, как ты...

— Как его звали?

— Я не знаю, — ответила Александрина. — Я подбирала их по росту. Они из той секты Желтого Флага, где монахи отказываются от личных имен. Боюсь, мы теперь никогда не узнаем, как его звали.

— Я же послал их в отпуск, — растерянно сказал я.

— Если б они тебя послушали, — ответила

донна Александрина, — на этом месте лежал
бы ты.

— Кто еще об этом знал? — спросил Галилео.

Донна Александрина поглядела на него ис-
подлобья.

— Никто, — ответила она. — Только они и
я. И еще, конечно, Ангелы. Которые меня и
надоумили.

Галилео наклонился к низенькой Алексан-
дрине и поцеловал ее в лоб — прежде, чем та
сообразила, что происходит.

— Наглый придурок, — пробормотала она,
отпихнув Галилео.

Тот ни капли не обиделся.

— Ты нас спасла, Александрина, — сказал
он. — Теперь Фехтовальщик не успеет.

— Почему? — спросил я.

— Чтобы подготовиться к атаке, ему нужно
время. Так, во всяком случае, было раньше.
Простите меня, друзья... Я, наверно, выгляжу
дико — в эту минуту скорби я не могу скрыть
радость. Я удаляюсь, господа, удаляюсь...

VII

За день до *Saint Rapport* на террасе появился Ангел Воды. Я увидел его утром, когда вышел из спальни (помню, что у меня было особенно хорошее светлое настроение, вынесенное из забытого сна). Ангел стоял недалеко от вазы с белыми цветами, отмечавшей место, где умер бедный фашист.

Это была статуя из часовни. Отлитый из серебра Ангел был отполирован так гладко, что при ярком свете казался сделанным из ртути. Серебряных ступенек под его ногами было только три — но он все равно шагал через одну, держа молитвенно сложенные руки перед грудью и глядя вверх с таким почтением, словно там стоял сам Господь Франц-Антон.

Я не имел ничего против этой статуи — она даже нравилась мне своим мягким блеском. Но она совершенно точно была здесь не на месте: я предпочитал ходить в часовню, а не жить в ней. Я решил распорядиться, чтобы статую унесли, и пошел к дверям.

— Не гони меня, Алекс!

СМОТРИТЕЛЬ

Я обернулся.

Ангел стоял на террасе возле ступенек, с которых только что сошел.

Теперь он выглядел обычным молодым человеком со смазливым лицом (такие часто идут по актерской линии). Лицо это показалось мне странно знакомым — словно я уже видел его когда-то в человеческой ипостаси... Серебро его риз стало белым полотном, из-за чего он потерял все свое величие: казалось, на нем просто перепоясанная ночная рубашка, слишком для него большая.

Я сделал положенное простирание.

— Доброе утро, Ваша Текучесть. Счастлив видеть вас в своем скромном жилище.

Ангел улыбнулся — «текучесть» его, похоже, позабавила.

— Нам надо поговорить, — сказал он. — Присядем.

Мы сели за стол. Когда только Ангел оказался совсем близко, я всем телом ощутил исходящее от него вибрирующее давление. В прошлый раз ничего подобного не было.

Ангел услышал мою мысль.

— Раньше, — сказал он, — Ангелов всегда было четверо. Элементы уравновешивали друг друга. А сейчас, как ты справедливо заметил, перед тобой одна текучесть. Ее избыток ты и ощущаешь...

Он взял со стола салфетку, сжал ее в кулаке — и она стекла на деревянную плоскость тонким ручейком, тут же снова став салфеткой. Это выглядело так противоестественно, что у меня закружилась голова.

— Была, кажется, сказка, — сказал я, — про отважного портняжку, который выжимал из камня воду на страх врагам. Выходит, для этого не обязательно подменять камень сыром. Достаточно сделать правильные знакомства.

Ангел кивнул, словно я говорил о чем-то само собой разумеющемся.

— Зачем здесь эта статуя? — спросил я. — Разве вы не могли возникнуть передо мной просто так?

— Мог, — ответил Ангел. — Но это традиция. В обличье Ангела может появиться и кто-то другой, а статуя из часовни удостоверяет подлинность происходящего — на ней печати Франца-Антона и Павла. В конце нашей беседы тебе будет явлена еще одна печать — ангельская. Сегодня это необходимо, потому что у нас важный разговор. Твой отпуск подошел к концу. Завтра тебе предстоит провести *Saint Rapport*. И я должен тебе объяснить, в чем состоит ритуал.

— Прежде я хотел бы задать пару вопросов...

Ангел посмотрел на вазу с цветами.

— Если ты хочешь спросить про Великого Фехтовальщика, — сказал он, — то я не могу сказать ничего нового. Это вне нашего понимания и контроля. Он приходит из ниоткуда, и мы не видим как. Считай это фатумом.

— Нет, — ответил я, — я хочу спросить о Киже. Вернее, о его словах. Он сказал, что я происхожу не от него, а от кареты. Это правда?

Ангел вздохнул.

— Ты происходишь от Павла. Но не в грубом физическом смысле.

— А в каком?

— Тебя никогда не удивляло, что в нашем мире нет могилы Павла?

— Нет, — ответил я. — Само выражение «могила Павла» — это святотатство. Как утверждает Единый Культ, он стал потоком Флюида и обрел божественность.

— Тебе не приходило в голову, что это может быть правдой?

— Не приходило, — признался я. — Но даже если так, какое отношение это имеет ко мне?

— Ты ведь сам создавал кошек, морских свинок и сам знаешь кого, — сказал Ангел. — После весьма короткого обучения. Ты должен понимать, что подобные вещи в нашем мире можешь делать не один ты. Это умеют и Ангелы.

— Я действительно де Киже?

— Фамилия «де Киже» позволяет ее носителю взяться из ниоткуда — их очень много. Но мы не лгали тебе. Ты действительно пото-

184

мок Кижа. И одновременно ты потомок Павла. Это значит, что ты — тот самый поток Флюида. Киж сделан из Павла. И ты тоже, Алекс.

— То есть Алексей Николаевич сказал правду?

— Мы уже говорили об этом, — устало ответил Ангел. — Если ты захочешь увидеть ситуацию в этом мрачном и примитивном свете, никто не будет в силах тебе помешать.

— Я хочу только одного, — сказал я. — Знать правду.

— Правда в том, что ты поток Флюида, принявший эстафету долга. Смотритель — это слишком серьезная ответственность, чтобы мы играли в рулетку. В твоей личности, в твоих склонностях, в твоих детских воспоминаниях продумана каждая деталь.

— Меня тоже сделали в Оленьем Парке?

— Нет. Ты сделан не Желтым Флагом, а Железной Бездной. Но орден и Ангелы всего лишь создают новую оболочку Смотрителя. Ее форму затем принимает поток Флюида, бывший прежде Павлом. Это происходит на дороге Смотрителей.

— То есть я на самом деле ничем не отличаюсь от Юки?

Ангел засмеялся.

— Хватит об этом, хорошо? Какая разница, откуда ты взялся, если ты есть прямо здесь и сейчас? Ни тебе, ни другому человеку никогда не узнать наверняка ничего кроме этого. Ничего вообще. Менелай объяснял почему.

— Возможно, — сказал я. — Но все-таки я хотел бы кое-что для себя понять. Если я действительно происхожу от кареты, то хотя бы эта карета реальна?

— Да, — терпеливо ответил Ангел.

— И где она находится?

— В Железной Бездне.

— Это связано с храмом и зеркалом, о которых говорил Киж?

— Нет, — ответил Ангел. — Карета Смотрителей не имеет к ним никакого касательства. Она находится в Железной Бездне, потому что это безопасное место, где не бывает случайных людей.

— А что это за Храм Последнего Поворота?

— То, о чем говорил Киж, относится к числу небесных тайн. Их может открыть только сам Павел Алхимик, — ответил Ангел.

— Но ведь он...

— Потому эти тайны и называют небесными, — сказал Ангел. — Из-за чего они вызывают у тебя интерес? Мы не создавали для этого никаких причин в структуре твоей личности.

— Они не вызывают у меня интереса. Они вызывают интерес у Юки.

— Понятно, — сказал Ангел. — Тогда давай про это забудем. У нас есть дела важнее, чем удовлетворять любопытство твоей подруги. С твоего позволения, я перейду к ним прямо сейчас. Ты знаешь, в чем заключается главная функция Смотрителя во время *Saint Rapport*?

— Знаю, — ответил я. — Выехать на мост перед дворцом и застыть в красивой позе. Со шпагой, поднятой к небесам. Так, во всяком случае, говорили у нас в фаланстере...

Я полагал, Ангел улыбнется этой шутке (я действительно слышал ее много раз) — но он энергично кивнул.

— Именно так, — сказал он. — Если рассматривать внешнюю сторону происходящего. Но какой в этом действии смысл?

— Я не знаю, — ответил я.

— У тебя есть какие-нибудь предположения?

— Единственное, что мне вспоминается, — сказал я, подумав, — это одно место из дневника Павла. Где он выезжает на мост и замирает с поднятым над головой жезлом. Я, когда читал, сразу понял, что все Смотрители копируют это движение.

— Зачем? — спросил Ангел.

— Своего рода символический жест, наверное. Как бы подчеркивает преемственность... Связь Земли и Неба.

— Ты думаешь, это просто жест?

На самом деле я действительно так считал: какова бы ни была природа моей памяти о детстве, мне хорошо запомнились дышащие весенним вольнолюбием лекции, прочитанные в фаланстере «Птица» молодым теологом, благочестиво склонявшимся перед величием догм Единого Культа, чтобы из этой безупречной позиции высмеивать делишки его погрязших в пороке служителей.

— Я думаю, что связь Земли и Неба настолько фундаментальна, — повторил я запавшие мне в память слова, — что не зависит от камлания забавно одетого человечка с блестящей железякой в руке.

— Она не просто зависит, — сказал Ангел Воды. — Она возникает исключительно благодаря этому камланию.

— Это почему?

— Давай вспомним все, чему ты научился. Ты можешь управлять Флюидом. Ты умеешь сгущать его в неживую материю, а потом снова растворять ее во Флюиде. Вызвав к жизни Кижа — я уже не говорю о кошках, которыми ты увлекся после этого, — ты научился создавать живых существ...

Я обратил внимание на то, что он упомянул о кошках во множественном числе, хотя я вызвал к жизни только одну. Возможно, он имел в виду Юку? У Ангелов было своеобразное чувство юмора.

— И наконец, — как ни в чем не бывало продолжал Ангел, — ты научился создавать пространство. Бесконечное, самодостаточное, не опирающееся ни на что, кроме себя самого. Так, во всяком случае, его мог бы охарактеризовать Киж, если б нашел достойного собеседника среди сибирских сугробов. Алекс, ты понимаешь, что будет, если собрать все твои навыки в единый фокус?

— Нет, — сказал я.

— Ты можешь создать новый мир. Новое пространство. Новую вселенную.

— Зачем? — спросил я. — Разве старая плоха?

— Она ни плоха, ни хороша, — сказал Ангел. — Дело не в этом. Дело в том, что мы тень Ветхой Земли. Мы подвержены действующим там законам. Главный из них в том, что все непостоянно. Все изменяется и приходит в упадок. В том числе и мир. Его надо обновлять.

— Вы хотите, чтобы я заново создал Идиллиум?

Ангел засмеялся.

— Боюсь, — сказал он, — что тебе это будет не под силу. Даже с твоими навыками памяти. Твоя задача проще. Тебе нужно создать Небо.

— Небо? — повторил я. — Разве это возможно?

— Конечно, — ответил Ангел. — Наше Небо было сотворено. Оно подвержено гибели и возникновению точно так же, как и все остальное.

— Но для этого нужно уничтожить старое?

— Старое Небо уже практически догорело, — сказал Ангел. — Ты смахнешь его остатки в небытие, просто сделав новое. Для этого не нужно никаких отдельных усилий.

— Но ведь при этом исчезнут Ангелы...

— Они возродятся. И все на Небе будет в точности воспроизведено. Это происходило уже много раз, Алекс.

— Но кто я такой, чтобы создавать Небо?

— Для этого не надо быть кем-то особенным. Существа и вещи не обладают самостоятельным бытием — они зависят друг от друга. Но все равно они воспроизводят и себя, и мир. Цепь причин и следствий бесконечна, и все ее звенья одинаково важны. Появляясь, мы делаем то, что должно, и исчезаем. Порожденное нами пытается передать эстафету существования дальше перед своим распадом. Яйцо становится курицей, а курица — яйцом.

— Понятно, — сказал я. — Допустим, я создам Небо заново. А кем мне надо будет его заселить? Яйцами и курицами?

— Нет, — улыбнулся Ангел. — Мной одним. Остальное я сделаю сам.

— Вами? — опешил я. — Но вы уже есть.

— Я скоро исчезну, — сказал Ангел. — Очень скоро. Двадцать шестому небу осталось совсем чуть-чуть.

— Почему двадцать шестому?

— По числу *Saint Rapport*, — ответил Ангел. — Ритуал проводится нерегулярно — когда в нем появляется необходимость, — но суть его всегда одна и та же. Сначала Смотритель создает пустое Небо и одного из четырех Ангелов. А потом этот Ангел возвращает к жизни трех остальных. Затем Небо обновляет землю. Происходящего никто не замечает, Алекс. Но на этом основан наш мир. Смотрители давно не делали подобного — ты знаешь почему. Небо пришло в упадок. Его несколько раз собирался возродить Никколо Третий — но каждый раз его убивали. Тогда мы решили заменить его тобой, Алекс. Ты наш последний шанс. Сейчас из всех Ангелов остался один я.

— А где остальные?

— Они превратили себя в благодать, чтобы миру хватило до создания нового Неба. Сейчас в мире избыток благодати. Всем хорошо, Алекс. Но это будет продолжаться недолго. Ты должен спешить.

— Как я создам Небо?

— Так же, как Сибирь, куда отправил Кижа, — сказал Ангел. — Точно так же. Но тебе понадобится весь Флюид, который ты сможешь привести в движение. Нужны люди на площади, толпы людей. Требуется много человеческих умов, чтобы собрать достаточное количество Флюида. И эти умы должны быть по возможности счастливы.

— Разве Флюид появляется из человеческого ума?

— Про Флюид нельзя так сказать, — ответил Ангел. — Он не поддается анализу. Даже если кажется, что он появляется из человеческого ума, ум не рождает его в себе, а выполняет функцию водопроводного крана. Много кранов — много Флюида. Ржавый кран — ржавый Флюид. Но ты не можешь налить чуть-чуть Флюида в бутылку и отнести в лабораторию. Особенно если бутылка сделана из слов.

— Хорошо, — сказал я, — теории достаточно. Можно практический вопрос?

Ангел кивнул.

— Когда я создавал Сибирь, у меня были картинки, чтобы ее вообразить. А по каким картинкам я должен представить себе Небо?

— Небо нельзя представить по картинкам. Тут дело не в них.

— А в чем?

Ангел внимательно поглядел мне в глаза. Я первый раз видел его зрачки так близко — мне показалось, что меня опалило быстрым клокочущим огнем.

— Ты когда-нибудь задумывался, — спросил он, — почему все вокруг Смотрителя так озабочены его счастьем? Галилео, Юка, слуги, повара, садовники? Донна Александрина, фашисты? Ты ведь счастлив, Алекс?

— Смотря что под этим понимать. Счастье бывает разное.

— Счастье бывает лишь одно, — сказал Ангел. — Когда ты не сомневаешься, счастлив ты или нет. Когда ты знаешь — все, что привело тебя к этой секунде, было оправдано, потому что привело именно к ней. Ведь в твоей жизни были такие секунды, Алекс?

— Наверное, — согласился я без энтузиазма. — Но мало.

Ангел засмеялся.

— Не забывай, — сказал он, — что мы прячемся в тени Ветхой Земли и подвержены многим ее горестям. Человек может быть по-настоящему счастлив только на те мгновения, когда забывает про тело и ум, потому что эти два органа все время производят боль двух разных сортов, соревнуясь друг с другом... Твоя жизнь была устроена так, чтобы счастливых проблесков в ней возникало как можно больше. Над этим работало много людей.

— Возможно.

— Ты молод, здоров, у тебя есть любимая и нет никаких проблем, — продолжал Ангел. — Может быть, счастье приходит к тебе обрывками и клочками, оно несовершенно и быстротечно. Но ты ведь счастливый человек, разве нет?

— Почти, — вздохнул я.

— «Почти» — и есть то лучшее, что бывает, — ответил Ангел. — Ты счастлив настолько, насколько это вообще возможно.

Я кивнул.

— Теперь, Алекс, — сказал Ангел, — ты должен создать из этого Небо... Картинки, о которых ты говоришь, — это и есть секунды твоего счастья. Представь себе Небо по ним.

— Что именно я должен представить и сделать? И в какой последовательности?

— Это как с Кижем и Сибирью. Ты все поймешь, когда ритуал начнется. Слова тебя лишь запутают.

Мне трудно было глядеть на Ангела постоянно — и я только изредка поднимал на него глаза. Его человеческое тело казалось сотканным из оплотненного света, притворяющегося материей. Сначала это выглядело волшебством. Но постепенно я стал различать в этом величии один странный изъян: его лучезарная телесность как бы возникала в ответ на мой взгляд — и именно в том месте, куда я смотрел.

Я решился проверить это наблюдение — и

резко перевел взгляд с правой руки Ангела на левую. Мне показалось, что левая рука возникла с задержкой. Я повторил опыт в другую сторону — и то же произошло с правой рукой.

Ангел поморщился, как от зубной боли, и убрал руки под стол. Но теперь я уже видел отчетливо, что его светоносная плоть появляется из моего собственного внимания. Словно бы маленький гномик прыгал передо мной с волшебным зеркальцем, показывая мне кусочки картины, чтобы я сам собирал ее воедино в своей голове. И чем дольше я сидел перед Ангелом, тем сильнее чувствовалось, что этот гномик совсем субтильный и крохотный, и зеркальце у него маленькое, и он уже очень устал прыгать передо мной из стороны в сторону.

— Ты все видишь, Алекс, — вздохнул Ангел. — Небо совсем ослабло. Мы должны провести ритуал как можно быстрее.

— А если мы не сможем?

— Небо исчезнет, — сказал Ангел. — Постепенно, не сразу. Сперва над людьми еще будут плыть его клочки.

— Что значит — клочки?

— Небо сначала слабеет. А потом как бы лопается на облака. И когда человек попадает в тень такого облака, ему кажется, что он опять нашел во всем смысл. Но облако уходит дальше, и смысл пропадает. Так случилось на Ветхой Земле. Когда умирает Небо, в пошлость превращается все, кроме денег. Поэтому Франклин и плачет так часто, Алекс. На Ветхой Земле превратили в деньги даже его самого.

Я не до конца понимал, о чем он говорит. Но мне все равно стало жутковато и тревожно.

— Если исчезнет Небо, наш мир тоже исчезнет?

— Наш мир уже есть, — сказал Ангел. — Он не может просто так исчезнуть. Но постепенно он подчинится тем же железным законам, какие управляют Ветхой Землей. Идиллиум станет так же безрадостен. Вся техника, работающая на Ангельской благодати, остановится. Глюки превратятся в ничем не одушевленные кружочки металла. Сегодня человек думает — мол, накоплю побольше глюков и буду счастлив... Но если Небо над ним исчезнет, за все свои глюки он сможет купить только шелковую веревку, чтобы повеситься в своей роскошной уборной.

Я молчал, не зная, что ответить.

— Я не говорю, что это плохо, — сказал Ангел. — Кто я такой, чтобы решать? Все существа по-своему правы. Даже ветхие люди. Вопрос стоит так — хочешь ли ты сохранить

Небо? Хочешь передать его дальше? Или оно надоело тебе и ты согласен, чтобы оно кончилось навсегда? Никому из Ангелов оно не нужно. Мы готовы исчезнуть, Алекс. Нам так намного проще.

Почему-то эти слова перевернули мою душу. Я знал, что Ангел говорит правду.

— Я согласен, — сказал я.

Ангел улыбнулся и коснулся меня пальцем. Это было легчайшее касание, но от него по моему телу прошла волна веселой электрической щекотки.

— Только я не уверен, что смогу создать Небо, — добавил я. — Уж слишком грандиозно звучит.

— Это проще, чем кажется, — сказал Ангел. — Мы делаем и более сложные вещи не задумываясь. Главный акт творения, доступный человеку — создание себе подобного, деторождение... Разве кто-нибудь рефлексирует над тем, как он это делает? Листает вечером чертежи? Советуется с инженерами человеческих душ? Наоборот, он часто напивается до такой степени, что ничего с утра не помнит.

Я засмеялся. Ангел был прав.

— Все мы просто смотрители, Алекс. Просто сторожа. Мы передаем в будущее свет, прилетевший к нам из прошлого. Мы сами и есть этот свет. Счастье — это Небо в тебе. Если ты никогда не был по-настоящему счастлив, значит, Неба уже нет...

— Хорошо, — сказал я. — Я понял про Небо. А как я должен создать вас?

— Вспомни меня, — улыбнулся Ангел. — Потом вообрази широкую лестницу. Не думай, что в ее начале, конце и по сторонам. Пусть все будет скрыто облаками. А дальше представь, как я иду по этой лестнице вверх. Придай Флюиду мою форму, а остальное Флюид покажет сам. Если ты немного напутаешь, ничего страшного. Я сумею себя исправить. Да, и учти — после этого ты долго меня не увидишь. Когда *Saint Rapport* завершается, Ангелы засыпают на много лет. Но это не мешает нам служить миру. Во сне даже проще...

— Я постараюсь не ошибиться, — сказал я. — Как именно вы должны стоять на лестнице?

— Я покажу, — ответил Ангел.

Он встал из-за стола — и я вслед за ним. Ангел подошел к серебряным ступенькам, поднялся на них и сложил руки перед грудью.

— Будь сегодня счастлив, как можешь, — сказал он.

Потом я словно потерял на секунду сознание.

Я покачнулся, но удержал равновесие — и понял, что гляжу на серебряную статую, появившуюся на террасе утром. Я только что хотел распорядиться, чтобы ее унесли. Затем меня кто-то окликнул, и я обернулся...

Я, собственно, так и стоял — обернувшись к статуе. Даже моя оторвавшаяся от пола стопа не успела вновь его коснуться.

Мы сидели за столом? Говорили?

Я осторожно опустился на корточки, чтобы не упасть от головокружения.

Наверно, подобные видения когда-то давали начало новым религиям — но, к своему стыду, я задумался совсем о другом. Я понял наконец, как команда драматистов из Оленьего Парка успевала придумывать, что скажет мне в ответ Юка.

После этого, конечно, самым естественным было отправиться к Юке. Я так и сделал.

Вот только ее не оказалось дома. Она отправилась кататься на лошади — и, хоть одна из ее лошадиных прогулок спасла мне в свое время жизнь, я не мог не отметить, что прежде подобных проблем у меня не возникало.

Хотя, думал я, это ведь не так уж и плохо — ждать катающуюся на лошади девчонку. Из подобных минут ожидания и состоит, наверное, счастье — поскольку все, что мы получаем в качестве награды потом, на счастье ну никак не тянет. Смирение, Алекс, смирение — Ангел ведь объяснил тебе, как обстоят дела...

СМОТРИТЕЛЬ

Когда Юка вернулась, мы вместе пообедали. За едой я сказал:

— Сегодня я говорил с Ангелом. Оказывается, трех тайн, о которых говорил Киж, не может открыть никто, кроме Павла Великого. Увы.

— Я думаю, — ответила Юка, — что надо съездить в Железную Бездну.

— Почему?

— Потому что мне очень нравится архат Адонис. И Киж ведь не просто так закричал «Железная Бездна», правда?

— У меня тоже есть повод туда поехать, — сказал я. — Эта карета... Она там.

— Прекрасно, — сказала Юка. — Обещай, что мы отправимся туда сразу, как только ты закончишь со своим карнавалом...

Она надула щеки и ткнула пальцем вверх, пародируя, видимо, одну из статуй, изображающих Смотрителя в день *Saint Rapport*.

Мне стало одновременно и обидно, и смешно. Вот что значат слова «близкий человек» — несмотря на предельную, вплоть до мозолей, близость, лошадь никогда не должна забывать, что очаровательное существо на ее спине путешествует по собственным делам.

Таких мыслей насчет Юки у меня раньше не было. Может быть, Ангел прав и я сделал глупость?

И все равно мы любим тех, кто едет на нас, думал я, потому что больше некого. Тех, на ком едем мы сами, мы, как правило, не слишком жалуем — они глупы, нелепы и вообще плохо нас везут. Или так кажется, пока они еще живы...

Может, следует и правда любить всех без разбора, как это делают Ангелы? Но в Ангелах мало человеческого. Мы не способны стать такими, как они — и будем лишь притворяться.

А вообще без любви, говорят псалмы, плохо. Как-то там музыкально сказано. Кимвал и медь звенящая... Вы, батенька, меднозвон... Наверно, лучше просто об этом не думать. Ехать, куда велит судьба — и радоваться видам.

— Обещаю, — сказал я. — Мы туда поедем. Если останусь жив.

Юка почувствовала, что задела меня — и была очень нежна со мной весь остаток дня. Как обычно, в результате мне захотелось чемто порадовать ее в ответ, и, когда уже стемнело, я принялся читать ей вслух жизнеописания соликов, которые она так любила.

Большинство этих историй были смешными и походили на анекдоты, но одна отчего-то зацепила меня всерьез.

Солик Макро удалился на берег моря, к глубокой и узкой лагуне — и пять лет глядел в воду. Потом он стал рыбой, спустился в Атлантиду, где его поймала и расколдовала прекрасная принцесса Артезия — и представила своему двору как супруга... Макро думал, что попал в мир вечного счастья, но потом оказалось, что его увлек за собой дух возрастом в десять тысяч лет, который мечтал, соединившись с живым существом, вырваться из своего лимбо.

Постигнув, что «Артезия» и «лимбо» суть просто не подвластные рассудку глубины его собственного ума, Макро заподозрил, что он сам и есть этот древний дух. Тогда он ушел из дворца, построил скит в лесу и жил там, практикуя невозмутимость. Потом он вернулся в Идиллиум, где занимался тем же самым...

У меня пропала всякая охота читать дальше. Мы с Юкой заснули в обнимку — и мне приснился странный и тревожный сон.

Я сидел в часовне Кижа — и передо мной колыхалось его огромное искаженное болью лицо — словно нарисованное на огромной простыне, колеблемой ветром.

— Сыграй ему на флажолете! — кричал он, пуча глаза. — Сыграй на флажолете! Неси свой крест мальтийский в темноте!

Когда я проснулся, было еще темно, но в этой темноте уже присутствовал серый свет нового дня.

Я сразу понял — это мое последнее утро.

Предчувствие смерти, отчетливое и несомненное, висело в воздухе, как лезвие гильотины. Меня не мог защитить никто.

Теперь я был уверен: окружающие похоронили меня еще вчера и говорили со мной лишь для очистки совести, специально притворяясь легкомысленными и нечувствительными, чтобы не показать своей осведомленности.

И, верно, в Железной Бездне уже готовят достопамятную карету...

Поцеловав спящую Юку, я оделся, вышел в коридор и побрел к себе. Предрассветный Михайловский замок был пуст и прохладен. До смерти оставалось еще время, и сперва я хотел поспать в одиночестве. Но, уже добравшись до своей двери, я понял, что сделаю вместо этого.

Я послушаюсь Кижа, решил я, и действительно сыграю на флажолете. Такого точно не сделал бы в это утро ни один из Смотрителей. Попробовать стоило.

VIII

В Комнате Бесконечного Ужаса все было по-прежнему.

Взяв флажолет с подставки, я исторг из него несколько пронзительных диссонирующих звуков. В этот раз я даже не пытался сыграть какую-нибудь мелодию. Все равно мне было неизвестно, что при этом слышит Алексей Николаевич — и слышит ли он что-либо вообще. Может быть, его техника реагировала на мое прикосновение к инструменту.

Положив флейту на место, я уставился в то место, где в прошлый раз появилась дверка в другой мир. Мне хотелось увидеть, как именно она возникнет (на действие Флюида смотреть не следует, говорил Менелай, но я не был уверен, что здесь действует именно Флюид).

Произошло нечто странное. Я не увидел двери. Но скоро я почувствовал за спиной движение, обернулся — и различил словно бы облако пара в форме Алексея Николаевича. Тот, похоже, не знал, где я. Помахав рукой висящим на стене портретам, он сказал:

ЖЕЛЕЗНАЯ БЕЗДНА

— Добрый вечер, Ваше Величество! Рад вашему визиту. Идите, пожалуйста, за мной.

Я опять посмотрел на стену — и теперь увидел между двумя диванами дверь. Ту же, что и в прошлый раз, маленькую и уродливую, неуместного вида. И так же точно изменился кусок стены вокруг — будто постарев на сотню лет.

Алексей Николаевич нырнул в дверку, и следом за ним прошел я. Теперь мой провожатый сделался виден отчетливо — кутаясь в клетчатый плед, он брел к своей комнатенке.

Но мне туда не хотелось — я не был расположен беседовать, да и времени на это почти не оставалось. Лучше было просто прогуляться напоследок по Ветхому миру.

Я определил, что в коридор замка, скорей всего, ведет высокая черная дверь, обтянутая жирно блестящей кожей, — и пошел прямо к ней, вспоминая на всякий случай уроки Менелая. Как я и ожидал, дверь пропустила меня без всяких проблем: я прошел сквозь нее, как через занавес.

Теперь я был в коридоре. Я начинал понемногу узнавать Михайловский замок, но на всем здесь лежала печать уныния и распада — словно та абсолютная безблагодатность, что я ощутил во время опыта с Адонисом, дошла тут до своего мрачного предела. Ветхую Землю не зря назвали ветхой — даже луна в высоких окнах (здесь был вечер) выглядела соучастницей какого-то мутного хозяйственного преступления.

Сперва меня охватило уныние — мне показалось, что мрак Ветхой Земли раздавит меня. Но чем дольше я смотрел на луну в окне, тем больше сил собиралось в моей груди — словно желто-голубой свет постепенно промывал в толще небесного льда проход к Идиллиуму, где осталась моя душа и моя жизнь.

И вдруг я понял: моя чужеродность, вызывающая во мне такую непобедимую слабость, может стать источником силы.

Мне сделалось весело и радостно от того, что я не имею никакого касательства к миру вокруг — и в любую минуту могу вынырнуть из его западни. Я ничего не был ему должен. И с радостью прощал ему все его долги, если они имелись.

Так, на флажолете я уже сыграл. Что теперь?

Киж говорил что-то еще...

Ну да. Неси свой крест Мальтийский в темноте. С темнотой тут полный порядок. Но почему Киж назвал крест Мальтийским? Так не говорили уже двести лет.

И тут я вспомнил про визитную карточку, показанную мне Алексеем Николаевичем во время нашей беседы. Она отчетливо встала пред моими глазами — план здания, две обведенные красным комнаты и слова:

ЖЕЛЕЗНАЯ БЕЗДНА

Museo di ordine militare di Malta

Павловский крест на этой карточке из другого мира, пожалуй, действительно было правильно называть «мальтийским». Я помнил изображенную на ней схему до последней черточки. И представлял, где это.

Отчего бы не навестить своих братьев по ордену?

Я захохотал. Странно, должно быть, прозвучал мой смех в пустом лунном коридоре. Впереди приоткрылась дверь, оттуда выглянуло чье-то испуганное лицо, и я услышал женский голос:

— Добрый вечер, Ваше Величество!

Но мне было не до контактов с аборигенами. Я побежал по лунному коридору — а потом понял, что могу точно так же бежать по стене, и перепрыгнул на нее. А затем, даже не утруждая себя такой условностью, как двери, черным вихрем пролетел сквозь несколько комнат, где сидели бледные и, судя по виду, привычные к страданию люди.

Напрямик до места, отмеченного на карточке красным крестом, было недалеко — и я полетел туда, кувыркаясь и смеясь, как в радостном детском сне. По дороге я чуть не забыл, куда направляюсь и зачем.

Я был совершенно счастлив. Отчего я так боялся быть призраком? Да от глупости. И еще оттого, что мне промыли мозги, изображая призраков стонущими и скорбными существами.

Может, они и вправду стонут и звенят цепями. Но не потому, что им плохо. Наоборот, им так хорошо, что они боятся наплыва конкурентов-самоубийц — и прячут от них всеми правдами и неправдами свои дивные миры... Я ликовал — но стоило луне, мелькавшей в небе за окнами, уйти ненадолго за тучу, и мне сразу делалось пусто и холодно.

По счастью я уже добрался до места: передо мной возникла высокая белая дверь с павловским крестом. На ней висела табличка:

MUSEO DI ORDINE MILITARE DI MALTA
ПОСТОЯННАЯ ЭКСПОЗИЦИЯ
«МАЛЬТИЙСКИЙ ОРДЕН В РОССИИ»

Я собирался уже пройти сквозь дверь, но что-то остановило меня (возможно, мерцавшая сквозь облака луна просто была в тот миг недостаточно яркой, и мне не хватило смелости).

Я вспомнил план на обороте визитной карточки. Музей занимал две смежные комнаты, большую и маленькую. В большую вела дверь, возле которой я стоял... Я прикинул, где находится вторая комната, — и, отсчитав по голубовато мерцающему полу требуемое количество шагов, деликатно прошел сквозь стену.

В комнате, где я оказался, окна были плотно зашторены — и горел слабый рассеянный свет. Это действительно был музей: стеклянные шкафы, черные мантии с белыми крестами, рыцарские доспехи в углах и какие-то огромные подсвечники под одну толстую свечу — с огарками, похожими на пни.

Центр комнаты был занят огромным стендом в виде стола. Под его толстым стеклом поблескивали ордена на черно-золотых подвязках, монеты, эмблемы из сусального золота. Еще там лежали старинные карты с подрисованными чудовищами и кораблями, приборы для письма, какие-то навигационные линейки... Людей в комнате не было.

Они были, однако, во второй комнате. Я еще не видел их, но слышал громкое простуженное дыхание нескольких человек.

Я осторожно приблизился ко входу.

Вторая комната выглядела почти как первая — те же застекленные шкафы с древностями, огромный портрет Павла в мантии гроссмейстера, драгоценное оружие... Здесь тоже имелся центральный стенд-стол. Но сейчас он был сдвинут прямо ко входной двери — так, чтобы ее не могли открыть.

В центре комнаты, на расставленных по кругу стульях, спиной друг к другу сидели восемь человек в черных балахонах. Я подумал сперва, что это мальтийские рыцари. Но на них не было павловских крестов. На их одежде вообще отсутствовала геральдика — словно это были мебельщики в рабочей форме.

А потом я увидел то, что стояло на полу в центре круга.

Это был *baquet*. Почти такой же, как на рисунках — но без всяких завитков и резьбы, строгой и простой формы. Единственным его украшением была пластинка с изображением большого раскрытого циркуля, над которым висела буква «G» с глазом внутри.

От *baquet* к каждому стулу шел провод — и цеплялся за металлический подголовник над его спинкой. За двести с лишним лет технология не изменилась совсем. Так же мог выглядеть сеанс по управлению Флюидом во времена Павла Великого.

Но была одна странность. Из центра *baquet* торчал железный штырь — через него, насколько я помнил из объяснений Никколо Третьего, главный медиум управлял визуализацией. Там был центральный электрод, подобие руля на ладье. Металлическая жила от него вела к одиноко стоящему в стенной нише стулу — судя по всему, одному из музейных экспонатов.

Это действительно был особенный стул — настоящий трон, высокий и строгий, из черного дерева, оправленного в старое серебро. Спинка его была увенчана большим серебряным треугольником с глазом внутри — и провод от *baquet* был прицеплен прямо к этой серебряной окантовке. Видимо, медиуму следовало просто коснуться ее затылком.

Вот только никакого медиума там не было. Стул в стенной нише был пуст.

Мне казалось, я где-то уже видел этот стул. Но вспомнить, где именно, я не мог. Возможно, на одной из фресок, изображавших первые дни общества «Идиллиум» — это единственное, что пришло мне в голову.

То же относилось к циркулю с буквой «G». Этот символ я определенно встречал. Но моя память, увы, была натренирована очень избирательно — я идеально запоминал увиденное, забывая его происхождение.

Может, это эмблема изготовителя? Солидная мебельная фирма, существующая минимум с восемнадцатого века?

Я задумчиво оглядел комнату — и вдруг заметил в углу еще одну открытую дверь. Она вела в отгороженный стендами отсек, где было устроено подобие гардероба. Но там висели не только пальто и шубы. Я различил фрагмент какого-то изображения на стене.

У меня появилось предчувствие, что я сейчас увижу нечто страшное. Но я собрался с духом и шагнул навстречу тайне.

СМОТРИТЕЛЬ

На стене висел прямоугольный лист блестящей бумаги, изображавший неведомое божество.

Это была демоническая женщина в металлических доспехах, стоящая в клубах дыма на ярко освещенном возвышении. За ее спиной в ночном небе горели собранные в треугольник таинственные огни. Сверкающие латы не столько скрывали ее сытое розовое тело, сколько обнажали его: золотые чаши на груди, золотые запястья, крылышки на плечах, тяжелый металлический треугольник на лобке, блестящие острыми шипами сапоги...

Поистине, она была страшна, но страшнее всего казался ее золотой шлем — маска Анубиса с настороженно поднятыми вверх ушами. Пластины шлема делали ее лицо почти невидимым, а глаза в прорези глядели холодно, безжалостно и надменно.

Но главное, конечно, заключалось в ушах Анубиса, непропорционально больших и высоких, торчком поднятых вверх. Это была все та же шляпа Смотрителя, только скрытые под сукном металлические вставки были обнажены: вместо треуголки из нее сделали маску шакала.

Для опытного глаза функциональное сходство казалось настолько разительным, что сомнений почти не оставалось. Это страшное существо наверняка могло управлять Флюидом так же, как я... Или лучше.

Но кто она? Кто?

Я опустил глаза — и увидел ответ. Медиумы и не думали скрывать имя своей демонической патронессы. В клубах дыма под ее ногами сверкали золотые слова:

LADY GAGA

Так вот что значило «G» над циркулем...

«Lady», как я помнил, было одним из обращений к Богородице, что подразумевало сатаническую инверсию, обычную для радикальных иллюминатов. Для более глубоких выводов моих знаний в демонологии было недостаточно.

Несомненным представлялось одно — сидящие в комнате медиумы не только переодевались в этом отгороженном углу, но и устроили там молельню, скрытую от чужих глаз, когда дверца была закрыта (а *baquet* исчезал под столом-стендом, когда тот возвращался на место). Все было замаскировано просто и продуманно.

Я ощутил прошедшую по залу волну Флюида. Медиумы выпрямились на своих стульях, и лица их исказились от боли. Я почувствовал, как над их головами скручивается вихрь энергии. Изогнувшись, вихрь склонился к пустому креслу в нише, коснулся серебряной спинки — и напряжение в комнате спало: видимо, поток Флюида замкнулся через торчащие из *baquet* электроды.

Трудно было понять, как работает это устройство: аналогии с лейденской банкой не годились, поскольку Флюид не возникал в чане с электродами — наоборот, медиумам потребовалось серьезное усилие воли, чтобы загнать его туда. Но после этого Флюид полностью исчез из окружающего пространства: теперь я совсем не чувствовал его вибраций.

Я подумал, что расположившиеся вокруг *baquet* медиумы могут в этот самый момент визуализировать свою жуткую владычицу сидящей на серебряном стуле. Может быть, она даже появится тут...

А потом мне в голову пришла головокружительная мысль.

Я долгое время обучался искусству управления Флюидом — так неужели я не смогу проследить, куда уходит отсюда проекция силы? Если я сяду сейчас на этот стул и коснусь головой электрода... Что произойдет? Что я увижу?

Я не знал, сохранятся ли мои умения в этом призрачном путешествии. Приблизившись к стулу, я решительно опустился на него — и коснулся затылком серебряного треугольника спинки.

Это походило на ночной прыжок в воду.

В первую секунду был удар, шок и полная потеря ориентации — но я быстро пришел в себя. Теперь я одновременно стал проводником, замыкающим поток Флюида — и самим потоком.

У него были начало и конец. Поток начинался в образованном медиумами круге. Но исходящий от них Флюид не рождался в их собственных умах — они засасывали его из сырого ночного воздуха вокруг Инженерного замка, и он был полон страшных ночных химер — ненависти, гнева, желания убивать... В окружающем замок Флюиде были, конечно, и другие элементы — но именно этот спектр отчего-то попадал в воронку, образованную восемью медиумами в петербургской мгле.

Я ожидал увидеть на другом конце потока демоническую женщину в маске Анубиса — но ее там не было. Вместо нее я ощутил на другом берегу напряженный, сильный и неумолимый ум — он формировал из Флюида нечто страшное...

Да.

Он придавал ему форму Великого Фехтовальщика, безжалостного и неуязвимого убийцы. Свирепая жестокость этого существа уже присутствовала в проходящем сквозь меня потоке Флюида. Ночные кошмары Ветхой Земли оказались для этого отличным материалом — создатель Великого Фехтовальщика мог не слишком напрягать воображение.

Но самое ужасное было в том, что я хорошо знал создателя. Я чувствовал его, но никак не мог понять окончательно, кто это — он как бы отворачивался от меня, не давая заглянуть себе в лицо. Потом он заметил, что за ним кто-то следит, оглянулся — и я узнал его.

Это был Галилео.

Я сразу понял, что он видит меня так же отчетливо, как я его. Галилео немедленно попытался затянуть меня в поток контролируемого им Флюида, но мне удалось выскользнуть из его захвата. Я вскочил со стула, глянул на бледных медиумов, по лицам которых текли ручьи пота, и, не обращая больше внимания на двери, обрушился сквозь потолки, полы и стены назад в ту точку, где остался выход в мой мир.

Алексея Николаевича не было в его комнатушке. Зато там работал небольшой телевизор, показывавший странный и, верно, жестокий ритуал Ветхой Земли: человек в жуткой белой маске и латах, скрытых под просторной рубахой, отбивался кривой деревянной саблей от таких же нелепых гладиаторов, пытающихся загнать его в стоящую на льду клетку из сети, растянутой на железной раме... Я глядел на это действо лишь секунду — но мне показалось, что кто-то щипцами ухватил мой ум, и я торопливо отвел глаза: смотреть на ритуал могло быть опасно.

К счастью, выход был открыт: всего через несколько секунд я протиснулся через узкую дверку и оказался в ротунде, где плавал похожий на облачко пар Алексей Николаевич.

— Добрый вечер, Ваше Величество! — услышал я его голос. — Вы вернулись? Я потерял связь!

Времени на разговоры не было.

Входной двери в стене ротунды в этот раз снова не оказалось — но тут пришлись кстати уроки Менелая, и я вывалился в коридор Михайловского замка прямо сквозь стену.

Мне навстречу бежал Великий Фехтовальщик. Я ожидал встречи — но не думал, что она случится так скоро.

На этот раз он не походил на человека. Он напоминал огромного паука с большой белой маской вместо головы и тела — той самой ужаснувшей меня маской, что я увидел на экране миг назад: опрокинутое к потолку лицо с двумя удивленными дырами глаз и множеством дырочек поменьше вместо рта и носа.

Из-под маски выходили шесть голых окровавленных ног и не меньше дюжины рук. Они были перемешаны таким несуразным образом, что делалось ясно: они не могут принадлежать живым людям. Тем не менее этот сшитый из человеческих конечностей паук перемещался по коридору, и очень быстро. В его поднятых руках блестело занесенное для удара оружие: железные пики, ножи, крючья — и, конечно, обычные для моих кошмаров табакерка и шарф.

Я бы поразился мрачному воображению Галилео, если б не видел только что поток Флюида, сгустившийся в это существо: часть форм уже присутствовала там, а часть, верно, была взята из моих собственных страхов.

Великий Фехтовальщик бросил в меня железную пику. Я успел сгустить перед собой Флюид, где она увязла — но он тут же швырнул две других. От них я еле увернулся. У него было слишком много рук — соревноваться с ним в воинских искусствах было бесполезно.

Галилео все про меня знал.

Вспомнив завет Менелая, я побежал по коридору, возводя за собой преграды из Флюида — но Фехтовальщик без особого труда обходил их, словно я закрывал перед ним двери, а он тут же открывал их... Это мешало ему швырять пики, но он протискивался сквозь преграду чуть быстрее, чем я создавал новую. Он был куда мощнее меня. Спасало одно — я двигался проворней, просто потому что не путался в собственных ногах.

Но очень скоро я стал уставать от этой погони с препятствиями. Расстояние между нами почти не менялось, но я знал, что не смогу убегать вечно. Мне тяжело было долго управлять Флюидом без треуголки. Когда брошенная Фехтовальщиком табакерка оцарапала мой висок, я понял, что игра подходит к концу.

Я мог, конечно, использовать остаток своей силы на то, чтобы вооружиться и принять смерть лицом к лицу — но эта героическая мысль нисколько меня не возбудила: с таким же успехом можно было фехтовать с камнепадом. Умереть на бегу, словно заяц на охоте, казалось еще гаже. Я даже не знал, куда именно несусь по пустым утренним коридорам.

И вдруг...

Я всегда, наверно, буду вспоминать эту секунду, спасшую мне жизнь.

Я понял, где видел кресло с серебряной спинкой.

Я видел его у Галилео дома!

Оно стояло точно в такой же стенной нише... Я тут же вспомнил схему с музейной карточки и сообразил, что покои Галилео в Михайловском замке расположены в том же самом месте, где мальтийский музей на Ветхой Земле. Вероятно, это было нечто похожее на лаз к Алексею Николаевичу. Как же я не догадался сразу...

Два одинаковых кресла стояли в одном и том же месте. Но в разных Михайловских замках.

Я ощутил досаду, что понял это с таким опозданием: ведь уже несколько минут я знал — Галилео и есть враг. Вот только я думал не о том, как победить, а о том, как остаться в живых, а это верный путь к смерти... Но стоило мне на миг отвлечься от своего страха, и я сообразил, что делать.

Фехтовальщика создавал Галилео.

Галилео был в замке.

Он сидел сейчас на том самом кресле — именно из его серебряной спинки бил поток Флюида, порождавший Фехтовальщика.

Мне надо было добраться до Галилео и помешать ему.

Я не знаю, ощутил ли он мою мысль. Но когда я повернул на лестницу, ведущую вверх, мне показалось, что гнавшийся за мной Фехтовальщик заспешил. Он стал кидать в меня свои пики чаще — и чуть не попал мне в голову одной из них. Но в спешке он целился хуже. Мало того, ему приходилось подбирать свое оружие с пола (наверно, один раз создав Фехтовальщика, Галилео вынужден был довольствоваться имеющимся у того арсеналом).

Потом Галилео решил действовать иначе — и Фехтовальщик, перестав швыряться своими железяками, стал меня просто догонять. Я к этому времени уже устал, и возводимые мной преграды из Флюида сделались такими зыбкими, что почти его не задерживали. Поэтому я перестал тратить на них время — и побежал вперед как можно быстрее.

Дверь в покои Галилео была уже видна — а топот за моей спиной становился все ближе. И тут мне пришла в голову жуткая мысль. А если дверь в его комнату заперта? Остатка моих сил вряд ли хватит на то, чтобы еще раз протиснуться сквозь стену.

Страх и истощение произвели в моей голове странную реакцию. Я словно бы сдался какой-то грустной и безнадежной силе, отступился. Наверно, подумал я, это моя судьба — быть призраком...

И тогда вокруг меня волшебно засиял лунный свет, и я вспомнил, что бояться мне нечего, ибо я могу все.

Я даже не потрудился проверить, открыта ли дверь в комнату Галилео — а просто поднырнул под нее, как под низко растущую ветку (я пытаюсь подобрать точное сравнение — дело было не в том, что дверь стала похожей на ветку дерева, а в том, что именно такого рода усилие мне потребовалось, чтобы оставить ее за спиной, и это было совсем не то, чему учил меня Менелай).

На миг я увидел озаренных голубым лунным светом медиумов, сидящих вокруг *baquet* — и пустое кресло в стенной нише. Оно стояло точно напротив меня. А потом лунный свет померк, медиумы исчезли, мир снова сделался ярким и четким — а в кресле возник мрачно глядящий на меня Галилео.

Я пошел на него, еще не зная, что сделаю. Но в этот момент дверь за моей спиной вылетела от страшного удара, и инстинкт заставил меня отшатнуться в сторону.

Это движение спасло мою жизнь — и погубило Галилео. Летевшая мне в спину пика вонзилась ему в грудь. Удар был таким сильным, что пригвоздил его к стене вместе с креслом.

Я обернулся и увидел в дверном проломе Великого Фехтовальщика. Он занес в воздухе еще одну пику, держа ее сразу двумя левыми руками, замер — и стал медленно валиться на бок, распадаясь на части.

Мне казалось, что я наблюдаю чей-то улетучивающийся кошмар. Руки и ноги Фехтовальщика высвобождались из-под огромной белой маски — и исчезали из нашего мира, словно бы возвращаясь к просыпающимся сновидцам. Грубое железное оружие Фехтовальщика рассыпалось в ржавую пыль — и я увидел, как ее уносит ветром в пустыню, а белая маска, упав на лед, оказалась совсем маленькой...

Я не успел даже задаться вопросом, что это за пустыня и что за лед — в следующий момент их уже не было.

От Великого Фехтовальщика не осталось ничего вообще.

Я повернулся к Галилео. Он был еще жив —

но умирал. Железная пика пробила ему легкое — каждый раз, когда он вдыхал, я слышал ужасный свист. Но в его глазах не было ни боли, ни страха.

— Ты пришел с Ветхой Земли? — спросил я.

Он кивнул.

— Зачем ты хотел убить меня?

— Дело... не в тебе... дурак... — сипло ответил он. — Этот мир... абоминация... страшный грех... мерзость...

— Что мерзость? Идиллиум, где ты жил столько лет?

— Нет... последний поворот... храм не может существовать... Месмер... святотатство... Мы должны... исправить ошибку...

— Кто «мы»?

В ответ Галилео захрипел, и на его губах запузырилась кровь, а глаза стали закатываться. Склонившись над ним, я повернул его лицо вверх и спросил:

— Леди Гага... Кто она?

В его глазах появился странный блеск. Он опять захрипел, заклокотал — и я с ужасом догадался, что Галилео смеется.

— Ты... ты не узнаешь... никогда...

Его веки закрылись.

Я понял, что он больше их не откроет — и меня пронзил укол жалости. Это ведь был мой старый Галилео. У меня на глазах умирал мой ближайший друг и наставник — и то, что я про него узнал, еще не успело вступить в химическую реакцию с моей давней привязанностью и любовью.

А потом я увидел, чем Галилео был на самом деле.

Конечно, просто облаком Флюида. Между нами не существовало бы никакой разницы, если бы местом, откуда пришло это облако, не была Ветхая Земля. Флюид, сгустившийся в Галилео, обязан был вернуться назад — и некоторое время я мог следить за его траекторией и судьбой.

Я ощутил где-то далеко за спиной Галилео неимоверно тяжелый черный шар, висящий вне нашего мира, — и сразу решил, что это и есть Солнце Абсолюта, упомянутое Алексеем Николаевичем. Шар этот был похож на черный Сатурн — его окружало кольцо рассеянного света, которое изгибалось под прямым углом, как лихо заломленное поле шляпы, — и одновременно продолжалось внизу...

Я никогда не видел ничего подобного. Но именно так Галилео переживал свою смерть: я знал это, ибо видел содрогания Флюида, все еще притворявшегося его сознанием. Почти как Фехтовальщик, распавшийся на куски чужих снов, Галилео умирал через какой-то темный кошмар своего мира.

Словно песок в часах, он заструился прочь из Идиллиума — и начал осыпаться в это черное зияние. При этом он как бы разделился на два ручейка — все, что было в нем доброго и светлого, падало на верхнюю часть черного Сатурна, а темное и злое — на нижнюю, под сверкающее заломленное кольцо.

А потом Флюид открыл мне последнюю тайну: никакой разницы между низом и верхом черного Сатурна не существовало. То, что я наблюдал, было просто идеей Чистилища, помноженной на отпечаток неведомых мне ужасов Ветхой Земли.

Таким был прощальный отблеск сознания Галилео — и последний салют его памяти. Вероятно, он увидел Абсолют именно в этой форме, потому что в глубине души оставался католиком.

Случившееся потрясло меня. На миг я перестал понимать, где я и что происходит, — а когда пришел в себя, ни черного Сатурна, ни Галилео больше не было. Исчезла даже железная пика в спинке стула — там осталась только круглая дырка. Туда, видимо, и закатился навсегда мой ментор, старший друг — и самый опасный враг.

Я сел возле стула, прислонившись спиной к стене. У меня тряслись руки — и очень хотелось спать. Времени на это уже не было. Но все-таки я на несколько минут заснул — и мне приснилась грозная сине-желтая луна в ночном небе.

СМОТРИТЕЛЬ

Света вокруг становилось все больше, начинался день — и меня наконец привели в чувство появившиеся в комнате люди. Среди них оказался тот самый офицер в малиновом берете, у которого в прошлый раз была недобрита щека.

— Отрадно видеть, что вы наконец побрились, — сказал я.

Он не улыбнулся, а лишь вытянулся — видимо, решил, что я делаю ему выволочку. Людей собиралось все больше, они были в парадных нарядах, и я вспомнил наконец, какой сегодня день.

— Ваше Безличество, с вами все хорошо?

Я кивнул. Короткий сон вернул мне силы.

— Пора переодеваться. Вы готовы? Или ждете Галилео?

Никто из них даже не представлял, что здесь случилось.

— Нет, — сказал я, — я никого не жду. Мы можем приступать, Галилео не придет.

Только теперь я поверил до конца, что *Saint Rapport* все же состоится.

Меня повели по коридору — и с каждым поворотом вокруг становилось все больше людей. Я смотрел вперед, избегая чужих взглядов, и замечал одни наряды. Когда мы оказались в гардеробной, вокруг собралось столько шелковых платьев, парадных мундиров и оранжевых ряс, что за ними не было видно стен.

По традиции, когда Смотритель готовится к праздничному выезду, ему прислуживают самые красивые девушки столицы — чтобы сделать его чуть веселее. Но другая традиция требует, чтобы мысли Смотрителя были свободны от чувственности, поэтому лица прислужниц закрыты, а их телесная красота спрятана под ритуальными платьями из растянутого на каркасах шелка, похожими на китайские фонари.

Это могло бы стать отличным примером бюрократического идиотизма, если б не их глаза.

Их глаза были прекрасны, мечтательны и чисты. Глаза смеялись. Они были полны счастья, и хоть я не понимал его причины (может быть, девушек просто угостили чем-то перед процедурой, или распустили над каждой по сто глюков), эти искры били в меня достаточно долго, чтобы привести в радостное возбуждение.

Его не смогла полностью уничтожить даже процедура одевания. По заведенному много лет назад обычаю Смотрителя обряжают в аутентичный наряд двухсотлетней давности — узкие белые панталоны, высокие ботфорты, черный мундир с бриллиантовой звездой, а поверх вешают голубую переливающуюся ленту — она же одновременно и перевязь для шпаги.

Все это было чудовищно неудобным: кожа сразу начала чесаться в нескольких недоступных местах, мундир впился в бока и подмышки — и меня даже напугала мысль об эпохе, когда самые благополучные и продвинутые люди регулярно одевались подобным образом, чтобы выехать на поле брани и попасть под залп картечи, или получить удар шпагой в бок. Все-таки прогресс — это реальность, а не выдумка.

Но когда веселые девушки внесли в гардеробную футляр со Шляпой Могущества и открыли его передо мной, я испытал самое настоящее благоговение.

Это была подлинная треуголка Павла Первого — одна из главных реликвий Идиллиума. Моя собственная церемониальная шляпа выглядела точно так же — но это была разница между оригиналом великой картины и ее репродукцией.

Футляр, где лежала шляпа Павла, был обит изнутри красным бархатом, из-за чего треуголка казалась каким-то особенным музыкальным инструментом (в известном смысле так оно и обстояло). Сама шляпа несколько вылиняла за столетия — но золотая бахрома на ее краю блестела уверенно и ярко.

Павел был невелик ростом — и я подумал, что его шляпа окажется мне мала. На самом же деле девушкам пришлось обмотать мою голову платком, чтобы треуголка крепко держалась: голова Павла была куда больше моей.

Впрочем, возможно, шляпа была специально сделана большой, и так же поступал сам Павел — чтобы жесткая металлическая полусфера не царапала кожу. Моя треуголка была изготовлена с куда большим искусством, и о медных вставках в ней можно было догадаться лишь по весу.

Вслед за этим открыли футляр с алхимической шпагой Павла — «Жезлом № 2», упомянутым в его латинском дневнике. По виду жезл действительно был неотличим от шпаги — я увидел разницу, только вынув его из ножен (что, как мне объяснили, полагалось сделать перед выездом на случай, если металл прикипел).

Это был тонкий стержень из белого золота, заостряющийся на конце в иглу — им, вероятно, действительно можно было кого-нибудь проткнуть. Расширяясь, он переходил в рукоять, обрамленную эфесом. Жезл был выкован из одного куска металла — чтобы, в соответствии с тогдашними алхимическими представлениями, не создавать сопротивления Флюиду.

Несмотря на свое ажурное изящество, шпага была тяжелой. Я испытал от прикосновения к ней почти суеверный страх, подумав, что передо мной инструмент, когда-то вызвавший к жизни моего предка, пусть даже и номинального.

Наконец я был готов. Вся свита, включая моих помощниц, покинула комнату — и я остался один.

Тогда передо мной появился Ангел.

По отчетливости, с которой он был виден, я понял, что шляпа Павла Великого не потеряла за последние два века своих свойств.

В этот раз я различал только его лицо. Оно дрожало и менялось — и немного походило на пустую тыкву с тоненькой и слабой свечкой, догорающей за впадинами глазниц.

Ангел, видимо, знал, какое впечатление производит — он виновато улыбнулся.

— Ты победил Фехтовальщика. Теперь мы знаем, откуда он приходил... Даже странно, что мы не рассматривали такую возможность. Идиллиум был создан когда-то потоком Флюида, начавшимся на Ветхой Земле. Знающие нашу тайну могли, конечно, влиять на нас оттуда. Но кто мог подумать про *baquet* на Ветхой Земле?

— Кем был Галилео?

— Иллюминатом, — ответил Ангел. — Прекрасно подготовленным шпионом. Пока он жил, в его ум не мог проникнуть никто из нас. Два века назад иллюминаты поклялись отомстить Месмеру и Павлу за то, что их не пустили в новый мир. Но никто не предполагал такой долгой памяти. Возможно, они исправляли то, что казалось им чудовищной ошибкой их секты... Но сейчас это уже не важно. Они больше нам не страшны — за ними будет следить Железная Бездна.

— Кто такая Леди Гага? — спросил я.

— Не знаю.

— Как так?

— В своем понимании Ветхого Мира я ограничен видениями монахов Железной Бездны. На этот момент она никому из них не известна.

— Она носит маску Анубиса, — сказал я, — и мне кажется, что это шлем-резонатор.

— Забудь о ней, — ответил Ангел. — Если ты не монах Железной Бездны, познать тайны Ветхой Земли невозможно. Даже если ты сумеешь в них проникнуть, они лишь изнурят тебя своей низкой бессмысленностью. Не трать на эту Гагу последние мгновения моей жизни.

— Почему последние?

— Мне полагалось уже исчезнуть. Но я растянул себя во времени, чтобы дать тебе последнюю инструкцию, Алекс. Ты спрашивал, как создать Небо из счастья. Проще всего сделать это так — оглянуться на свою жизнь и выбрать секунду, когда твое счастье было самым несомненным. Вспомни ее хорошенько. И сделай Небо из нее. Тогда твое творение будет совершенным и прочным. Но не думай об этом сейчас, все случится само.

Пока рот Ангела говорил это, его лицо стягивалось к губам: казалось, лист бумаги, висящий передо мной в воздухе, поедает невидимое пламя.

— Ты успеешь увидеть, что такое мир без Неба. Не пугайся. Все вернется... Прощай.

Это «прощай» как бы всосало в себя произносивший его рот.

Ангел исчез.

Я сразу почувствовал: в мире что-то изменилось. Это было совсем слабое, еле заметное изменение. Но оно одновременно оказалось грандиозным и жутким.

Оно было сродни переходу из лета в зиму, из дня в ночь — только безрадостней и страшнее, без всякой надежды на утро и весну.

Как будто погасла самая важная для мира звезда.

Все пока обстояло хорошо — ее свет еще падал на землю, и звезда сияла на небе: много тепла и огня, оторвавшегося от нее, было в пути. О надвигающейся перемене не подозревал никто — изменение было далеким, как шум приближающегося поезда, различимый лишь для припавшего к рельсу уха.

Сам я чувствовал это еле заметное содрогание Флюида только потому, что на мне была треуголка Павла. Но я уже понимал природу «жестких лучей Абсолюта».

Они были просто отсутствием этого живого и доброго света, фронтом неодушевленной темноты, несущимся в нашу сторону. Ученые не согласятся, но теперь я знал — когда исчезает луч света, возникает луч тьмы.

Надо было спешить.

Я почувствовал, что мое волнение исчезло. Моей жизни не угрожала опасность. Она угрожала всему остальному. Следовало сделать свою работу безошибочно и точно.

Я подошел к гонгу, взял лежащую перед ним колотушку и ударил по медному диску с павловским крестом, подавая знак, что мое сосредоточение завершено и я готов.

Сразу же мне в уши ворвалась музыка — заиграл оркестр где-то внизу. Раскрылись двери, в комнате появились люди, много людей — и я пошел вперед по их живому коридору, стараясь не растрачивать свое сфокусированное в узкий луч внимание на их лица.

Лестница; ступени под красным ковром. Зачем он всегда красный, думал я, словно чтобы заставить дигнитариев непременно шагать по колено в крови. Кресты и восьмиугольники пола, малахитовая прохлада плит, отполированных тысячами глаз (наверняка пытавшихся проникнуть в смысл алхимического символизма, не ясного до конца и самому Павлу).

Интересно, шпага точно так же била его по ноге, грозя зацепиться за ботфорт при каждом втором шаге?

СМОТРИТЕЛЬ

Двери, слишком высокие и тяжелые для людей, — кто-нибудь видел, интересно, хоть одного гиганта из этой расы, на которую ориентирована вся государственная архитектура? Или когда-то в былые века они так напугали человечество, что и теперь мы все делаем с оглядкой на их возможное возвращение, соглашаясь терпеть из-за этого столько неудобств?

Так, это уже серьезней. Вороной жеребец, косящий безумным глазом. Ему ведь и дела нет, что я Смотритель... Нет, стоит спокойно. Ногу в стремя. Вот будет смеху, если порвутся панталоны... Нет, обошлось. Я уже еду, держась одной рукой за поводья и прикладывая другую к треуголке совершенно не знакомым мне прежде жестом. Похоже, Флюиду и правда не нужен никто из нас — он и сам помнит все свои прежние формы.

Я проезжаю дворцовый мост, куда — если все обойдется — вернусь через несколько минут. Следует сделать круг на площади. Концентрация Флюида должна быть максимальной.

Толпа на улицах, толпа на площади: все в праздничном разноцветье, с бумажными цветами на деревянных палках, с пищалками и дудками — аж звенит в ушах. Стража, взявшись за руки, цепью бежит на народ, а народ валит со всей дури на стражу, и из этого встречного марша складывается неустойчивый коридор пустоты, по которому я еду.

Проход впереди постоянно меняет форму, загибаясь в кольцо, и сразу пропадает за моей спиной — стража уступает, и толпа смыкается. Я словно последняя волна высыхающей реки, вслед за которой вместо воды возникает суша.

Это примерно и происходит сейчас в мире, но люди на площади ничего не знают. Они думают, сегодня праздник.

Дети показывают мне длинные разноцветные языки: они дуют в трубочки, и разворачивается свернутая в рулончик бумага. Мне приходит в голову глупая мысль, что эти языки настоящие, а дети до известного возраста питаются мухами, ловя их этим привлекательным инструментом. Когда язык отмирает, они переходят на котлеты и становятся взрослыми.

На самом деле все обстоит весьма похоже: дети питаются любовью, и ловят взрослое сердце множеством непобедимых крючков. А потом их крючки начинают ломаться, цветочные гирлянды увядают, и мы перестаем их любить, потому что дети выросли и ничем уже не отличаются от нас.

Но ведь и мы, взрослые, тоже питаемся любовью. Просто называем это по-другому. Что с нами будет, если кончится наше Небо и мы станем Ветхой Землей номер два? У нас появятся некроискусства Хад и Цоф, а через сотню лет кто-то посмотрит на нас с невидимой высоты — и почувствует такой же ужас, как я недавно...

Я уже добрался до самой дальней точки своей орбиты — и возвращался теперь к мосту. Все эти мысли не то чтобы всерьез занимали меня, а просто проходили рябью по поверхности сознания. Площадь лучилась счастьем — его отражали все лица. Мне махали руками, бросали цветы, но я понимал, конечно, — дело не в том, что собравшимся нравлюсь я или, скажем, мой мундир.

Над площадью работали четыре могучих глюкогена — золотые статуи хохочущих толстяков (кажется, китайское божество удачи). Эти статуи стояли здесь всегда, но использовались в качестве машин счастья очень редко — и сегодня был как раз такой день.

Стоящие на стремянках глюкассаторы время от времени надрезали очередной холщовый мешок — и, сверкая серебряными затылками, засыпали в воронку на спине божества новую порцию монет. Кажется, хохочущие истуканы сжигали около пятисот глюков в минуту — каждый из них! Неудивительно, что публика так рада меня видеть.

Я вспомнил старую мистическую загадку: «Сколько глюков стоит Небо?» Увы, вопрос не имел смысла: без Неба не было бы и глюков. Небо проявляет себя в любом действии целиком, гласил правильный ответ, поэтому оно стоит один глюк — и все глюки, какие есть... Биржевые операции с Небом затруднительны. Ангел прав: богачам только кажется, что счастье в глюках. Оно в Небе, но пойди объясни это богачу, пока Небо на своем месте...

Вокруг глюкогенов стояла охрана, но она была не нужна — от генераторов исходило настолько сильное давление счастья, что рядом с ними оно превращалось почти в боль, и близко никто не подходил: по инструкции, находясь рядом, голову следовало защищать экраном из серебряной фольги. Треуголка Павла, однако, надежно охраняла меня от всеобщего ликования — если не считать глюкассаторов, я был единственным человеком на площади, сохранявшим полную трезвость.

И вот я вернулся на дворцовый мост. Напряжение Флюида было огромным — и с каждой секундой росло. По моей спине прошла сильнейшая вибрация, заставившая меня выпрямиться.

Мне показалось, что я древесный лист в небесном вихре, возносящемся все выше и выше... А потом этот лист замер в самой верхней точке — и стал опускаться вниз. Я понял, что момент наступил. Пора было начинать.

СМОТРИТЕЛЬ

Вытянув жезл из ножен, я поднял его над головой. В это время я не думал ни о чем — но, как только в мои уши ударил восторженный рев толпы, я увидел в своей памяти секунду, из которой стоило сделать Небо.

Это был тот миг, когда я оживил Юку. Она смотрела на закат, на пурпурный облачный город на горизонте — и говорила, что хочет узнать все тайны мира... А я размышлял о том, что Павел назвал «святыней в долготу дней» — верно, думал я, любовь? Что же еще?

Я сделаю Небо из его собственных тайн, из счастья и любви, понял я. И все Смотрители до меня делали то же самое, потому что из другого материала Небо создать невозможно.

Ошибки быть не могло — я сумею совершить должное. Эта уверенность заполнила меня бесконечной радостью. Я почувствовал, как она сливается с восторгом ревущей вокруг толпы — и мы стали одним.

А потом все мои мысли вышибло, как шампанскую пробку, и сквозь жезл в моей руке вверх хлынул поток клокочущего счастьем Флюида. Он проколол то, что минуту назад было неодушевленной реальностью, сделался огромным пузырем, раздулся, заполнил собой все — и в мире снова появилось Небо.

Оно не было ни большим, ни маленьким, ни сильным, ни слабым. Оно было.

Мало того, оно сразу стало тем пространством, откуда низвергалось переполняющее нас счастье — хоть это же счастье все еще било вверх из моей золотой шпаги, создавая свой собственный источник. В тот миг я не сомневался, что это всегда бывает именно так — и никак иначе не может.

Напряжение было чудовищным. Я напоминал себе древнегреческого простака, согласившегося подержать на плечах небесный свод. Но когда поток Флюида уже начал слабеть, я вспомнил, что сделано еще не все.

Собравшись с силами, я вообразил облако с проступающими сквозь пелену ступенями широкой лестницы. Я не занимал себя вопросом, висит эта лестница в облаке или опирается на него: она просто была сквозь него видна.

А потом я во всех деталях представил себе — и тут же увидел — Ангела Воды. Он стоял на ступенях, сложив руки перед грудью. Сначала он был серебряным и неподвижным, но, завершая алхимический акт, я решился отпустить его из зажима своего внимания — и он стал живым.

Ангел сделал вверх шаг, потом другой, третий...

Облака расступились, и я испугался, что увижу нечто запретное и невыносимое для ума. Но оказалось, лестница уже кончилась — ее последняя ступень обрывалась в пустоту.

Я подумал, что это недоработка с моей стороны, но Ангел ничем не показал своего недовольства. Он взошел на последнюю ступень, повернулся к бездне спиной и раскинул руки в стороны.

И тогда я увидел трех других Ангелов. Они появились в пространстве за первым, словно роза ветров, спинами друг к другу, — и тоже подняли руки. Как только их пальцы соприкоснулись и квадрат замкнулся, полыхнуло розовое пламя, и я увидел возникший над лестницей небесный дворец. Он был соткан из света и тумана — и казался удивительной красоты облаком, которое осветили лучи рассвета.

Самое поразительное было в том, что Ангелы при этом не исчезли, а превратились в живые стены небесного дворца. Я каким-то образом видел их всех одновременно: четыре храмовых фасада заметно отличались друг от друга.

Это напомнило что-то знакомое. И за миг до того, как прекрасное видение исчезло, я понял, что вижу... Михайловский замок. Но он отличался от замка в Идиллиуме так же разительно, как тот — от своего грубого петербургского наброска.

А затем все, что я видел, померкло — словно Небо опустило передо мной занавес. На меня снизошел покой, блаженная и счастливая прохлада. Рев толпы стал стихать. Я открыл глаза и поглядел на острие своей все еще нацеленной в облака шпаги.

Над городом появился знак Неба. Как обычно в день *Saint Rapport*, это был одинокий орел — о птице упоминали все прежние хроники. Но о том, как именно летит орел, в них не было ни слова. А выглядело это величественно и странно.

Он будто перемещался по одному из небывалых маршрутов, нарисованных монахом Эшером: подбрасывая себя взмахами крыльев, взбирался по невидимой лестнице, потом, оседлав восходящий поток, начинал плавный подъем по спирали — но каким-то образом высшая ее точка оказывалась нижней ступенью уже пройденной перед этим лестницы, и все повторялось опять.

Наверно, подумал я, залетел к нам из Ветхой России.

Затем орел скрылся в облаке — или оно спустилось за ним само. Я почувствовал усталость. Моя рука с жезлом совсем ослабла — но у меня хватило сил плавно вернуть его в ножны. Вороной, поняв меня без понукания, повернулся — и неспешно потрусил к Михайловскому замку.

IX

— Мы снижаемся, — сказала Юка.

— Уже заканчиваю, — ответил я, не отрывая глаз от страницы. — Осталось несколько пунктов...

34) Четыре Ангела. Изначально — четыре ангела, стоящие перед престолом Господним и охраняющие стороны света (Гавриэль, Михаэль, Уриэль и Рафаэль). Во время увлечения Павла арканами Таро (рубеж XIX—XX вв.) — короли пентаклей, жезлов, кубков и мечей. В период исламских штудий Павла (ВОВ — 9-я пятилетка) — Муккарабун или Макрибун («приближенные») — Джибраиль, Микаиль, Азраил и Исрафаил. При переходе к ориентальной парадигме (вплоть до наст. вр.) — Ангелы Воздуха, Воды, Огня и Земли. Дух Павла постоянно восстанавливает воображаемый контакт с Михаилом, т. к. именно последнему посвящен Михайловский замок. В наст. момент Михаил в видениях Павла имеет облик Ангела Воды.

35) Могила Павла Великого. В Идиллиуме считается, что ее нигде нет, поскольку Павел покинул бытие, став потоком Флюида. Если мы переименуем Флюид в эктоплазму, получим подробное и точное описание того, как обстоят дела. Чуть замаскированное признание истины.

36) Энергия. По одной из версий, эктоплазменное тело Павла, связанное с Инженерным замком, получает прямое питание из электрического распределительного щитка, установленного в стене прямо над местом убийства. Возможно, именно это объясняет расцвет Идиллиума, о котором сообщают Смотрители последних трех десятилетий — а также хронический перерасход электроэнергии, отмечаемый местной подстанцией.

37) Многочисленные словесные заимствования из современного русского (часто с полной заменой оригинального смысла). Пример — слово «однопалочница» в Идиллиуме имеет два значения: «женщина, играющая на большом барабане с помощью единственной колотушки» (нейтр., редк.) и «женщина, почитающая из Трех Возвышенных одного только Павла» (нейтр., оч. редк.). В ветхом значении — живущая развратом красотка, которая

выезжает в гости минимум на два часа, но дозволяет лишь одно объятие, чем в два раза поднимает отпускную цену (осужд., оч. распр.).

Это была последняя страница. Перевернув ее, я бросил скоросшиватель на пол кабины. Монгольфьер чуть накренился, словно ощутив всю заключенную в папке тяжесть. Однопалочницу, конечно, не под силу было придумать слабому человеческому уму. Такое могло существовать только на самом деле.

Никколо Третий тоже переживал, когда Алексей Николаевич обозвал его призраком. Мало того, он собирал приводимые тем доказательства своей призрачности в специальную черную папку — переданную мне с остальным его архивом после *Saint Rapport*, когда я официально сделался новым Смотрителем. Теперь я жалел, что взял эту папку в дорогу. Мне опять стало страшно — и выхода из моего страха не было.

— О чем думаешь? — спросила Юка. — Опять о том, что ты призрак?

— Да, — ответил я.

— Успокойся, милый. На самом деле ты происходишь от кареты. И скоро увидишь свою мамочку.

Я почувствовал, что обида почти вытеснила мой страх. Юка, впрочем, была права — мы приближались к Железной Бездне. Карета Смотрителей хранилась там.

— Ага, — сказал я вяло. — Тут ты меня поддела.

В последнее время я все чаще брал себе за образец Никколо Третьего, успевшего перед смертью дать мне ценнейший урок поведения в подобных обстоятельствах. Никаких колкостей в ответ, только снисходительное добродушие, как с ребенком.

Никколо Третий, несомненно, в совершенстве постиг искусство общения с женщиной: именно подобная непробиваемость и задевала Юку больше всего. Моя покорность как бы подразумевала, что после победы над Великим Фехтовальщиком я просто не чувствую уколов ее вязальной спицы — или воспринимаю их как освежающую щекотку.

— Нет, — сказала она, — серьезно. Я могу объяснить тебе, почему Ангелы порождают Смотрителя от кареты.

— Почему?

— Он не должен быть любопытным. Тебя создали таким, чтобы ты не задавал лишних вопросов. Ездил всю жизнь как карета, полная секретных бумаг, и даже не интересовался, что в них. Почтовый дилижанс.

— А, — сказал я. — Тут ты меня опять поддела, хе-хе...

— Алекс, перестань. Почему ты всю дорогу надо мной издеваешься?

Вот так. Интересно, она сама себя слышит?

— Это ты пытаешься надо мной издеваться, милая, — ответил я. — А я просто отдыхаю от дел. Если ты не в курсе, я устал за последние дни и с удовольствием спал бы сейчас у себя в кровати. А ты заставила меня лететь в Железную Бездну.

— Ты сам обещал, что мы отправимся сюда, как только ты освободишься от своего карнавала. И никто не заставлял тебя брать с собой эту дурацкую папку.

— Все хорошо, — сказал я. — Успокойся.

Юка встала со своего места, села на кресло рядом, обняла меня и прошептала:

— Извини меня, милый. Я правда волнуюсь. Мне кажется, Адонис расскажет такое, что перевернет всю мою... Всю нашу жизнь.

— Что ты хочешь у него спросить?

— Все то же самое, — ответила она. — Святыня в долготу дней. И что сказал Киж.

— Почему тебе это так интересно?

— Алекс, ты живешь в большом дворце, на фасаде которого написаны эти слова. Проходишь мимо них каждый день. И тебе совсем не важно, что они значат?

Я вздохнул.

— Если бы я понимал все остальное, мимо

чего прохожу каждый день, я бы, наверно, интересовался этой надписью больше.

— Вот поэтому тебя и сделали в карете, — сказала она. — Чтобы Ангелам не надо было тратить время на объяснения. Почему ты не мог спросить обо всем у Ангела? Нам не надо было бы никуда лететь.

— Ангелы больше со мной не говорят, — ответил я. — Они теперь спят. И благодать струится в мир из их сна.

— А разбудить их ты не можешь?

Я промолчал.

— Понятно, — сказала Юка. — Извини. Ты на меня зол?

— Нет, — ответил я. — А ты бы хотела, милая?

— Мы снижаемся, — сказала она. — Но можно еще успеть...

Через несколько секунд мы оказались на полу кабины. И успели привести себя в порядок всего за минуту до того, как открылась дверь. К этому времени я совсем перестал бояться, что я призрак.

Нас встречал архат Адонис с двумя монахами в синих рясах — они стояли на траве, жмурясь от бившего в глаза солнца.

Как только мы вышли, монахи расстелили перед нами покрывало, расшитое пестрыми цветам и птицами, и мы с Юкой совершили положенное простирание.

СМОТРИТЕЛЬ

— Ваше Безличество! — сказал Адонис, когда мы поднялись. — Если не возражаете, мы просим перенести ритуал торжественной встречи на завтрашнее утро. Счастливые монахи построятся на плацу и смогут приветствовать своего Смотрителя подобающим образом...

Я догадался, на что он намекает.

— Почтенный архат, я запрещаю устраивать построения и ритуалы. Я здесь частным образом, со своею спутницей. Не следует смешивать личные дела с государственными. И называйте меня на «ты» — ваш возраст дает на это право.

— Как угодно, — ответил Адонис и улыбнулся. — Тебе, должно быть, не терпится взглянуть на карету?

Юка засмеялась. Я не выдержал и тоже засмеялся — правда, не так звонко. Адонис взял Юку под руку и повел нас к зданию.

Я ожидал от Железной Бездны мрачного величия — черных башен, вмурованных в стены черепов, флейтистов, выдувающих фуги Баха на берцовых костях... Но когда мы увидели главный монастырский корпус, я был изрядно удивлен.

Больше всего Ветхая Обсерватория походила на сельскохозяйственный фаланстер, каких много на юге. Это было утопающее в зелени огромное здание с помпезно-монументальной центральной частью — и двумя длинными крыльями попроще. От них отходило множество уже совсем скромных несимметричных пристроек.

Такой тип фаланстера называют «птицей» (архитекторы уверяют, что сверху он похож на взлетающую гаруду).

Мальчики-службы носили кипы мелко исписанной сиреневой бумаги между центральным зданием и крыльями. Адонис объяснил, что в крыльях располагались залы для созерцания, а в центральной части — архив, библиотека и мастерские шив.

Мы прошли сквозь библиотеку. Я думал о том, как хорошо, должно быть, сидеть в прохладных и чуть пахнущих масляной краской кельях, листая сиреневые страницы. Если, конечно, на них не будет изображено или написано что-то, от чего кожа станет зеленой, а из носа хлынет кровь.

Мы прошли по длинному полутемному коридору, несколько раз повернули — и мне стало тревожно: то ли вспомнилось, то ли почудилось, что меня уже вели когда-то здесь под руки, а я все никак не мог проснуться...

— Вот, — сказал Адонис, открывая низкую железную дверь и щелкая выключателем. — Прошу.

Мы вошли в большую прохладную комнату со сводчатым потолком. Она была освещена холодными белыми лампами — и мне показалось, что их безжалостный свет я помню тоже. Но все остальное я совершенно точно видел впервые.

— Здравствуйте, почтенная свекровь, — сказала Юка и сделала придворный поклон.

В центре комнаты стояла большая самодвижущаяся карета — самого заурядного вида и не новая. От обычной рейсовой кареты она отличалась только тем, что у нее не было колес — ее оси покоились на четырех мощных пружинах, вмурованных в бетонный пол.

От кареты отходили четыре массивные грубые ручки, делавшие ее похожей на тачку. За каждую из них держался неподвижный голем-тяжеловес (глаза големов были закрыты, а лбы — опечатаны бумажными наклейками с размашистой красной подписью). Выглядели они так, словно собирались куда-то нести карету, но я догадался, что их задача — ее раскачивать (как здорово у них выходит, я еще помнил).

Со стен на карету глядели два огромных человеческих лица. Сперва я подумал, что обе фрески изображают одного и того же человека, и человек этот — Павел, строго глядящий на карету спереди и сзади. Но по ряду мелких черт мне стало ясно: одно из лиц — это Киж. Я хорошо помнил его идиосинкратические гримаски, пойманные на рисунках Павла.

Карета как бы ехала от Кижа к Павлу, и это,

вероятно, было сознательно заложенным символом.

В углах комнаты стояли раскрашенные деревянные Ангелы — незамысловатые фигуры из тех, что так трогают сердце в провинциальных храмах. Их лица, однако, были вырезаны с величайшим тщанием — и окрашены так искусно, что казались живыми.

Я увидел только трех Ангелов — Огня, Воздуха и Земли. Последний угол был пуст. А потом я заметил Ангела Воды — он стоял на подставке возле окна кареты.

По моему телу прошла волна дрожи.

Это был тот самый фельдъегерь в красной камилавке, что велел мне поспешить с покаянием по пути в Михайловский замок. Теперь его глаза были закрыты, а лицо улыбалось.

— Как это происходит? — спросил я. — Они все оживают?

— Да, — сказал Адонис. — Големы оживают, и Ангелы сходят в свои фигуры. В это время людям нельзя здесь находиться. Когда делают нового Смотрителя, напряжение Флюида бывает таким, что здание дрожит. Никто не может заниматься делом. К счастью, такое происходит не слишком часто... Нам пора идти. Здесь нельзя долго оставаться.

Лишь когда мы вышли из комнаты, я в полной мере осознал, что минуту назад видел место своего рождения.

— Но почему именно карета? — спросил я.

— Удобно для массового производства. У Смотрителя не возникает вопроса, откуда он взялся, — он едет в карете и вспоминает свою жизнь. Никколо Третий выходил отсюда на моей памяти не меньше дюжины раз. Его, конечно, не возили на встречу со Смотрителем, как тебя, — просто объясняли, что он опять был убит. Решение обновить личность Смотрителя оказалось верным — тебя придумали, когда Никколо был еще жив. А после твоего великого подвига Идиллиуму, возможно, больше не потребуются штампованные Смотрители... Ха-ха... Успокойся, Алекс, и не бери в голову. Ты ничем не отличаешься от человека, вылезшего из утробы. Иначе тебя невозможно было бы создать — ты должен понимать это сам.

— Отличается, — сказала Юка. — Он нелюбопытный.

Я только посмеивался: не говорить ей в ответ того главного, что я мог, было невыразимо приятно. Юка чувствовала в моей кротости подвох и глядела на меня с подозрением.

Выйдя на воздух, мы прогулялись по территории монастыря. Адонис показал нам еще одну достопримечательность Железной Бездны — флигель Франклина.

Мы поклонились стоящему у входа Поющему Бену и вошли в зал, где стоял странный и сложный агрегат. Вверху был стеклянный ящик с раскрашенной гипсовой головой Франклина. Ее украшал парик — и большие черные наушники. Внизу мигали разноцветными огнями несколько громоздких приборов. За всем следили два монаха.

— Это ветхая технология, — сказал Адонис. — Но только наполовину. Здесь Бен отбирает свои песни.

— Как он это делает?

— Никто не знает, — ответил Адонис. — Парик сделан из его волос — их долгие годы собирал личный парикмахер... Мы не утверждаем этого наверняка по причинам теологического характера, но есть очень высокая вероятность, что это так. Бен слушает ветхую музыку круглые сутки. Мы знаем это, потому что через гипсовую голову и соединенную с ней гадательную машину — вон тот серый ящик внизу — проходит спонтанно возникающий поток Флюида. Когда машина выбрасывает зеленый шар, мы отбираем игравшую в наушниках песню для трансляции.

— И что, — спросил я, — это дает результат?

— Конечно, — сказал Адонис. — Наши специалисты при всем желании не смогли бы фильтровать материал лучше... Поэтому я и говорю, что Бен отбирает свои песни сам. Он действительно живет в музыке, как рыба в реке.

Келья самого Адониса оказалась отдельно стоящим домиком с несколькими комнатами. В самой большой из них было устроено что-то среднее между гостиной и лабораторией — здесь стоял большой стол с чайными принадлежностями, а остальную часть комнаты скрывал оранжевый занавес.

Я увидел в его щели верстак и стеллажи с разной технической премудростью: пронумерованные полки, свисающие провода... Но подглядывать слишком долго было стыдно.

Перед тем как мы сели пить чай, я попросил принести наши подарки — и передал Адонису трофей, найденный в вещах Галилео.

Это был ящичек с откидывающимся экраном, похожий на вычислитель — но вместо клавиатуры у него была крышка, скрывавшая радужно блестящий диск с надписью *Interstellar*. Отдельно было найдено еще несколько подобных дисков в прозрачных футлярах, все с загадочными и странными названиями, связанными или со звездами, или с космосом: *Moon*, *Star Trek*, *Planet of the Apes*.

— Ветхая технология, — сказал я важно. — Надеюсь, ее изучение принесет пользу Идиллиуму. Может быть, это служит для межзвездных путешествий в тонком теле?

Адонис изучал находку не больше минуты. Она явно не вызвала в нем большого интереса.

— Нет, — ответил он. — Не для путешествий. Это для безблагодатного просмотра ветхих фильмов. Галилео брал из них истории про свое Великое Приключение. Он пересказывал фильмы как нечто, якобы показанное ему Флюидом через оптические трубы, и ему удалось провести таким образом даже опытнейших соликов.

— А мы можем посмотреть эти ветхие фильмы?

Адонис развел руками.

— Увы, друзья, у нас нет батареек — а эти уже сели. Такого барахла, как этот проигрыватель, у нас навалом. А вот батареек не найти. Вы батарейки лучше приносите...

В общем, впечатления наш подарок не произвел. Зато Адонис попросил меня два раза повторить рассказ о смерти Галилео — и даже заставил нарисовать кресло, где тот умер.

Я высказал предположение, что это были два одинаковых кресла в разных местах — одно в Идиллиуме, другое на Ветхой Земле.

— Не совсем так, — ответил Адонис. — Это скорее одно кресло, стоявшее в двух местах одновременно.

— Как такое может быть?

— Благодаря силе Флюида. Именно так люди путешествовали из мира в мир после того, как постоянные связи исчезли. Сесть на кресло в одном мире, зажмуриться — и встать с него в другом... Вместо кресла могла быть дверь, да и вообще что угодно. Самый экзотический вариант, который мне известен, — бронированный автомобиль. Все эти способы экономней, чем постоянно открытый проход через портьеру, практиковавшийся во времена Франца-Антона.

— Значит, через кресло Галилео можно перемещаться на Ветхую Землю?

— Нет, — сказал Адонис, — уже нет. Это был его личный лаз. С его смертью кресло потеряло свою силу. Сейчас, как ты выразился, это просто два похожих кресла в разных местах. В одном из них к тому же дырка...

Насколько я помнил, про дырку от пики я не упоминал. Но Адонис, наверно, мог каким-то образом увидеть это кресло сам.

Когда мы напились чаю, Юка вопросительно на меня поглядела — и я пожал плечами в том смысле, что не возражаю. Тогда она еще раз поклонилась Адонису и сказала:

— Почтенный архат, я знаю, что легкомысленной женщине не подобает вмешиваться в разговор мудрых мужей — но я хочу задать вам один вопрос.

— Сделай милость, — ласково ответил Адонис.

— На южном фасаде Михайловского замка есть надпись: «Дому Твоему подобает Святыня Господня в долготу дней». Она существует и на Ветхой Земле, и у нас. Павел воспроизвел ее в точности, хоть после Трансмиграции изменил многое в архитектуре замка. Я слышала от Алекса, что на Ветхой Земле ее понимают как пророчество, указывающее на долготу дней императора Павла. Число ее букв совпало с числом официально прожитых им лет. Но если это так, зачем Павел Великий повторил надпись в Идиллиуме? В чем ее смысл на самом деле?

Адонис поднял глаза на Юку. Она отчего-то покраснела. Адонис вздохнул.

— Легкомысленная женщина, — сказал он, — ты спрашиваешь о том, что находится за пределом обычного разумения. Есть тайны, скрытые от человека просто в силу его природы. Их трудно объяснить. Твой дружок общается с Ангелами — не лучше ли будет, если вы спросите об этом у них?

— Ангелы больше не говорят со мной, — ответил я. — Мавр уже сделал свое дело. Мавр отдыхает.

Адонис засмеялся. Юка умоляюще поглядела на меня.

— Почтенный архат, — сказал я, — я присоединяюсь к ее просьбе. У Юки есть особые причины интересоваться этой надписью.

Адонис вопросительно уставился на меня — и я, как мог точно, вспомнил ту секунду, когда Юка перестала быть миражом и стала живым человеком.

СМОТРИТЕЛЬ

Почему-то я больше всего боялся упрека, что создал еще одно несчастное существо. Поэтому я принялся мысленно оправдываться еще до того, как обвинение прозвучало.

«Она куда счастливее меня, — думал я, — ей хочется узнать про мир что-то новое, а мне — не слишком. Она права, меня сделали из кареты, чтобы я ехал по чужим делам и не отвлекался на посторонние маршруты. А она возникла из этих самых слов про долготу дней. Именно их я повторял про себя, придавая Флюиду ее форму...»

— Хмм... — протянул Адонис.

«В тот миг мне казалось, что я их понимаю, — думал я. — Но это была ошибка. А теперь она спрашивает: "Кто я? Кто я такая?" Это как если бы Ева пришла к анатому и попросила рассказать про ребро».

Я опустил глаза — но был уверен, что Адонис все уже понял. Вслух я сказал другое:

— Мы будем бережно хранить тайну.

— Дело не в этом, — махнул рукой Адонис. — Эта тайна такого рода, что хранить ее нетрудно. По той простой причине, что ее почти невозможно объяснить. Трое Возвышенных отчетливо видели ее в своих умах — поэтому могли говорить о ней иносказательно. Но как раскрыть ее в образах нашего мира, я не представляю. Она может быть более-менее растолкована разве что на языке Ветхой Земли.

— Вы можете говорить языком Ветхой Земли, — сказала Юка. — Если мы не поймем, виноваты будем мы сами.

Адонис усмехнулся и покачал головой — словно с ним говорили неразумные дети, даже не понимающие всего абсурда своей просьбы. Потом он надолго задумался.

— Сейчас, — сказал он наконец. — Я кое-что принесу.

Он встал со своего места и, прихватив наш подарок, исчез за оранжевым занавесом, разделявшим гостиную надвое. Через пару минут он вернулся. Сперва я решил, что Адонис несет наш дар назад — но в руках у него было другое устройство с Ветхой Земли, похожего размера и формы. Это был вычислитель необычного вида — кроме экрана и клавиатуры, у него имелась еще блестящая черная панель сверху.

— Вы помните опыт, когда мои ребята гробили свое здоровье ради вашей забавы? — спросил он.

Я хотел возразить, но поймал взгляд Юки.

— Помним.

— Что именно вы запомнили?

— Безблагодатность, — ответил я. — И еще «Хад» и «Цоф».

— Можно сказать и так, — хмыкнул Адонис. — Хотя правильнее выговаривать «ха-ад» и «соф-т». Скажу по секрету, что вы у меня не единственный источник контрабанды с Ветхой Земли. У Железной Бездны есть и другие каналы. Обычно их техника не работает у нас из-за отсутствия энергии нужного формата. Но этот прибор, — он постучал по черной панели, — уникален. Он заряжается прямо от света. Поэтому на нем можно воспроизвести безблагодатную работу земных вычислителей.

— Это не опасно? — спросил я.

— Нет, пока все остается в монастырских стенах.

— Я имею в виду, мы не попадем под лучи Абсолюта, как эти монахи?

Адонис нажал кнопку на вычислителе.

— Очень стоило бы провести вас через такое переживание, — сказал он. — Но с вами ничего не случится — вы не проецируете сознание за пределы тела, а смотрите человеческими глазами. От жесткого Абсолюта вас защищают, как выражались христиане, телесные покровы... Глядите внимательно. Я сделал этот короткий фильм сам.

На экране появилось изображение — сидящий на жердочке попугай. Картинка была совсем примитивной: она состояла из зеленых ломаных линий на черном фоне. Адонис прикоснулся к клавиатуре — и попугай кивнул несколько раз головой, словно стараясь ударить себя клювом в грудь. Потом он повернулся и закивал в другую сторону — а затем резко взлетел с жердочки, махнул совершенно неубедительными крыльями и исчез за краем экрана.

— Я думаю, — сказал Адонис, — моя демонстрация не произвела на вас впечатления. Вы можете увидеть на своих умофонах куда более занимательные анимации, возникающие по благоволению Ангелов. Однако особенность этого попугая, — он ткнул пальцем в зеленую жердочку на экране, — в том, что он по своей природе полностью безблагодатен. Чтобы создать его, мне пришлось овладеть тем, что Алекс назвал словом «Цоф». Это важнейшее из искусств Ветхой Земли. Я изучал его всю жизнь, стремясь понять, с какими опасностями может столкнуться Идиллиум, и до сих пор нахожусь на низших ступенях постижения. Но кое-что я все же умею... Посмотрите, как выглядят заклинания «Цоф», порождающие этого попугая.

Он склонился над вычислителем, и я увидел на экране ровные белые строчки на черном фоне. Это были слова и цифры, кое-где соединенные между собой знаком равенства — много скобок, звездочек и значков, похожих на косую тюремную решетку. Несколько строк подряд начиналось с «if».

Никакого внятного мне смысла в этих письменах не было.

— Теперь будет проще понять дальнейшее, — продолжал Адонис, стуча по клавишам. — Вот другая картинка... Ее сделал уже не я. Ее создали на Ветхой Земле, и она, конечно, сложнее. Но ее вызывают к бытию очень похожие заклинания. Практически такие же.

Я увидел на экране каменную пещеру, освещенную редкими факелами. Она выглядела весьма реалистично — видны были даже дрожащие тени от выступов камня. Нажимая на клавиши и поворачивая торчащий из вычислителя шарик, Адонис заставил пещеру двигаться на нас — как если бы мы шли по ней. В ней стали появляться ответвления и развилки.

— Запомните какой-нибудь элемент на стене, — сказал он. — Вот, например, эту метку...

И он показал на пятно краски, похожее на синюю букву «V». Нырнув в каменный аппендикс, мы некоторое время перемещались по узким проходам — а потом вышли с другой стороны к той же самой метке. Это точно была она: я помнил, как выглядела скала вокруг.

— Видите? — спросил Адонис. — Мы вернулись. Теперь попробуем понять, что произошло. Мы сделали крюк по пещере и возвратились на прежнее место. Это означает, что вся пещера где-то есть, верно?

Юка кивнула.

— Где она по-твоему?

Юка задумалась.

— Меня тянет сказать, что она внутри этой черной коробки, — ответила она, — но я уже представляю, как вы засмеетесь. Поэтому я скажу так: пещера в заклинаниях «Цоф».

Адонис наморщился.

— Нет. Ты очень хитрая, но ее нет даже там. Заклинания «Цоф» создают только ту часть пещеры, которую мы заказываем для демонстрации, нажимая клавиши и поворачивая шарик. Любой фрагмент пещеры возникает на экране заново по содержащимся в заклинаниях правилам. Когда мы уходим от синей метки, она исчезает. Когда мы возвращаемся, она появляется. Где она в остальное время?

Мы молчали.

— Ее нет нигде, — продолжал Адонис. — Есть лишь наша память о ней. И заключенная в заклинаниях «Цоф» потенция для ее возникновения на экране. Но метка может в любой момент проявиться по нашему желанию. На Ветхой Земле это называется «симуляцией». Понимаешь?

Юка неуверенно кивнула.

— Вся целиком пещера не существует даже на экране, — продолжал Адонис. — Любой ее фрагмент рассчитывается заново, когда мы хотим его увидеть. Но если долго исследовать эту симуляцию, можно составить подробный план пещеры. И если вы с рождения сидите за вычислителем и изучаете пещеру всю жизнь, отыскивая в ней разные сталактиты и сталагмиты, вы никогда не заподозрите подлога...

Вы будете думать, что все существует на самом деле.

— Почему вы в этом уверены? — спросила Юка.

— Потому, — ответил Адонис, повернув шарик так, чтобы весь экран заняла синяя метка, — что любая ваша гипотеза по поводу устройства пещеры может быть проверена опытным путем. Опровергнута или доказана объективным научным методом, как говорят на Ветхой Земле. Глянув на план, вы можете найти и изучить в подробностях любой каменный угол. Он останется таким же и завтра. И вы будете уверены, что пещера существует целиком и одновременно — а не в виде возникающих по очереди фрагментов. Это подскажет здравый смысл, основанный на жизненном опыте.

— Может быть, — сказал я. — И что дальше?

Адонис вскочил с места, подошел к книжной полке и вернулся с тонкой брошюркой. Это было краткое житие Господа Франца-Антона.

— Читай с любого места, — сказал он.

Я открыл брошюру наугад и прочел:

— «В 1778 году Франц-Антон приезжает в Париж и селится в тихом районе столицы. В скором времени лучшие сыны и дочери французского народа устанавливают с ним доверительный контакт, и он возобновляет Служение. Его ближайшим учеником становится доктор Шарль д'Эслон...»

— Довольно, — сказал Адонис. — Тебя ничего не удивляет?

— Я не знаю, что это за Шарль д'Эслон.

— Забудь про Шарля.

— Тогда нет, — сказал я. — А что здесь должно удивлять?

— По канону, все биографии Франца-Антона написаны в настоящем времени, — ответил Адонис. — Это правило. Но так часто пишутся и биографии обычных людей. Особенно художественные. Настоящее время никого не удивляет. Человек, чей жизненный путь уже закончен, мыслится как существующий весь одновременно. Вот как эта пещера на экране... Все события его биографии лежат рядом друг с другом, пребывая на разных страницах уже напечатанной книги. Мало того, даже живой человек в своем сознании видит себя такой же вневременной сущностью. У него есть карта собственной жизни.

— Карта? — переспросил я.

— Память о себе. Как бы план пещеры. Погрузившись в память, он может вернуться к прошлым минутам — словно они до сих пор действительно где-то есть. Поэтому наш ум постоянно мечется между настоящим и прошлым, создавая у человека ощущение его протяженности во времени.

— Но ведь так оно и есть, — сказал я. — Мы действительно в нем растянуты.

Адонис поглядел на меня с жалостью

— Я знаю, — ответил он, — на какие жертвы тебе пришлось пойти, чтобы стать Смотрителем. Но если бы твои упражнения в медитации не прервались в детстве, ты знал бы сейчас без тени сомнения — ничего подобного нет.

— А что тогда есть?

— Есть мгновенная конфигурация материальности и мысли, — сказал Адонис. — Как бы волна, бегущая по океану Флюида. Так кажется на первый взгляд. Но если вглядеться еще пристальнее, видно, что нет ни океана, ни даже самой волны, а есть только ее фронт.

Мы молчали, переваривая услышанное.

— Задумайтесь — весь мировой Флюид есть просто фронт «сейчас», сделанный сам из себя... Часть фронта — память о том, что было прежде, поэтому фронту кажется, будто он волна, а волне кажется, будто она не волна, а целый океан. Истина, однако, в том, что и волна и океан — это память о том...

— Где фронт был раньше? — предположила Юка.

— Нет, — ответил Адонис. — Не где, а каким он был. «Где» — это просто отзвук религиозной веры в существование всей пещеры одновременно.

— Хорошо, — сказал я. — Что останется, если отбросить веру?

— В каждый момент, — ответил Адонис, — возникнет новая конфигурация материальности и мысли, а прежняя исчезает. Процесс неостановим. Даже составляющие материю частицы уже другие. И ни в один конкретный момент так называемого «человека» нет. Есть только этот неуловимый фронт. Человек появляется лишь в памяти. Он возникает где-то «вообще», в воображении — вот как эта экранная пещера. И то же самое относится ко всему миру.

— И что это значит?

— То, что никакого человека на самом деле нет. Ему негде быть. Есть только этот фронт настоящего, а все остальное — иллюзия. Любая конфигурация реальности существует один кратчайший миг и так быстротечна, что поймать ее невозможно. Все остальное, с чем мы имеем дело, — это либо воспоминание, либо предположение.

— Что за казуистика, — сказал я. — Человек на самом деле есть. Просто он подвержен переменам. Как и мир вокруг.

— На Ветхой Земле, — ответил Адонис, — говорят иногда, что у мира четыре измерения — длина, ширина, высота и время. Но в этих координатах нельзя даже определить, где находится Ветхая Земля. Все три пространственных измерения реально существуют лишь в одной точке временной координатной оси. Воображаемой оси, поскольку ее негде провести. Есть только бегущая по ней точка. Мало того, если разобраться, не существует и этой точки, потому что ее никак нельзя уловить и зафиксировать...

— Как же нельзя, — сказал я. — Вот она. Сейчас.

— В слове «сейчас» шесть букв и два слога, которые могут быть прочитаны только по очереди. Сейчас — это когда? Когда «сей» или когда «час»? Одним этим слово «сейчас» отрицает само себя, высвечивая весь абсурд нашего кажущегося бытия. При абсолютном сужении момента — то есть погружении в истину как она есть — исчезает все. Это понимают даже физики Ветхой Земли.

— И ничего не остается? — спросил я с иронией.

— Ничего. Наша подлинная система координат состоит из единственной точки, у которой нет ни длины, ни ширины, ни высоты, ни временной протяженности. Нас нигде нет. Мы возникаем — как бы возникаем — лишь в иллюзорном измерении времени...

Адонис положил руку на свой черный вычислитель.

— И Ветхая Земля, и наш мир, и мы сами — просто симуляция, — сказал он. — Пытаясь выразить эту истину, древние говорили, что мир пуст. Но если рассуждать строго, в нем надо симулировать даже пустоту.

— А что тогда такое все это? — я обвел комнату рукой.

— Платон сказал бы, что это прилипшие к стене тени, — ответил Адонис. — Я же скажу, что это ум, где образы исчезнувшего соседствуют друг с другом и подменяют настоящее. Та часть фронта волны, из-за которой волна думает, что она — это океан.

— Хорошо, — сказал я. — Почему тогда человек за столько веков не осознал, что он просто симуляция?

— Смотря какой человек, — ответил Адонис. — Например, Павел это вполне осознавал. Его сподвижники — тоже. И не только они, конечно. Глубже всех в тайну проник Сиддхартха Готама. Но в его времена не существовало даже терминологического аппарата, чтобы обсуждать эту тему. Именно поэтому Сиддхартха не отвечал на вопросы о происхождении вселенной и природе космоса.

— Но почему осознавших так мало? — спросил я.

— Потому что такое осознание не является целью симуляции. А человек — это принудительная симуляция. Он не порхает по платоновской пещере туда-сюда. Его тащат по ней за кольцо, продетое сквозь нос.

— Кто тащит?

— Код.

— Какой кот? — прошептала Юка, благоговейно округлив глаза.

— Я предупреждал, что будет непонятно, — вздохнул Адонис. — Код — это язык заклинаний «Цоф». На Ветхой Земле даже дети знают, что все симуляции начинаются с кода, да и Библия этого не скрывает... Как запишешь, так и будет. В заклинаниях «Цоф», создающих симуляцию человека, вместо способности видеть иллюзорность пещеры прописан вдохновенный интерес к сталактитам и сталагмитам. И к надписям на стенах. Как человек может осознать, что его нет, если его действительно нет?

Эти слова словно ударили меня по голове своим весом — на несколько мгновений я понял, о чем говорит Адонис, даже не понял, а почувствовал всем телом. С минуту мы молчали.

— Я объясняю про фронт волны, — печально сказал Адонис. — Вы понимаете... Вроде бы. Потом я умолкаю, вы оглядываетесь по сторонам — и все остается как было. Симуляция продолжается. В ваш код не заложено понимание сути вещей. В него заложено именно то, что с вами происходит.

— А с вами?

Адонис улыбнулся.

— Я волна, идущая из другого места.

— Таково учение «Цоф»? — спросила Юка.
Адонис отрицательно покачал головой.

— Само по себе безблагодатное искусство «Цоф» не способно открыть глаза на эту тайну... вернее, широко распахнутую очевидность. Это может сделать только упорная медитация над настоящим моментом времени. Мое знание искусства «Цоф» лишь позволяет мне формулировать некоторые вещи. И еще догадываться о сути многого, о чем спорят наши теологи.

— Например?

— Например, каким образом и из какого материала Францу-Антону и его медиумам удалось сотворить новый мир, целую Вселенную. Видите ли, симуляции на самом деле не существует. Поэтому параллельных симуляций может быть сколько угодно. Если продублировать одну ветку кода, от этого в реальности не изменится ничего. Это объясняет не только ту элегантную легкость, с какой был создан Идиллиум, но и причину, по которой мы обречены имитировать Ветхую Землю. *Source code* мира уже написан. Мы не можем уходить от него слишком далеко.

— Что такое «ветка кода»? — спросил я.

— Ветвь Древа Жизни, — усмехнулся Адонис.

Юка глядела на старого монаха влюбленными глазами. Мне казалось, что она совершенно счастлива — и, как это ни было глупо, я испытал укол ревности.

— Хорошо, — сказал я, — все это здорово. Но при чем здесь надпись на южном фасаде Михайловского замка? Мы про нее совсем забыли.

— Я надеялся, — ответил Адонис, — что вам станет скучно и вы потеряете к этому вопросу интерес.

— Пожалуйста, объясните, — попросила Юка.

— Хорошо, — сказал Адонис. — Разжую до конца. Как вы думаете, зачем на Ветхой Земле разрабатывают такие симуляции?

— Для развлечения?

— Да. Но не только. Это делается еще и с практической целью. Допустим, кто-то хочет вырубить для себя в скале персональный грот. Вы рисуете план — но заказчик желает понять, как все будет выглядеть на самом деле. Тогда вы создаете экранную симуляцию. Заказчик совершает по ней воображаемую прогулку — и просит изменить кое-какие мелочи. И лишь потом пещеру начинают высекать в камне. Она выглядит так же, как симуляция на экране. Но теперь она настоящая.

— Если в нашем мире нет ничего настоящего, — сказал я, — это будет просто другой тип симуляции.

— В конечном счете — да, — сказал Адонис. — Но само слово «симуляция» подразумевает существование реальности. Франц-Антон и Павел Великий не были знакомы с терминологией искусства «Цоф». Но они хорошо понимали все, о чем мы говорим. Они верили, что из мира пляшущих на стене теней можно возвратиться в глубину платоновской пещеры — и стать тем совершенным вечным существом, что отбрасывает зыбкие отблески, принимаемые нами за жизнь. Стать истинным человеком. Они полагали, что к этому ведет особое постижение, которое они называли «мудростью Змея».

— Это что-то из Библии?

— И да и нет. Они считали, что понимают сокровенный смысл библейской аллегории. Истинный человек представлялся им как бы длинной змеей, сложенной из всех дней его жизни, существующих в некой высшей реальности одновременно. Вернее, не одновременно, а вне времени вообще. Точь-в-точь как в каноническом житии Франца-Антона... Как точно звучит эта надпись?

— «Дому Твоему подобает Святыня Господня в долготу дней», — повторила Юка.

— Да. Эта «святыня в долготу дней» и есть окончательный, божественный человек в ином, невообразимом мире, где находится наш источник. Истинному миру, верил Павел, соответствует тело всех дней, и только такой мир можно считать настоящим домом. Остальные миры иллюзорны — они просто симуляция, прикидка, набросок. Павел не боялся выставлять эту сокровенную тайну на всеобщее обозрение, потому что ее вряд ли могли понять пьяные петербургские масоны. Или даже сам английский посол.

— Не ведет ли смерть в этот высший мир? — спросила Юка.

Адонис улыбнулся.

— Лишь в том случае, если симуляция удовлетворила заказчика.

— А если не удовлетворила? Куда уходит человек тогда?

Адонис засмеялся.

— Туда же, — сказал он, — куда улетел мой безблагодатный зеленый попугай. Что значит «уходит»? Какой «человек»? О чем ты вообще?

— Павел Великий и Франц-Антон были удачными симуляциями? — спросил я.

— Я не берусь об этом судить, — сказал Адонис, — не я их заказчик. Но Франц-Антон и Павел Великий не собирались дожидаться смерти, чтобы выяснить этот вопрос. Это были титаны, желавшие взять небо штурмом. Они надеялись, что *мудрость Змея* позволит им подняться туда живыми, как делали древние герои. Что бы это ни значило...

— Мудрость Змея, — повторила Юка задумчиво. — А что такое зеркало Фаустуса? И Храм Последнего Поворота?

— Это не ко мне, — ответил Адонис. — Я и так наболтал лишнего. Пусть Алекс говорит с Ангелами.

— Я спрашивал, — сказал я. — Ангел сказал, что это небесные тайны, о которых может рассказать только сам Павел. А его довольно трудно найти.

— Вот-вот, — согласился Адонис и еле заметно ухмыльнулся. — Он в последнее время очень занят.

— Вы можете сказать что-нибудь еще? — спросила Юка. — Хоть немножко?

Адонис поднялся и исчез за оранжевым занавесом. Некоторое время он рылся, судя по звону, в каком-то железном мусоре. Я предположил, что он покажет нам еще какое-нибудь чудо с Ветхой Земли, но он вернулся с конвертом в руках. Сургучную печать на нем покрывали трещины, а на бумаге были грязные полосы, словно конверт использовали в качестве подставки.

— Нашел, — сказал он. — Вот, возьми.

— Что это за письмо? — спросил я.

— Это не письмо. Здесь тайный дневник Павла. Ты видел две части. Тут третья, написанная уже в Идиллиуме.

Я недоверчиво взял конверт.

— Если бы это действительно был дневник Павла, он являлся бы реликвией.

— Это не оригинал, — сказал Адонис. — Настоящий дневник уничтожен безвозвратно. В конверте просто копия. Она нигде не воспроизводится, при обнаружении текст сжигают — и официально считается, что это кощунство и подделка. Поэтому я ничего не гарантирую. Но лично мне кажется, что дневник вполне может быть настоящим. Только не читайте здесь, а то у вас опять появятся вопросы. Подождите пару дней. Я уже сказал все, что мог — и даже больше. Идемте-ка лучше гулять...

И мы отправились на прогулку.

Адонис повел нас по тропинке, начинавшейся прямо у его кельи. Она нырнула в густые заросли и привела нас к высокому забору — видимо, это была ограда Железной Бездны. Адонис ловко вынул из забора доску, мы пролезли в получившийся лаз — и, пропетляв несколько минут в звенящих насекомыми джунглях, вышли к обрыву, за которым синело море.

На небольшой площадке перед обрывом стояли скамейки. Мы сели на одну из них отдохнуть. Адонис сосредоточенно молчал, закрыв глаза, и мы с Юкой долго не решались его потревожить.

Но за нас это сделали обстоятельства.

Рядом с площадкой, где мы сидели, располагалась еще одна похожая терраса, только заросшая кустами. На ней вдруг появился старый голем — он прошел совсем недалеко от нас, и я хорошо его разглядел.

Это был уже отработавший свое служка — шатаясь, он шел к обрыву, чтобы прыгнуть в море. Ему было не меньше двадцати лет, что делалось ясно по старомодной прическе, облупившейся краске и темным зигзагам на глине: глубокие трещины с выкрошенными краями походили на язвы.

С глиняного лба уже снята была рабочая печать, но на лице голема все еще сияла белозубая улыбка, а голубые эмалевые глаза смотрели в будущее с неподдельным оптимизмом. Я его где-то понимал: ему оставалось лишь добраться до обрыва.

Но пройти эти последние несколько метров бедняге не дали.

Из-за кустов наперерез ему выскочила стайка мальчишек. Самому младшему было лет восемь, а старшему — тринадцать или четырнадцать. Те, что поменьше, держали в руках деревянные мечи и копья, а старший был вооружен настоящим пожарным багром.

— Великан! Сдавайся!

Судя по их нарядам, мальчишки играли в рыцарей.

Голем попытался обойти их, но безжалостно подставленная под ноги палка сбила его с ног — и рыцари принялись за дело. Деревяшки почти не причиняли голему вреда, но вот багор со второго удара расколол глиняную голову и, похоже, повредил утилизационное начертание: ноги бедняги перестали шевелиться.

— Прекратите! — крикнул мальчишкам Адонис.

— Почему? — спросил один из них. — Он ничего не чувствует! Ему не больно!

— Больно не ему, — сказал Адонис. — Больно Ангелам в твоем сердце.

— Врешь ты все! — отозвался мальчишка неуверенно.

— Вру, — неожиданно согласился Адонис. — Но если ты сам не поймешь, почему не надо его бить, никто тебе этого не объяснит.

Мальчишки недовольно побрели прочь.

Безголовый голем пополз дальше к морю, подгребая руками, словно плыл по земле. На месте боя осталась часть его головы, из которой смотрел на нас пронзительный и веселый голубой глаз.

Когда голем перевалился через обрыв и полетел вниз, Адонис сказал:

— Я их тоже в детстве добивал.

— И я, — вздохнул я. — Сейчас, конечно, стыдно.

— Ты слышал выражение «убей себя о стену»? — спросил Адонис.

— Нет, — сказал я.

— Наверно, ты для этого слишком молод.

— Это с Ветхой Земли?

— Наоборот, — улыбнулся Адонис. — Это на Ветхую Землю оно залетело из нашего мира. Иногда случается и такое.

— А что оно значит?

— Лет шестьдесят тому назад, — сказал Адонис, — в Идиллиуме жил солик по имени Вениамин, решивший построить в своем Великом Приключении пространство для эволюции големов. Он создал их более тысячи — и ставил им на лбы все более сложные печати, пытаясь пробудить в них независимую мысль и волю. Его мир так и назывался — «Красная Глина».

— И чем кончилось?

— Как обычно в подобных случаях. Его опыты увенчались успехом, и големы предали его мучительной смерти. А потом стали оплакивать гибель своего бога. Они построили для него мавзолей из глины, сделали ему красивый саркофаг — а затем по очереди расшибли друг другу головы. Последний разбежался и убил себя о стену мавзолея, разбив печать на своем лбу. Вениамин специально создал для них мир без водоемов, чтобы они не пошли легким путем — но даже это не помогло.

Я поглядел на глаз, валяющийся в пыли.

— Когда Вениамин пришел в себя и вернулся в мир, — продолжал Адонис, — он стал скульптором. Делал глиняные фигурки и подолгу обжигал их в печи... Ходили слухи, что он ставил на них тайную печать, позволявшую им чувствовать боль и понимать, что это месть. На эту тему есть несколько монастырских поэм. Вы, наверно, слышали про Вениамина — он автор «Великой Армии Цинь Шихуана, увиденной во сне». Но на самом деле его армия — просто копия. Оригинал на Ветхой Земле.

Мы некоторое время молчали.

— Если вы считаете, — сказал Адонис, — что в этой истории есть глубокий смысл, перестаньте так думать. Его нет. Глубокого смысла нет ни в чем, кроме человеческой головы. А ее лучше всего разбить о какую-нибудь красивую монастырскую стену. Говорю это как профессиональный служитель культа.

Адонис шутил так странно, что было даже непонятно, шутит он или нет.

— А что вы сами думаете про мудрость Змея? — спросила Юка. — Вам она доступна?

Адонис покачал головой.

— Меня не интересует долгота дней. Я иду по другому пути. Прямо противоположному.

— По какому?

— При сужении момента исчезает и мир, и тот, кто его видит. В своей медитации я возвращаюсь к этому исчезновению. И мне довольно того, что происходит.

ЖЕЛЕЗНАЯ БЕЗДНА

— А что происходит? — спросил я.

Адонис улыбнулся.

— Посмотри сам.

— Мудрость Змея тоже исчезает? — спросила Юка.

Адонис закрыл глаза и долго молчал.

— Змей кажется змеем, — сказал он наконец, — только до тех пор, пока не постигаешь, что принимал за него веревку в доме повешенного. Но в приличном обществе на эту тему не говорят.

X

Я шагнул в темноту, и зажегся свет.

Вокруг стояли придворные и монахи высших рангов в парадных рясах с аксельбантами. Они ожидали моего появления: ко мне сразу кинулись, чтобы подхватить меня под руки.

В первый момент я испугался, что это заговорщики — перед тем, как я опознал в них помощников, прошло несколько неловких секунд, когда я не то чтобы пытался отбиваться, а скорее, успел понять, до какой степени я не готов к такому повороту событий.

— Надо спешить, ваше Безличество, — шепнул мне в ухо один из монахов. — Скоро ваш выход. Вам следует надеть мантию и шляпу.

Я понимал, что сплю и вижу сон. Но во сне я хорошо знал, что мое дневное «бодрствование» ничем не выше по статусу. Поэтому сон этот был не более люсиден, чем жизнь: глупо казалось в одном сновидении ориентироваться на смыслы, прихваченные из другого.

Тем более, что во сне я, похоже, плохо справлялся со взятой на себя ролью — и чувствовал себя актером, очнувшимся от белой горячки за минуту до выхода на сцену.

Но люди вокруг знали, что делать. Несколько человек окружили меня живой ширмой, отгородив от остального мира завесой из ткани.

Знаки сана, лежавшие на полу, были подхвачены заботливыми руками и водружены на меня. На мою голову надели треуголку — во сне она казалась совсем легкой.

Один из придворных, улыбаясь, повернул ко мне огромное зеркало. Я увидел в нем парадного и торжественного себя — расшитые павловскими крестами ризы первокаменщика (в таких Смотритель иногда появляется перед народом), черная маска (я даже не заметил, когда ее надели), золотой позумент треуголки. Какой-то римский епископ, разжалованный не то в шуты, не то в гладиаторы.

Рядом уже ждали фашисты — во сне были живы оба, что очень меня обрадовало. Один держал в руках фасции, другой, видимо, собирался подставить под мою шляпу свою бритую голову. Оба были бледными от волнения.

— Ваше Безличество! — обратился ко мне пожилой придворный, мундир которого украшали золотые фениксы в петлицах (кажется, обер-церемониймейстер). — *Saint Rapport* был успешен. Но это еще не все. Правление нового Смотрителя начинается с важного ритуала.

Вам следует подняться на Небо, как делали все ваши предшественники. Убедите себя сделать это.

Я хотел сказать, что ничего об этом не слышал, но тут в моем ухе раздался шепот кого-то из прошлых Смотрителей:

— Не говори такого. Тебе полагается иметь память всех прошлых Смотрителей. Больше помалкивай. Просто кивай. Смотритель должен быть загадочен и молчалив.

Я покорно кивнул.

— Отлично, Ваше Безличество, — обрадовался золотой феникс. — Тогда можем начинать прямо сейчас.

Стоявшая передо мной толпа придворных расступилась в живой коридор, в конце которого я увидел открытую стеклянную дверь — и лестницу, уходящую в близкое облако. Хрипло и резко пропели рожки, и до меня долетел шум толпы.

Я понял теперь, почему фашисты так волнуются. Вблизи лестница выглядела устрашающе узкой. У нее не было перил — зато каждую ступень украшала монограмма Павла Великого.

Я решил успокоить своих спутников.

— Не бойтесь, братья, — сказал я, оборачиваясь к ним, — Ангелы Элементов не позволят нам упасть.

ЖЕЛЕЗНАЯ БЕЗДНА

По напряженным лицам фашистов я догадался, что они не особенно мне верят.

— Нигде вы не найдете такого количества атеистов и лицемеров, как среди монахов, — пробормотал кто-то из прошлых Смотрителей в моем ухе. — Впрочем, будь у них веры с горчичное зерно, был бы, наверно, и Ангельский чин...

Уже через несколько шагов по лестнице смотреть на город внизу стало страшно. Но мы все шли и шли.

Через сотню метров сделалось холодно. С этим можно было мириться, но сильные неудобства стал причинять ветер — его рывки казались полными злой воли, словно он выбирал момент наименьшей устойчивости, чтобы попытаться столкнуть меня вниз. Но и с ветром можно было справиться — тем более что я мог при желании воззвать к Ангелу Воздуха.

С чем было гораздо труднее смириться, это с птичьим пометом под ногами. Его становилось все больше и больше, будто каждый шаг к вершинам был сопряжен с одновременным погружением в скверну.

Чем ближе становились серые тучи, тем толще и жиже делался слой помета на ступенях. Вскоре его стало столько, что по лестнице можно было смело съезжать на лыжах. Впрочем, опасности он не представлял — мои ноги почти не скользили.

СМОТРИТЕЛЬ

Я обратил внимание, что по своей расцветке помет напоминает горностаевую мантию.

— Собственно, да, — сказал над моим ухом кто-то из Смотрителей. — «Августейший» означает что-то вроде «наиптичнейший». Аугустами, писал Светоний, называли гадателей по полету птиц. В бесконечности все параллельные прямые пересекаются, и все человеческие смыслы тоже...

Я понял, что жестоко заставлять фашистов и дальше следовать за мной по пятам. Обернувшись, я сделал им знак возвращаться.

Как только я остался один, я заметил висящую в облаках часовню. До нее было не так уж и далеко.

Она выглядела аскетично. Ее насквозь продувал ветер из трех просторных окон — таких больших, что часовню можно было считать беседкой с тремя каменными колоннами. Тут, наверно, хорошо жить Святому Духу, подумал я — и увидел надпись:

БЕСЕДКА ГОСПОДА Ф-Ц-А-Н

Создатель часовни помнил о всех трех Возвышенных — такие же аквариумы оправленной в камень пустоты оказались справа и слева.

Потом я заметил, что уже стою в одной из этих беседок. Как я перебрался сюда с лестницы, было неясно. Передо мной висела тяжелая синяя портьера, расшитая золотыми звездами.

— Все Смотрители рисуют здесь свой вензель, — сказал голос. — Тебе тоже следует сделать это, прежде чем ты поднимешь занавес тайны...

Я заметил на колоннах разноцветные знаки, оставленные властителями прошлого. Большинство вензелей уже выцвели и превратились в тени, как и сами властители — но перечеркнутое посередине «N» Никколо Третьего и «A» Алексиса Первого с крестом внутри до сих пор были хорошо различимы.

— Возьми кисть.

Я увидел в своей руке каллиграфическую кисть. Она была пропитана белой краской. Белый... Значит, таким будет цвет моего времени.

Я начертил на ближайшей колонне свой вензель:

A

Затем я бросил кисть вниз. Это делали все Смотрители. Я даже помнил откуда-то, что кисть Антона Второго убила торговца засахаренными фруктами — и тот сразу переродился в мире Брамы. Во всяком случае, во сне дела обстояли именно так.

СМОТРИТЕЛЬ

Времена мельчают: моя кисть была слишком легкой для того, чтобы облагодетельствовать кого-нибудь в подобных масштабах. Нашедший ее разбогатеет и прославится, а сама она окажется в храме Смотрителей. Если ее не найдут, в храме будет храниться копия.

Я попытался ощутить величие момента. Сощурившись от ветра, я водил глазами по выцветшим вензелям Смотрителей, вызывая в памяти их парадные портреты — но все равно не чувствовал ничего, кроме холода и одиночества. И еще... я не представлял, что на небе будет столько птичьего дерьма.

— Теперь подними занавес, — сказал голос.

Я повернул длинный рычаг, возникший передо мной в полу — и занавес поднялся вверх.

Передо мной был загибающийся улиткой коридор, где стояли Адонис с Юкой. То, что в небе откуда-то взялся каменный коридор, совсем меня не удивило.

— Ты призрак, — сказал Адонис. — Заблудившийся призрак, вот ты кто.

— Да, — сказала Юка. — Скрывать это дальше будет бесчеловечно, Алекс. Ты просто призрак.

Она послала мне воздушный поцелуй — и этого легчайшего дуновения оказалось достаточно, чтобы столкнуть меня в пустоту. Я с криком полетел вниз...

— ...Алекс! — звала Юка, тряся меня за плечо. — Не кричи! Проснись!

Я открыл глаза. Вокруг была знакомая спальня в Михайловском замке. В окне мерцала полная луна. Слишком большая луна — она, возможно, и вызвала мой кошмар своим магнетизмом.

— Опять? — спросила Юка.

Я кивнул.

— Что ты увидел?

Я коротко пересказал ей свой сон.

— Ну успокойся, милый. Все хорошо...

— Тебя не поймешь, — ответил я. — То призрак, то все хорошо...

— Сейчас исправим, — сказала Юка, и ее голова исчезла с соседней подушки.

В иные ночи мне мнилось, что Михайловский замок сливается со своим петербургским двойником. Эта была одна из них. Луна за окном казалась почти такой же синей и всесильной, как во время моих прогулок по Инженерному замку. Но теперь она была настоящей. Во всяком случае, хотелось в это верить всем недоброжелателям назло.

Я смотрел то на луну, то на Юку, и мне начинало казаться, что они стали одним целым — а значит, эти умопомрачительные ощущения вызывает во мне луна. У луны определенно был опыт — ведь не зря она столько веков наблюдала за влюбленными...

Юка подняла на меня глаза, провела языком по губам и улыбнулась.

— Теперь чуть легче? — спросил она. — Отпустило?

Я кивнул.

— Да. Спасибо, милая.

Она опустила голову на соседнюю подушку.

— Будут проблемы, сир, звоните в колокольчик.

— Ты прелесть, — вздохнул я. — И я, кстати, уже понял, почему мне это снится. Адонис перед нашим отъездом сказал, что в доме повешенного не говорят про веревку. А Павла... ну то есть Кижа... задушили шарфом. И еще Адонис так ехидно ухмыльнулся, когда я пошутил, что Павла трудно будет найти... Он намекал. Он определенно намекал.

Юка начала тихо смеяться — как будто ее переполняло пузырящееся шампанское, при каждом содрогании ее тела выделявшее все больше пузырьков.

— Хотел бы я посмеяться вместе с тобой, — сказал я.

— Я тебя научу, — ответила Юка.

— Как?

— А ты погляди на вещи моими глазами. Девушка проводит юность в занятиях на специальном тренажере — учится массировать ртом продолговатый штырь, у которого внутри сложная механика с пружинками и рычагами, следящими, правильно ли действуют губы и язык. Ей за это ставят оценки.

— Уверен, что всегда был высший балл, — сказал я.

— Не перебивай. Потом ей встречается замечательный молодой человек. Знаешь, у Золушки была сказочная карета — вот ее близкий родственник. Настоящий волшебный принц. Только очень сдержанный в любви. Она решает, что тренировки были напрасны. Но тут ее дружку начинает казаться, будто он — привидение. Ему мерещится, что все на это намекают. И есть лишь один способ его успокоить...

Я усмехнулся. У меня мелькнула догадка, что эта важнейшая дисциплина была введена в подготовку подруги Смотрителя специально как противовес Комнате Бесконечного Ужаса. А потом мне стало обидно — таким идиотом я показался сам себе.

— Я могу такое про тебя рассказать, — сказал я, — что неизвестно, кто из нас покажется привидением.

— Я бы на твоем месте не стала, — ответила Юка.

— Да? Это почему?

— У меня тоже начнутся припадки ужаса. И тебе придется делать мне то же самое, что я сейчас делаю тебе. Только целыми днями.

— Почему целыми днями?

— Я сильно заморачиваюсь, — сказала Юка. — У нас это семейное.

Я не выдержал и засмеялся. Все-таки она удивительно умела лечить впавшую в уныние душу. Каждый раз сперва казалось, что у нее ничего не вышло. Но через минуту от страха и тоски не оставалось и следа.

— Тогда в моей жизни появился бы наконец смысл, — сказал я.

— А так его нет?

— Может, и есть. Но я все время забываю.

Юка взяла меня за руку.

— Я вчера звонила Адонису.

— Зачем? — спросил я.

— Я захотела узнать какую-нибудь тайну, которую он постиг с помощью искусства «Цоф».

— Что он сказал?

— Он долго ругался. Объяснил, что он занятый человек. И не постигает с помощью искусства «Цоф» никаких тайн, а просто приобретает новый взгляд на вещи. А потом успокоился — и рассказал интересную историю.

— Какую?

— Про реинкарнацию. Люди на Ветхой Земле в нее не верят. Но у них есть ответвление искусства «Цоф» под названием «айклауд». Что означает «я облако». «Облако» — это такое место, где копируется все-все, что хранится на умофоне. Без всякой возни, незаметно. И умофон обретает бессмертие.

— А если ты его разобьешь?

— Если ты его разобьешь, тебе придется, конечно, покупать новый. Он может быть другого цвета, другой формы. Но как только ты его включишь, на него запишется все то, что было на прежнем... «Я облако» спустится в новое телефонное тело.

— Интересно, — сказал я.

— Ветхий человек каждый день пользуется этим «я облаком», но все равно уверен — когда его тело зарывают в землю, никакая душа не улетает на облака, потому что ученые доказали, что в момент смерти вес тела не меняется. И ученые правы, конечно. Душе не надо лететь на облако после смерти. Душа там всегда. Пока мы живем, мы просто меняем... как он это сказал... статус своего облака. Если, конечно, мы не зеленые безблагодатные попугаи, у которых нет никакого облака, кроме телефонного.

— Почему такого телефонного облака нет в Идиллиуме? — спросил я. — На основе благодати?

— Адонис сказал, скоро сделают. Если его не будут отвлекать от работы всякие дурочки.

— Ты помнишь его рассказ? Про то, что мы фронт волны и ничего другого на самом деле нет?

Юка кивнула.

— Если мы — просто симуляция, как мы можем храниться на облаке?

— У пещеры есть план, — ответила она, — и у нас, наверно, тоже. Вот этот план и хранится на облаке. В небесной книге записаны наши заклинания «Цоф». Мы для этого и живем — чтобы менять небесную надпись, пока не получится то, что нам нужно.

— Кому «нам»? Симуляции?

— Адонис ведь сказал — если есть симуляция, где-то есть и то, что она симулирует... Знаешь, я уже запуталась.

— Мне кажется, — сказал я, — Франц-Антон и Павел Великий тоже запутались. И решили все выяснить по-военному просто. Взять Небо штурмом... Слышали бы меня монахи из фаланстера — выпороли бы, как Кижа.

— Алекс, — сказала Юка, — а давай откроем конверт с этим дневником?

— Прямо сейчас?

— А почему нет? Чего ждать? Чем раньше мы все узнаем, тем лучше.

Секунду я колебался. Но никаких поводов оттягивать этот момент не было — упомянутые Адонисом два дня прошли.

— Хорошо, — ответил я. — Давай.

Юка встала, зажгла свет — и через минуту вернулась ко мне с уже раскрытым конвертом.

— Всего несколько страничек, — сказала она. — Твой великий предок был немногословен... Если это действительно написал он.

Достав первую страницу, она прочла:

— «Апокриф Павла Великого». Почему апокриф?

— Наверно, — ответил я, — чтобы можно было хранить на полке со всякой дрянью. Если это священный текст, и особенно оригинал, с ним надо обращаться соответственно. Адонис ведь монах.

— Может быть, — сказала Юка, и мы погрузились в чтение.

АПОКРИФ ПАВЛА ВЕЛИКОГО

Я более не ставлю даты к своим записям — календарь потерял для меня всякий смысл. Его, впрочем, не было и раньше — но как далеко надо уйти от руин Ветхой Земли, чтобы это понять! Буду отмечать лишь погоду того дня, когда случится взяться за перо.

Жаркий безветренный день

Змей – Вечный и Совершенный Человек – показал Адаму, для чего тот был создан: не для себя самого, а для иного, высшего и невнятного смертной душе. Адам увидел, что он – зыбко струящийся сон, снящийся неведомо кому. Но даже ужаснувшись своей никчемности, Адам отказался служить благой цели – и был изгнан в хаос. Так Франц-Антон понимает библейский миф.

"Но кому снится сон?" спросил я. "Кто заставляет Адама каждый миг рассыпаться и возникать заново?"

Ответ поразил меня до глубины сердца.

"Я полагаю", сказал Франц-Антон, "что единственным действующим лицом сей комедии теней и отражений является тот самый Флюид, которым мы якобы управляем".

"Но разве мы не управляем им на самом деле?» – спросил я.

Франц-Антон засмеялся.

"Подозреваю", ответил он, "что мы подобны возникающим из него самоуверенным зыбкостям, как бы фигурам из тумана и пара... Мы уверены, что повелеваем мирами и стихиями, и наша воля – есть мы сами. Но это то же самое, как если бы облака решили, что управляют небесным ветром, поскольку имеют форму королей и Ангелов... На деле же ветер гонит их по небу и создает их форму – но так, что они мнятся себе властелинами и героями. Когда мы думаем, что овладели Флюидом, это значит лишь одно – Флюид принял форму такой мысли. Дух Божий с безначальных времен носится над водою, и вокруг него плавают облака пара. Но он ничего не хочет для себя.

Поэтому время от времени он делает из пара кукол, дает им начертания власти и велит управлять стихиями и собой".

Дождь с утра

Мудрость Змея такова, утверждает Франц-Антон, что говорить о ней бесполезно – в языке нашем нет для нее потребных слов. Постижение ее, однако, должно изменить нашу природу – невероятным, невозможным образом. И здесь я вижу, насколько брат Франц-Антон превосходит меня мужеством. Мне страшно; он же весел и смеется.

"Все это происходит не с нами, мой брат", повторяет он, "это Флюид играет сам с собой".

Франц-Антон превосходит меня и разумением. С самого начала он понимал, что бегство в Идиллиум было лишь первым шагом к тайне. Прекрасный новый мир, строящийся вокруг нас, не очень ему интересен. Создать его потребно было для того, чтобы построить мост в Эдем, где можно встретить Змея и постичь его мудрость.

Масоны и иные посвященные Ветхой Земли играли в игры, смысла коих не понимали сами, говорит он; у нас же есть фундамент, где можно воздвигнуть подлинный Храм. Его надлежит возвести в месте, не достижимом ни для кого, кроме овладевших Флюидом в полной мере.

СМОТРИТЕЛЬ

Тихо и тепло, славный день

Название Храму предложил брат Бенджамин – скорее в шутку.

"Мы идем к истине кругами", сказал он, "как бы приближаясь к ней по сходящейся спирали. Это значит, что мы почти все время уходим от нее прочь, но в известный момент делаем маленький поворот, который направляет нас в нужную сторону…"

"И? "

"К истине ведут именно эти еле заметные повороты – и какой-то из них станет последним. Поэтому лучшее название для святилища окончательной истины – "Храм Последнего Поворота".

Брат Бенджамин думал, что мы посмеемся, и сперва мы действительно посмеялись. А потом Франц-Антон сказал: "Пусть так и будет".

Высокие облака во все небо – мы словно в мраморной пещере

Мудрость Змея недостижима во мгле нашего мира – но мы можем увидеть ее отражение и тем прикоснуться к ней. Нужно использовать власть над Флюидом, чтобы создать Зеркало Фаустуса. Это не зеркало в обычном смысле – Флюид по своей природе зеркален и так. Это вращающаяся воронка Флюида, где будет отражена и удержана панорама истинного мира.

ЖЕЛЕЗНАЯ БЕЗДНА

В разные времена Зеркало называли по-разному. Франц-Антон выбрал сие название в память о Кристофере Марло, английском брате, случайно создавшем подобное зеркало – и исчезнувшем из мира во время опыта. Правильнее было бы "Зеркало Марло" – но Марло написал мистическую трагедию про Фаустуса.

"Так таинственнее звучит", смеется Франц-Антон. "Пусть это будет нашим аплодисментом ему как драматургу".

Он говорит, бег мгновения нужно уравновесить вращением Флюида – так, чтобы его воронка отбрасывала время назад с той же скоростью, с какой оно бежит вперед. Мгновению придется замереть на месте, не переходя из прошлого в будущее – и тогда, как выражались на символическом языке древние, оно остановится и станет *прекрасным*.

Это означает, что мы увидим в нем Бога. А увидеть Бога, говорит Франц-Антон, и означает слиться с ним в его вечности. Так и только так стяжается Святыня в Долготу Дней.

Дождь весь день

"На какое время будет остановлен бег мгновения?" – спросил брат Бенджамин.

Франц-Антон расхохотался.

"На века", сказал он. "Или на один миг. Что ни скажи, все будет верно – и неверно. Как можно говорить, что мгновение остановится на время, если время остановится тоже?"

"Что означает обрести мудрость Змея и тело Змея?" – спросил брат Бенджамин.

"Я не знаю сам", улыбнулся Франц-Антон. "Возможно – понять самое заветное желание, скрытое глубоко в сердце. А потом осуществить его. Иначе, брат мой, зачем было все это начинать?"

Ветерок, приятная прохлада
Прежние алхимики создавали Зеркало Фаустуса с помощью сложных ритуалов и церемоний. Подготовка длилась годами – и часто все шло насмарку из-за малейшей ошибки. В Атлантиде приносили кровавые жертвы и умоляли духов о помощи; в Элевсине изнуряли себя многодневным танцем. Мы будем действовать иначе.

Франц-Антон и Бенджамин, как истинные сыны нашего просвещенного века, хотят устроить Зеркало в виде особой машины. Не такой, конечно, как делают механики – это будет машина Флюида. Внешне она будет выглядеть как обычное зеркало, где проявится тайна (зеркала использовали и прежде), но на этом связь с прошлым кончается.

"Машина" – не самое подходящее слово, но лучшего нет: ее незримый механизм будет возникать при каждом опыте заново. Окно в пелене времени будет появляться не в "зазеркалье", как предположил брат Бенджамин, а в собственном пространстве Флюида, для которого поверхность стекла будет лишь экраном.

У машины не будет никаких механических частей, кроме рычага, – его поворотом она и станет приводиться в действие.

Занятно – хоть слова "Храм Последнего Поворота" означают для Франца-Антона не вполне то, что имел в виду брат Бенджамин, они подходят вполне.

Нежнейшее солнце над утренним морем

Никогда не думал, что будет целых три Михайловских замка. Первый остался в Петербурге, вокруг второго воздвигли Идиллиум, третий же станет самым прекрасным и эфемерным. Он будет подобен облаку Флюида, и четырьмя его фасадами сделаются четыре Ангела. Этот замок будет возведен на небе – но не в физической пустоте над твердью, а в том незримом измерении, которое схоласты всех времен называли "Небесами".

Поистине, этот замок станет невидимой лампой над новым миром. Только не лампа будет прицеплена к Идиллиуму, а скорее, сам Идиллиум – к лампе: оттуда станут исходить лучи Флюида, создающие наш мир.

Источник их сделается недостижим – после нашего ухода Идиллиум будет в безопасности от любых злоумышленников. Где можно спрятать главный *baquet* лучше, чем на Небе? А на земле мы не оставим их вовсе.

"Что будет небесным источником Флюида?" спросил я.

"У меня есть одна идея", ответил Франц-Антон, "и я в ней почти уверен – но дай мне время поразмыслить еще…"

Небо сегодня кажется очень близким
Небесный чертог предстоит возвести мне, собрав весь доступный Флюид в один луч (ибо я лучший в мире строитель воздушных замков, с серьезным видом сообщил мне Франц-Антон). Он предложил для этого таинства название "*Saint Rapport*". По смыслу подходит вполне, вот только похоже на имя шуана.

Не следует слишком задумываться о деталях – небесный чертог таков, что достраивать его можно на ходу. Достаточно возвести из Флюида один из фасадов и ведущую к нему лестницу, на которую взойдем мы трое. Остальные предметы и детали возникнут, когда мы станем "искать их глазами, как бывает во сне" – так выразился Франц-Антон. Лишь Зеркало Фаустуса будет иметь определенную заранее форму.

ЖЕЛЕЗНАЯ БЕЗДНА

"Доверься Флюиду, Павел", сказал Франц-Антон, "он знает то, чего не знаем мы. Мы новички в этом деле, но Флюид совершал все бесконечное число раз..."

PAVLVS PRIMO

— Это конец? — спросила Юка. — Или тут чего-то не хватает?

— Не знаю, — ответил я. — Наверно, все.

— И что ты думаешь?

— Кое-что мне понятно, — сказал я. — Особенно когда говорят о Флюиде. Остальное... Не знаю. А ты что думаешь?

— Пойму утром, — ответила Юка. — Давай спать.

Когда я проснулся, за окном был уже день, и тонкий горячий луч бил в пол из щели между шторами. Юки рядом не оказалось. Она зашторила окно, чтобы свет меня не разбудил.

Через минуту Юка вошла в комнату с подносом в руках. На подносе был завтрак. Поставив его на кровать рядом со мной, она распахнула шторы и сказала, жмурясь от солнца:

— Вставайте, ваше высочество, вас ждут великие дела!

На ней было то самое платье сказочной принцессы, в котором она освободилась от опеки Оленьего парка — и тот же головной убор в виде конуса с вуалью. В мочках ее ушей блестели маленькие изумруды, брови были чуть подведены, и я заметил на ее веках еле заметные тени. Вместе с мягкими замшевыми туфельками, словно сшитыми из зеленых листьев, это тянуло на парадную форму с полной боевой раскраской. Что-то определенно было у нее на уме.

— Куда это ты так нарядилась? — спросил я.

— У тебя пятнадцать минут на то, чтобы позавтракать, — ответила она. — Потом пора будет отправляться.

— Куда ты собралась?

Она кивнула вверх.

— В Храм Последнего Поворота.

— Ага, — сказал я. — А с кем?

— С тобой. Не с ним же...

Она указала на стоящий в углу комнаты бюст Месмера.

Только тогда я заметил на его мраморной голове черную треуголку Павла — ее золотая тесьма ослепительно блестела на солнце. Раскрытый бархатный футляр, похожий на разинутую пасть, лежал на полу.

— Что ты себе позволяешь? — спросил я. —

Это очень ценная реликвия, которую Смотрители надевают только в день *Saint Rapport*. Ее нельзя таскать куда попало и вообще трогать.

— Я обращалась с ней аккуратно.

— Зачем ты ее принесла?

— Это наш билет наверх, — сказала она. — В Храм Последнего Поворота.

— Почему?

— Помнишь, ты говорил, что во время *Saint Rapport* ты сотворил лестницу и стоящего на ней Ангела?

Я кивнул.

— Создай опять эту лестницу. Не такую же, а ту самую. Только не где-то вверху, а у нас под ногами.

— А потом?

— Мы поднимемся по ней в Храм. Как Трое Возвышенных.

Я понял, что она имеет в виду. И даже вздрогнул от наглой простоты этого плана.

— Но нас туда не звали.

— И не позовут никогда, — улыбнулась Юка. — Можешь не сомневаться. Все, кто попадает на Небо, берут его штурмом.

— При котором обычно гибнут, — ответил я. — Может быть, кстати, гибель — самая важная часть процедуры... С чего ты взяла, что у нас получится?

— Вспомни, что мы вчера прочли. Я специально хотела для тебя подчеркнуть. «Храм надлежит возвести в месте, не достижимом ни для кого, кроме овладевших Флюидом в полной мере». Кто у нас овладел Флюидом в полной мере, если не ты? Значит, ты имеешь право туда войти. А я буду при тебе сопровождающим лицом.

С каждой секундой мне становилось все неуютней. Сильнее всего меня пугало то, что такое было вполне осуществимо.

Я уже сделал это один раз — и мог, наверное, сделать во второй. Тем более что теперь мне не надо было создавать ничего нового. Достаточно было просто вспомнить лестницу, ведущую сквозь облако.

— Откуда тебе приходят на ум такие вещи, — покачал я головой. — Я вот ни о чем подобном не подумал бы.

— Это не предусмотрено заклинаниями твоего «Цоф», — улыбнулась Юка. — Не написано на свернутой в трубочку бумажке у тебя в голове. Не зря таких, как ты, делают в карете.

— А у тебя написано?

— Да, — ответила она.

— Почему это?

— Потому что я волна, идущая из другого места.

— Я даже знаю, из какого, — пробормотал я. — Набралась у Адониса...

— Ешь быстрее. Тебе надо помыться и прилично одеться. Ведь ты не хочешь попасть на Небо заспанным и нелепым?

От растерянности я принялся за еду.

Пока я жевал фрукты с тостами и пил чай, Юка развернула передо мной черный мундир с бриллиантовым орденом — тот самый, в котором я выезжал на площадь в день *Saint Rapport*.

— Ты хочешь, чтобы я надел его?

— Это единственный подходящий наряд для прогулки на Небо, — сказала она. — И еще я принесла твою шпагу.

На стуле в углу лежал футляр с Жезлом № 2. На спинке этого же стула висели белые панталоны. Рядом стояли ботфорты.

— Зачем ты все сюда притащила? — спросил я. — Тебе вообще не следует прикасаться к реликвиям. Этого не должен делать никто, кроме меня.

— Извини, — ответила она, — но я боялась, что если я выпущу тебя отсюда, ты передумаешь.

— Как я могу передумать, если еще даже не согласился?

— Ты согласился.

— Когда?

— Во сне, — улыбнулась она.

Я вспомнил про сон, где я карабкался в небо по лестнице. Так вот как ей пришла в голову эта идея. Я сам ей все рассказал...

Пока я ел, Юка прохаживалась по ковру

возле кровати. Она казалась возбужденной — и ее возбуждение постепенно передавалось и мне.

— Ты хочешь отправиться прямо отсюда? — спросил я.

Она кивнула.

— Почему?

— Из осторожности, — сказала Юка. — Мне кажется, если мы будем слишком долго готовиться, нам могут помешать.

— Кто?

— Не знаю. Мало ли кто... Например, какой-нибудь второй Галилео. Но пока никто не догадывается о нашем плане, бояться нечего.

— «О нашем плане»... Как ты великодушна, милая, — пробормотал я.

В ее словах, однако, имелся резон. Но опасен был не второй Галилео, затаившийся во дворце. Бояться следовало Ангелов. При долгих приготовлениях к подобной экспедиции они могли заметить их и вмешаться — даже из своего сна. Перехитрить их было невозможно. Но внезапность и экспромт могли принести успех. Следовало действовать быстро и решительно — и как можно меньше об этом думать.

— Может быть, — сказал я, — ты и права. Кстати, не помню, говорил я тебе или нет, — в моем сне про лестницу ты тоже была.

Она только улыбнулась — словно не сомневалась в этом ни секунды.

Несколько минут ушли у меня на то, чтобы освежиться в ее ванной: обилием разноцветных баночек, тюбиков и пузырьков на полках та напоминала мастерскую художника — каковой, впрочем, и являлась.

Чтобы в моей голове возникало как можно меньше мыслей о предстоящем (их мог ощутить любой из Ангелов), я читал этикетки, содержавшие большей частью смутные, но многообещающие комбинации слов: «апельсиновая роса», «победный бриз», «слеза оленя» и так далее.

Еще я думал, что женщине следует как можно реже впускать любовника в свою тайную лабораторию — по той же причине, по какой кукольнику лучше прятать от зрительного зала управляющие марионетками нити.

Причесав мокрые волосы ее гребнем, я вышел в спальню и облачился в мундир с орденом, белые панталоны и ботфорты. Юка подала мне треуголку Павла, головной платок — и жезл-шпагу, уже прицепленную к перевязи в виде голубой ленты.

Нацепив шпагу, я надел шляпу великого алхимика.

Мне казалось, что я, как быстро несущаяся лодка, обгоняю собственный разум: неизбежные мысли об опасности и даже безумии затеянного возникали пенным шлейфом где-то далеко за кормой и не могли меня остановить.

Если б я замер хоть на минуту, то, верно, отказался бы от авантюры. Но я не остановился — а вместо этого вынул жезл из ножен.

— Держись за меня.

Ее руки охватили меня с такой силой, словно она собиралась повиснуть на мне в воздухе.

— Зажмурься, — сказал я. — И не подглядывай, потому что иначе не выйдет. Ты готова?

— Да.

Закрыв глаза, я вспомнил лестницу в облаке, поднял жезл к потолку — и позволил вихрю Флюида, возникшему вокруг нас, ворваться в металлический стержень.

XI

Порыв холодного ветра едва не сбил нас с ног.

Я открыл глаза. Юка стояла рядом, все еще держась за меня — и глядела по сторонам, жмурясь от ветра и придерживая на голове свою смешную шляпу-конус.

Я чувствовал себя странно — будто этот воздушный удар разбудил меня там же, где сон когда-то сморил... Похоже, пробуждение было с моей стороны рискованным поступком: не зря ведь я решил спрятаться от реальности во сне.

Реальность была грозной. Ступени, исчезавшие в клочьях тумана, не особо походили на надежные земные камни. Я замечал везде мельчайшую, но отчетливую дрожь — словно воздух, туман, лестница, Юка и я сам состояли из крохотных эфемерных насекомых, соединившихся в рой, притворяющийся всем вокруг.

Рой этих микроскопических протосуществ, каждое из которых обладало сознанием, постоянно смещался вместе с моим вниманием и становился тем, на что оно было направлено. Это относилось и к мыслям, имевшим ту же быстродрожащую природу — и даже к самому вниманию.

Мне стало не по себе. Без тени сомнения я знал, что нет силы, способной долго удерживать насекомых вместе, и любая форма роя возникает только на мгновение.

Это не я шел по лестнице. Шаг вверх означал, что Алекс распался на вибрирующие частицы, а потом из таких же частиц сложилась похожая фигура в другой позе, стоящая ступенью выше — и так без конца... Никакой другой преемственности между любыми двумя секундами не существовало.

С этими одушевленными частицами невозможно было ни о чем договориться. Их ни о чем нельзя было упросить. Не потому, что они были злыми — просто они жили меньше мига.

Сперва мне показалось, что я не переживу этого распада, этой дрожи исчезающих переживаний, где абсолютно не на что опереться, — но шагнув вверх один раз, потом другой, потом третий, я с удивлением понял, что произошедший в моем восприятии сдвиг вовсе не мешает мне делать то же самое, что я делал, когда был нормальным человеком из плоти — то есть идти и думать.

И хоть это понял не я, а просто рой частиц

принял форму такой мысли, та часть роя, что была моим страхом, стала растворяться в пустоте.

Это было поразительно. Изменилось все — и ничего вообще. Можно сказать, я полностью потерял себя. Но, как пел бронзовый Бен, отряд не заметил потери бойца. Мало того, как выяснилось, боец вообще не служил в отряде, а только числился в сопроводительных документах — скорее всего, чтобы прикрыть какое-то хорошо поставленное армейское воровство.

Это было неописуемое переживание: я открыл рот, чтобы завыть от ужаса, но неожиданно для себя захохотал.

— Алекс, — позвала Юка.

— Что?

— Ты тоже растворился?

— Наверно, — ответил я, сообразив, что с ней происходит то же самое.

— Держи шляпу рукой, — сказала она. — Сдует.

Этот практичный женский совет окончательно вернул мне самообладание — и всего через несколько шагов я уже привык к разрушающей мир дрожи. Да, на самом деле не мы шли по лестнице вверх, а вселенная ежесекундно перестраивалась так, что формы наших тел возникали все выше и выше на ступенях. Но проще всего было выразить это, сказав, что мы шли по лестнице вверх.

СМОТРИТЕЛЬ

Мы поднимались долго — наверное, с полчаса. Вокруг ничего не менялось, но скучно мне не было — каждый шаг, каждый вздох и движение рукой казались теперь приключением.

Юка спросила:

— Что там внизу? Мне хочется посмотреть, но страшно.

— Там только облако, — ответил я. — Во все стороны.

— Мы высоко?

— В каком смысле? Ты думаешь, под нами что-то есть?

— А что, нет?

— Я ничего там не создавал, — сказал я. — И Ангелы, уверен, тоже. Это было бы неэкономно.

— То есть с другой стороны облака пустота?

— Я думаю, что сейчас там нет даже пустоты, — ответил я. — У облака просто нет другой стороны.

— Как?

— Как у ленты Мебиуса. С Флюидом так часто бывает. Но если мы с тобой туда свалимся, там обязательно что-нибудь появится. В дневнике Павла ведь сказано: предметы возникнут, когда мы станем искать их глазами.

Юка остановилась.

— Тогда понятно, — сказала она, — почему

мы так долго идем. Мы можем подниматься еще целый год, и вокруг будет то же самое.

— А что ты предлагаешь?

— Я предлагаю, чтобы ты нашел этот Храм глазами. Ты его хотя бы видел.

— Всего несколько секунд, — сказал я. — И на храм он не был похож. Скорее на облако.

— Тогда вспомни это облако. Увидь хоть что-нибудь. А то мы так и будем идти и идти без конца.

Она была права. Я закрыл глаза, подождал, пока в нахлынувшей черноте растворятся отпечатки дневного света, и открыл их снова.

Волны тумана неслись над лестницей точно так же, как при нашем появлении. Но теперь я старался смотреть сквозь них, как бы отыскивая то, что они скрывают. Мои глаза быстро устали от усилия, но это подействовало.

Воздух впереди стал проясняться — словно туман постепенно сдувало ветром. А потом...

Это было как бы другое облако, проступившее сквозь клочья серого пара — стена благородного пурпурного оттенка, какой бывает иногда у вечернего неба. Ее покрывали впадины и выступы — так близко к нам, что по всем законам физики им следовало плыть вместе с ветром. Но они оставались на месте — будто облачная субстанция была на самом деле твердью.

СМОТРИТЕЛЬ

— Лицо, — сказала Юка. — Огромное лицо в полнеба. Ты видишь?

Когда она договорила, я увидел.

Это был Ангел Воды — пурпурная стена оказалась его лицом. Но не только им: чем дольше я вглядывался, тем больше различал деталей.

Стена была еще и фасадом небывалого здания со множеством окон, колонн и арок — и огромным барельефом, где Ангел был изображен еще раз, уже целиком. Он словно бы спал на облаке: закрытые глаза, сиреневые кудри, расслабленно разбросанные крылья...

И все эти детали каким-то образом не мешали друг другу: можно было по очереди видеть то величественный фасад, то огромную голову, то фигуру спящего.

— Ты видишь вход? — спросила Юка.

Я тут же его увидел — там, где и полагалось быть входу: на вершине лестницы. Это была высокая стрельчатая арка.

Мы дошли до нее за несколько минут. Когда мы приблизились к стене вплотную, оказалось, что ее примыкающие к лестнице части сделаны из каменных блоков. Я, впрочем, не сомневался — камень снова станет облаком, если мы спустимся вниз.

— Что это такое? — спросила Юка, положив руку на шероховатую поверхность камня.

— Флюид.

— Выглядит как камень.

— Мы привыкли к каменным стенам, — сказал я. — Флюид старается не обмануть наших ожиданий.

— Он может быть всем?

— Да, — ответил я. — Даже тобой и мной.

Юка кивнула.

— Я раньше не понимала, как это фасад замка может одновременно быть Ангелом. Но только что увидела сама.

За аркой начался длинный коридор, постепенно уходящий во тьму.

— Там нет света, — сказала Юка. — Может быть, мы просто еще не решили, что увидим?

— Наверно, — ответил я.

Она поглядела на свои замшевые туфельки.

— Может, разуться?

— Зачем?

— Это храм. Я читала, что на Востоке всегда так делают.

Я засмеялся.

— Мы берем Небо штурмом. А какой штурм без сапог?

Видимо, аргумент ее убедил — она взяла меня за руку, и мы пошли вперед.

Стены коридора покрывал рисунок, напоминавший не то узоры дамасской стали, не то арабскую вязь: словно это был особый сиреневый мрамор, каждый срез которого становился страницей священного текста.

СМОТРИТЕЛЬ

Мы уходили в коридор все глубже, и скоро что-то странное стало твориться со светом. Узор на стенах сделался неразличим, затем в темноте растворились сами стены — но мы по-прежнему ясно видели свои тени на полу впереди.

Мне казалось, что я смотрю представление театра теней: на маленькой освещенной сцене впереди прыгали два длинных силуэта, мужской и женский. Они, кажется, о чем-то беззвучно спорили.

Чем дольше я глядел на свою тень, тем сильнее мне казалось, что она и есть я сам: тень совершала такие же движения, как мое невидимое тело, и никакого другого претендента на звание «меня» вокруг не было... Это гипнотизировало.

Вполне могло быть, что мои чувства и мысли тоже принадлежат этой тени. Мне определенно нравился ее двухмерный мир: в нем все было видно сразу, и ничего нельзя было спрятать. Хотя нет, можно было. В себе. И еще можно было слиться с другим существом в прямом, а не в переносном смысле.

Я словно оказался на пороге страны, где жили веселый Дон Кихот и Санчо Панса (в книгах моего детства их почему-то всегда изображали двумя черными силуэтами). Страна эта выглядела настолько гостеприимной, что хотелось там поселиться. Не начать ли мне

Великое Приключение, подумал я, какого не устраивал еще никто? Прямо сейчас?

— Свет, — сказала тень в платье. — Надо зажечь свет. Вдруг мы так и останемся тенями и все забудем? Скорее, Алекс!

Я понял, что Юка права. Как зажечь свет, я не представлял — поэтому попытался просто его увидеть. И мне это удалось.

Раздался треск и грохот, сверкнула молния — и стало светло, словно молния так и застыла в небе. Мы больше не были тенями — мы снова сделались собой.

Коридор, где мы только что шли, исчез.

Мне показалось, что мы попали в архитектурную кунсткамеру, куда со всей земли свезли уродливые фрагменты неизвестных построек — слишком толстые колонны, слишком узкие арки, чересчур крутые лестницы — и хаотично разбросали их по каменной равнине. Все здесь было старым, очень старым.

И я уже видел это прежде.

Я понял, где мы. Это было то самое место, куда привела меня дорога Смотрителей после встречи с Никколо Третьим. Только тогда была лунная ночь — а сейчас день, облачный и хмурый. Низкие тучи почти касались камней, похожих не то на руины, не то на заброшенную древнюю стройку.

Если это действительно была стройка, то строители определенно не имели плана — или каждое утро начинали труд заново... Как будто здесь вместе работали карлики и гиганты под командой вернувшегося из одиссеи циклопа. Вавилонская башня была по сравнению с этим местом гимном созидательной разумной силе: зиггурат все-таки сумел преодолеть тяжесть и подняться ввысь. Здесь же любая лестница вела в пустоту.

У неизвестных строителей получился только пол из каменных плит — но и он был весь в трещинах. Из них рос тысячелистник. Некоторые из плит были разломаны и выворочены проросшими сквозь них деревьями.

Деревьев в этом месте я не помнил. Зато помнил зеркальную стену, делившую все пополам — так, во всяком случае, мне показалось в лунном свете. Не была ли она тем самым Зеркалом Фаустуса, о котором я тогда просто не знал?

Но теперь никакого зеркала я не видел.

— Смотри! — сказала Юка и ткнула пальцем в одну из стен.

Я заметил в стенной нише статую Павла Великого.

— Похож на тебя, — засмеялась она.

Это было реалистичное изваяние из чего-то вроде каменной соли или мрамора, вполне пригодное для монастыря средней руки или центральной площади какого-нибудь городка: Павел брел вперед, задумчиво склонив голову в треуголке (поэтому Юка и нашла между нами сходство).

— А вот еще один.

Я повернул голову.

В просвете между гранитными колоннами стояла другая статуя Павла. Сперва мне показалось, что это копия первой — император-алхимик так же неспешно шел вперед. Но потом я заметил, что его нога сильнее согнута в колене, и руки расположены чуть иначе: это было похоже на две объемных фотографии одного и того же шага в разных фазах.

— Их тут много, — сказала Юка. — Посмотри.

Статуй вокруг было действительно много — так много, что стало непонятно, отчего мы не замечали их прежде. Наверно, не искали их взглядом...

Чем дальше мы шли, тем больше каменных Павлов появлялось по сторонам. Различался только миг, когда их запечатлел неизвестный скульптор. Павел выглядел хмурым и собранным. Особенно это было заметно на тех изваяниях, где он держал треуголку в руке.

— Интересно, — сказала Юка. — Они идут в одну сторону.

Она была права. Все каменные Павлы шли в одном направлении — наперерез нам. Даже те, что остановились отдохнуть, глядели туда же.

— Мы неправильно идем, — сказала Юка. — Надо вместе с ними.

Когда мы повернули, идти сразу стало легче — проходы между руинами сделались шире, и нам почти не приходилось обходить препятствия. Мы оказались на чем-то вроде главной улицы — и приближались теперь к той точке, куда вместе с нами брели каменные Павлы.

Улица сужалась — а Павлов вокруг становилось все больше: вскоре мы уже пробирались сквозь их неподвижную толпу. А потом стены сошлись и улица кончилась.

В тупике стояла каменная плита с заостренным верхом, похожая на плоский обелиск. На ней была длинная надпись.

Изваяния стояли вокруг так густо, что протиснуться между ними было невозможно — но перед самим обелиском оставался небольшой треугольник пустоты. Чтобы попасть в него, нам с Юкой пришлось пролезть между каменными ботфортами.

На обелиске было высечено:

Я, Павел, отразился в сем Зеркале, стал Змеем, заглянул в свое сердце – и отверг оцепенение вечности, выбрав бег мгновения. Я увидел, что моя судьба – быть потоком Флюида, меняющим форму, вечно юным, готовым удивляться каждому дню и ночи. Каменный

ЖЕЛЕЗНАЯ БЕЗДНА

Змей, оставшийся за мной, пусть станет мне памятником – и назиданием тому, кто захочет, подобно мне, повернуть рычаг.

Под надписью был вензель Павла.

Рядом с обелиском лежала бронзовая плита. Из нее торчала половина массивного гранитного диска, похожего на полированный мельничный жернов. На краю диска было глубокое отверстие.

Юка наклонилась над колесом и попробовала его повернуть — но ничего не вышло.

— Осторожней, — сказал я. — Ты не знаешь, что это.

— Это рычаг, о котором писал Павел.

— Даже если ты права, не надо спешить.

Она выпрямилась.

— Ты понял, что такое Каменный Змей?

— Может быть, — ответил я, — это все статуи Павла вместе. Как бы Павел миг за мигом. Их должно быть бесконечно много.

— Я тоже так подумала. Наверное, из нашего мира Змея нельзя увидеть иначе.

— Ну а где Зеркало? — спросил я.

Юка кивнула на обелиск с надписью.

— Вот оно.

— Почему ты так решила?

— Здесь написано: «в сем зеркале». Надо просто повернуть это колесо, и что-то произойдет.

И она снова склонилась над каменным диском.

— Подожди, — сказал я. — Ты все равно не сможешь его повернуть. Это поворачивают не руками.

— А как?

— Скорее всего, Флюидом, — ответил я. — Защита от случайных визитеров... Хотя непонятно, кто сюда может случайно попасть.

— Так поверни его.

Я поднял ладонь и позволил Флюиду пройти сквозь камень, стараясь почувствовать, что спрятано за гранитным колесом. Мои усилия напоминали попытку увидеть свою анатомию, вслушиваясь в телесные ощущения. Но лучшего метода у меня не было.

Сквозь каменный жернов проходила длинная ось, а ниже, там, где моя способность ощущать соприкосновение с материей уже исчезала, начинался обширный подземный резервуар. Он был пуст.

Я попробовал повернуть колесо напряжением Флюида. У меня ничего не получилось — кажется, мне препятствовал скрытый в колесе механизм. Тогда я попытался привести его в действие, но это было как чинить лежащие под шкафом часы, засунув туда руку. Я собирался честно признаться, что ничего не могу поделать, когда Юка сказала:

— А ну-ка, подожди...

Она подошла к стоящему у стены Павлу и вынула из его руки эспантон — длинное копье с наконечником сложной формы.

Я не обратил на него внимания, потому что древко было одного цвета со стеной. Но, увидев его, я сразу вспомнил статую Павла перед церковью в Михайловском замке. Император прикладывал палец одной руки к губам — а в другой его руке было такое же копье.

Юка вставила наконечник в дырку на колесе. Копье ушло в камень на всю глубину наконечника и часть древка. Раздался мягкий щелчок — словно какая-то деталь встала на положенное ей место. Теперь копье торчало из колеса почти параллельно земле. Юка потянула получившийся рычаг вверх, и он повернулся примерно на треть хода.

Вокруг стало темно. Подул холодный ветер. А потом случилось то же, что прежде: вверху сверкнула скрытая облаками молния — но не погасла, а так и застыла в небе, превратившись в дневной свет.

Я услышал гул множества поющих голосов. До меня долетали басы, теноры, дисканты. Каждый выводил что-то особенное, свое — но вместе они сливались в невнятный и малосодержательный шум, подобный рокоту моря.

Вокруг нас по-прежнему были развалины, но теперь они выглядели иначе — в них появилось больше упорядоченности и смысла. А потом я увидел, что каменные Павлы исчезли.

Вместо них на улице стояла толпа бронзовых Франклинов. Они выглядели очень по-разному, но у большинства руки были экспрессивно воздеты — как будто их настолько переполняло чувство, что им мало было петь, и приходилось помогать себе жестикуляцией.

— Зеркало тоже изменилось, — сказала Юка.

Я повернулся к обелиску. Сперва я не понял, в чем перемена — все выглядело точно так же. Потом я заметил, что изменилась надпись:

Я, Бенджамин, отразился в сем зеркале, стал Змеем — и отверг оцепенение вечности, выбрав бег мгновения. Я постиг, что превыше всего ставил прекрасные звуки музыки. Но жизнь моя заставляла меня трудиться на других поприщах. Теперь я могу послушаться своего сердца. Я стану не сочинителем музыки, а ею самой – звуком, меняющимся так, что возникает непостижимая красота. Я стану поющим Флюидом, вечно новым, изумляющим всех, кто меня услышит. Бронзовый Змей, оставшийся за мной, пусть будет мне памятником – и назиданием тому, кто захочет, подобно мне, повернуть рычаг.

Не успел я дочитать до конца, как Юка нажала на эспантон, и рычаг повернулся еще на треть.

Опять стало темно. Подул ветер, только теперь он был теплым и влажным, и в нем чувствовалась соль. А затем невидимая молния вспыхнула в небе — и превратилась в дневной свет.

На этот раз мир изменился неузнаваемо.

Во все стороны вокруг, насколько хватало глаз, простиралось море. Мы стояли на чем-то вроде подъемного моста, отходящего от вершины огромной башни. Башня поднималась прямо из волн и была такой высокой, что на море внизу было страшно смотреть.

В эту башню соединилось все то, что раньше казалось руинами древней стройки. Арки, колонны, лестницы и стены, представлявшиеся мне осколками тысяч разных городов и эпох, теперь без всяких стыков примкнули друг к другу, словно кто-то собрал наконец невообразимую головоломку.

В нишах и арках стояли бронзовые Франклины, каменные Павлы, сказочные женские фигуры, — и слышен был далекий хор, поющий латинскую кантату.

На вершине башни, совсем недалеко от нас, возвышалась часовня, повторяющая формой корону мальтийского ордена — Павел позировал в такой ветхим художникам. Стены часовни казались сделанными из толстого стекла или эмали. Она излучала слабый янтарный свет — и такую невозможную, физически ощутимую благодать, что я почувствовал боль в основании горла, а на глазах моих выступили слезы раскаяния — за то, что каждую секунду своей жизни я выбирал быть не с этим светом, а с чем-то другим.

Особенно сильный поток благодати исходил от осьмиконечного павловского креста над часовней. На него даже трудно было смотреть. Я понял, что именно отсюда любовь изливается на Идиллиум — Ангелы лишь направляли ее поток.

Я уже видел эту башню с короной. Она была на гравюре Павла, присланной мне в подарок Менелаем. Гравюра висела в чайном павильоне Красного Дома, и я пользовался ею для духовных упражнений — но когда Менелай сказал, что не знает смысла этого изображения, я потерял к ней интерес.

Наверно, Юка была права — меня создали нелюбопытным специально. Какое карете дело до вида за окном?

Надпись на обелиске была уже другой.

Я, Франц-Антон, отразился в сем зеркале, стал Змеем — и всем сердцем выбрал покой вечности, отвергнув суету мгновения. Я понял, что существование состоит из перемен, а любая перемена таит в себе боль. Теперь я сделаюсь вечным покоем, источником утешения для подверженных распаду существ.

Я буду неизменным светом – а тени на экране бытия, поднимая ко мне свой взор, будут шептаться, что истинная природа всякой тени во мне. Это так и не так, ответит любовь в моем сердце.

Спокойный Флюид, неподвижно сияющий – от него пойдет отсчет дней. Светоносный Змей, оставшийся за мной, пусть станет мне памятником – и назиданием тому, кто захочет, подобно мне, повернуть рычаг.

— Это правда, — сказал я. — Он действительно стал богом.

— Или просто позволил Богу светить сквозь себя, — ответила Юка. — Как делали все, кого на Ветхой Земле называли богами.

— Но что стало с ним самим?

— Идем посмотрим...

Мне представлялось святотатством даже приближаться к часовне — но после слов Юки я понял, что никто этого не запрещал. Мы пошли вперед.

Часовня казалась сделанной из кусков светящегося янтарного стекла в серебряной оправе. Но когда мы подошли ближе, я увидел, что это не стекло. Это был Флюид, сгущенный до янтарного свечения (скорей всего, светился не сам Флюид, а какой-нибудь эфирный разряд, разделявший его с элементом воздуха).

Стоять рядом с часовней было трудно — лучащаяся от нее благодать походила на нестерпимый жар. Я увидел дверь. Это был оранжево сияющий прямоугольник.

— Войдем? — спросила Юка.

— На двери нет ручки, — ответил я. — Если бы здесь ждали гостей, она была бы.

— Может быть, ее можно открыть с помощью Флюида?

Я попытался сделать это. С таким же успехом можно было чиркать зажигалкой в жерле вулкана.

Юка шагнула в проход — и ее отбросило назад.

— Осторожнее! — сказал я.

— Попробуй ты. Может быть, твоя треуголка — это пропуск.

Я неохотно подошел к двери, зажмурился и шагнул вперед. У меня в ушах затрещало, примятые треуголкой волосы попытались встать дыбом — и в самом центре моего мозга полыхнул яркий свет.

Сперва мне показалось, что меня тоже отбросило назад. Но когда я открыл глаза, я стоял внутри часовни.

Увиденное мной было настолько жутким,

что я немедленно развернулся и попытался выйти обратно. Но это не получилось — я словно налетел на стену из горячего стекла.

Стена эта, однако, была совершенно прозрачной изнутри. Я отчетливо видел Юку.

— Алекс, — крикнула она, — ты меня слышишь? Ты в порядке?

— Не кричи, — сказал я. — Я слышу.

— Что там?

Я собрался с духом и повернулся к центру часовни.

Там стоял *baquet* — вырезанный из благородного темного дерева и покрытый искусной резьбой. Он покоился на подставке, затянутой синим бархатом.

Вокруг, в удобных старинных полукреслах, сидели мумии в расшитых золотом ливреях (я вспомнил выражение «ливрейный медиум» — видимо, это и были они). Сперва я решил, что их двенадцать — по трое на каждом из концов начертанного на полу павловского креста.

На мумиях были короткие напудренные парики с вырезом сзади, позволявшим затылку касаться электрода, соединенного с *baquet*. Высохшие лица казались смуглыми индейскими масками с черными щелями глаз.

Лестница из легких металлических ступеней бежала вверх по стене. Что-то сияло и дрожало под самым потолком — и, уже догадываясь, что увижу, я поднял глаза.

Там была небольшая круглая площадка, где стоял высокий черный трон с серебряной спинкой и подлокотниками, немного похожий на кресло Галилео.

На троне сидел Франц-Антон Месмер в голубом камзоле, с муаровой лентой и звездой на груди.

Он тоже был мумией. Но его веки были закрыты, а на губах застыла улыбка, которую даже небытие не смогло лишить очарования. Это было счастливое лицо, и оно казалось живым — словно надо мной парил спящий аскет, забывший про материальную основу вещей.

На голове Месмера была корона из серебра и белой эмали. На четырех ее зубцах светились знаки элементов. Вокруг клокотало янтарное сияние. Но напора благодати, так чудовищно давившего за дверью, внутри часовни не ощущалось совсем.

От короны Месмера отходили две плетеные металлические нити: одна шла вверх — туда, где было основание поднимающегося над часовней павловского креста, — а другая сбегала вниз по спинке стула. Я проследил за тем, куда она идет: спускаясь вместе с лестницей, нить делала петлю по стене и кончалась на центральном электроде *baquet*.

Бог умер, подумал я. Сколько веков люди повторяют эти слова. Но что они значат? Только одно: зерно проросло — и Бог теперь живет через мир, созданный им из себя.

— Что ты видишь? — повторила Юка.

— Тут одни мумии, — ответил я. — Довольно жуткое зрелище. Хотя и возвышенно.

— Дай руку, — сказала Юка. — Вдруг я смогу войти.

— Не получится.

— Тогда выходи сам.

— Я не могу, — ответил я.

— Как не можешь?

— Тут как будто прозрачная стена.

— А другого выхода нет?

— Нет, — сказал я. — О Господи...

— Что такое?

— Ничего, — ответил я. — Ничего.

Я заметил, что мумий вокруг *baquet* не двенадцать, а одиннадцать.

Одно из кресел было свободно, и в пустоте над его полосатым сиденьем, в блеске подголовника-электрода — читалось жуткое и несомненное приглашение.

У меня закружилась голова. Не соображая, что делаю, я сделал шаг к этому стулу, потом второй...

— Алекс!!! — привел меня в чувство крик Юки. — Почему ты молчишь?

— Я... Ничего...

— Что ты видишь?

— Тут пустой стул, — сказал я. — Свободное место среди медиумов. То есть среди мумий.

— Ты меня пугаешь. Ты что, на него сел?

— Нет, — ответил я неуверенно, — кажется, нет.

— Не садись на него, пожалуйста... Я постараюсь тебя выпустить.

— Что ты хочешь сделать?

— Повернуть колесо. Все опять изменится, и ты выйдешь.

— Подожди.

— Другого способа нет, — сказала Юка. — Колесо можно повернуть только еще один раз.

— Подожди, — повторил я. — Умоляю тебя, подожди... Ты же не знаешь, что случится.

— Знаю, — ответила она. — Как ты думаешь, почему это Храм Последнего Поворота? Не первого, не второго, а последнего?

— Почему?

— Потому что важен только последний поворот. Когда рычаг доводят до упора. Тогда это место и становится храмом.

Она повернулась и пошла к обелиску.

— Юка! — закричал я. — Не надо!

— Я быстро! — крикнула она в ответ. — Посмотрю одним глазком и вернусь...

Я видел ее очень отчетливо. Подойдя к каменному колесу, она махнула мне рукой, взялась за эспантон и повернула его до конца.

Вокруг стало темно и тихо. Совсем тихо, как не бывает, даже если заткнуть уши. Я не чувствовал ни ветра, ни тепла, ни холода, вообще ничего — словно у меня исчезло тело.

Потом опять была вспышка молнии, но после нее не стало светло, как случалось прежде.

В темноте появился единственный прямоугольник света — это было возникшее на месте обелиска зеркало, высокое и узкое. Оно походило на дверь, открытую из ярко освещенной комнаты в ночь. Перед зеркалом стояла Юка. Зеркальная Юка стояла напротив нее — она казалась просто темным силуэтом.

А затем... Что-то произошло в пространстве между ними — что-то такое, из-за чего обе Юки стали одним.

Я увидел каменное изваяние Юки. Она стояла на террасе Михайловского замка и глядела вдаль. Такой она пришла в этот мир.

Потом я увидел ее идущей ко мне от края террасы. Один шаг, другой, третий — и вокруг стали появляться повторения Юки, ее выхваченные из прошлого трехмерные копии из камня, похожего на мраморную соль. Я знал, что это не просто слепки, а части единого целого, увидеть которое я мог только так — в виде множества отдельных друг от друга форм.

СМОТРИТЕЛЬ

Казалось, срезы ее судьбы с невероятной быстротой заполняют собой все пространство — столько не смогло бы поместиться ни в одном из построенных человеком хранилищ... И вот передо мной уже пролетела вся ее короткая жизнь, и мы вплотную приблизились к настоящему.

Я увидел Юку, идущую к обелиску. Юку, машущую мне рукой. И наконец Юку, нажимающую на древко эспантона, чтобы каменное колесо сделало свой последний поворот.

Это действительно было похоже на волну, проходящую по змеиному телу, — только само тело возникало лишь вслед за волной. Змея проявилась уже почти вся, от хвоста к голове, и теперь передо мной возникала быстрая последовательность ее последних срезов.

Юка отпускает древко копья. Юка поворачивает голову. На ее лице — не то восторг, не то страх. Она поднимает взгляд, ее глаза широко раскрываются — а потом свет, бьющий из зеркала, пронизывает всю змею одновременно, превращает ее во что-то непостижимое и уносит с собой...

На миг мне показалось, что я вижу странный, бесконечно прекрасный сад — и различаю множество испепеленных змей, ставших в нем травами и цветами (это не было похоже ни на что из мне известного — я просто пользуюсь единственным доступным мне сравнением). Все собранные там древние умы, среди которых была теперь и Юка, не отрываясь глядели в точку, откуда приходил к ним этот луч.

И я понял — я тоже могу посмотреть сейчас в раскрытый глаз этой великой тайны, и со мной, скорее всего, случится то же, что и с теми, кто осмелился на подобное прежде.

Но я опустил глаза.

— Смотритель не решается посмотреть, — сказал в моей голове чей-то насмешливый голос. — Такая осторожность в высшей степени похвальна.

Потом свет погас — и надолго наступила тьма.

Как свет появился опять, я не помню. Кажется, он даже не зажегся — я просто вспомнил, что могу видеть в темноте, поскольку она и есть мой дом.

Часовня и мумии исчезли. Я стоял среди бесчисленных каменных фрагментов, на которые вновь распалась башня. Они выглядели так же, как раньше. За одним исключением — вместо каменных Павлов вокруг меня теперь стояли каменные Юки. Я понял, что уже видел эти изваяния в арках башни. Все было определено еще тогда, когда мы шли к часовне, — словно нам показывали будущее.

СМОТРИТЕЛЬ

Я подошел к обелиску. Каменные Юки обступали его так плотно, что я ничего не различал за их спинами — но все же я сумел протиснуться сквозь их строй.

На обелиске не было никаких надписей. Там появилась рожица: неровный круг, два глаза, точка носа и широкая — от одного глаза до другого — улыбка. Был странный контраст между наивной простотой этого рисунка — и глубиной борозды в камне...

Я поглядел на гранитное колесо. Торчащий из него эспантон опять был готов для последнего поворота. Наверно, при иных обстоятельствах у меня не хватило бы куража, но помогло отчаяние. Я хотел только одного — вернуть Юку. Не давая себе времени на колебания, я нажал на древко — и колесо повернулось.

В этот раз не было ни темноты, ни молний. Сперва мне показалось — не произошло ничего вообще.

А потом я заметил, что обелиск стал зеркалом.

Замирая от ужаса, я поднял глаза.

Из зеркала на меня смотрел Павел Алхимик. Он был одет в черный мундир с восьмиконечной алмазной звездой, а на голове у него была та же треуголка, что на мне.

Зеркальный Павел дрожал и переливася. Казалось, в лицо ему бьет поток электрического ветра, заставляя его кожу светиться. Павел протянул мне руку — и я заметил, что моя собственная рука независимо от меня повторила то же движение. А потом Павел улыбнулся, и на глазах его — быть может, от неощутимого ветра — выступили слезы. Он что-то сказал. Я не слышал его слов, но понял их смысл.

Я и был тем потоком Флюида, в который он превратился. И сейчас Павел видел будущее. Он видел, как сбывается его план. Он радовался своей великой удаче — и печалился своему великому горю. Я был тем, чем ему предстояло стать. Но я не был им, Павлом. Я был самим собой, что бы это ни значило.

Мы глядели друг на друга долго, очень долго, а затем наш контакт нарушился — Павел начал отдаляться, зеркало потускнело и за несколько секунд превратилось в камень. В нем не было высечено ничего.

Но на нем появились разноцветные начертания мелом. Это были вензели прошлых Смотрителей. Я уже видел их в своем сне. Потом я заметил белый мелок, лежащий на каменном выступе. Взяв его, я поставил на свободном месте свой знак:

СМОТРИТЕЛЬ

Свободного места на камне было еще много. Хватит на века и века...

Мои веки сомкнулись. Я чувствовал бесконечную грусть и усталость. Мне не хотелось никуда больше идти.

Но этого и не потребовалось. Когда я открыл глаза, передо мной по-прежнему было зеркало. Но теперь в нем отражался мой кабинет в Михайловском замке.

ЭПИЛОГ

Юка не обманула. Она действительно вернулась ко мне — следующим же вечером. Она не помнила ничего о нашем приключении, и я решил не расстраивать ее рассказом — по множеству причин. И потом, я даже не знал, что сказать о ее странной судьбе.

Стала ли эта бесконечная каменная змея одним из цветов, какими окружает себя в своем тайном саду наш Создатель? Или встречей с Ним была именно вспышка, сжавшая Юку до мгновения, где Он обитает?

Юка осталась той самой Юкой, что я знал с нашей первой встречи — она помнила все до той минуты на закатной террасе, когда я вынул свою треуголку из-под стола.

Теперь ее вновь создавали медиумы и шивы Оленьего Парка. Но это уже не вызывало во мне никаких возражений. Не вызывает и сейчас: меня не тянет повторить свой безумный эксперимент, потому что я знаю, чем он закончится для меня и для нее.

СМОТРИТЕЛЬ

Пожалуй, я счастлив — если в словах этих есть какой-нибудь смысл.

Теперь я мало чего боюсь — и захожу, бывает, в Комнату Бесконечного Ужаса просто скоротать вечерок. Никогда не поверил бы, что такое со мной когда-нибудь случится.

Несколько слов о старых знакомых.

Менелай вышел в Ниббану в чине флигель-анагамина и сейчас недостижим. Но я не могу сказать, что сильно скучаю по нашему общению — у нас были чисто служебные отношения, и друзьями мы так и не стали.

Умер Алексей Николаевич. Его, помню, интересовало, видел ли я Бога — теперь он видит его сам. На освободившееся место устроился его сын Николай, сохранивший семейную тягу к общению с духами — он даже завел мне «страничку» в каком-то каббалистическом гроссбухе и говорит, что у меня теперь много невидимых далеких друзей... Не знаю. По-моему, все эти ветхие спириты-лицекнижники немного того, crazy.

В прочих отношениях Николай достойный наследник своего родителя: он тоже уверяет, что я призрак, — и немедленно попытался меня напугать, с загадочным видом сообщив, что в день *Saint Rapport* (по его календарю — один из весенних праздников) во всем Инженерном замке выбило какие-то «пробки», и пришлось менять «трансформатор на подстанции». После чего он показал мне фото электрического щитка на месте, как он выразился, «убийства Павла» — вмурованный в стену блок оплавленных пластмассовых клавиш в пятне копоти, похожем на хоровод, над которым навис дирижер-безумец...

В общем, кто ищет, чего бы испугаться, тот всегда найдет.

Да, еще скончался директор мальтийского музея Леонардо Галли. Инфаркт. В Инженерном замке поговаривают, что он пытался вызвать призрака и увидел нечто страшное. Жаль, если так — но об этом человеке я горюю не слишком. А вот старого спирита, чуть не повредившего мой рассудок рассказами о том, что я привидение, мне действительно не хватает.

Самое поразительное, в каком-то смысле он прав — Павел действительно превратил себя в поток Флюида, который становится то одним Смотрителем, то другим. Разве не это мне и говорил покойный? Разница в сущих пустяках. Но в них — вся моя Вселенная.

Вот что я думаю по этому поводу: мир — волшебный кристалл с безмерным числом граней, и повернуть его всегда можно так, что мы рассмеемся от счастья или похолодеем от ужаса. К счастью, я могу выбирать.

И все же иным осенним вечером, когда Франклин поет в дворцовом парке особо заунывную песнь, мне мнится, что я действительно призрак, одиноким смотрителем совершающий обход своего увешанного картинами мавзолея в далеком северном городе.

Но мир тут же поворачивается ко мне своей очаровательной нестареющей гранью по имени Юка — а она знает один неприличный, но всегда срабатывающий способ вылечить меня от уныния.

Ну да, она порождение Оленьего Парка, галлюцинация, мечта... но кто я такой, чтобы корить за это бедную девочку?

Я ведь толком не знаю даже, кто я сам — то ли защитник Идиллиума, то ли удачно забывшийся Павел Алхимик, то ли банальное привидение с вмятиной от табакерки на эфемерном виске.

И это уже не говоря об инвективах ехидного Кижа про мое происхождение «от кареты» (если кто-то родился в карете, возражу я ему при следующей встрече, это не значит, что он с ней обязательно родственник).

Я не думаю, конечно, будто Идиллиум — мой мираж. Ученые монахи говорят, что Идиллиум спонтанно существует, как и все остальное во Вселенной, без всякой причины и цели. Некоторые утверждают, что для Ветхой Земли мы одно из верхних пространств (бутик-лока, как выразился Адонис), где может найти приют любой восходящий поток причин и следствий. Но мне про это ничего не известно наверняка.

Ясно одно. Подобное притягивается подобным, и так уж вышло, что я со своим непростым прошлым идеально подхожу этому месту в качестве Смотрителя. И если я снова увижу в окне кареты Ангела, то, скорее всего, по обыкновению приму его за фельдъегеря.

Я могу оказаться и обычным соликом, видящим этот сон среди озер Внутренней Монголии (и тогда моя уверенность, что я не могу им быть, окажется просто частью Приключения). А если вспомнить про фокусы Менелая... В общем, гадать бесполезно.

Но я не собираюсь этого делать, поскольку знаю теперь нечто такое, что лишает подобные гадания всякого смысла.

Дело в том, что и Ветхая Земля, и Идиллиум, и я сам, и Юка в любом из ее качеств, и даже лицекнижник Николай — вообще все, из чего состоит любой человеческий опыт во сне и наяву, — это просто симуляция, которой нет нигде, кроме как в неуловимом мгновении, рисующем мираж нашего мира. «Подобно быстрым вилам на воде», как сказал мой великий предок.

Вот только в неуловимом мгновении ничего из перечисленного тоже нет: все, о чем мы можем говорить и думать, проявляется лишь во времени, светящемся размытом следе, который мгновение оставляет в пространстве нашего ума, как метеор в небе.

Но этот мерцающий след со своим сновидческим составом все равно может существовать исключительно в настоящем миге — больше просто негде. Это архат Адонис все-таки сумел мне объяснить.

Весь наш мир, говорит он, соткан из перемен — а в мгновении не меняется ничего: созерцающий его постигает, что оно неподвижно и пусто. Именно это и делает нас миражом, с которым ничего не может случиться. Ведь самого миража никто даже и не видел — мы всю жизнь его просто вспоминаем и додумываем.

Однажды я спросил Адониса: в чем суть человеческого бытия, если выразить ее кратко? Ответ показался мне примечательным; я допускаю даже, что именно из-за него я и решился написать свою книгу. Приведу его слова в точности (моя память это еще позволяет):

— Часто говорят, что мир создан умом, — сказал он. — Смысл здесь куда проще, чем думают. Сотворение мира заключается в том, что ум создает фиктивное «плато настоящего времени», где сменяющие друг друга феномены существуют как бы одновременно... Ты понимаешь смысл моих слов?

— Да, — ответил я.

— Значит, именно это и происходит в твоей голове.

— Почему?

— Чтобы ты понял мою фразу, все слова должны оказаться там вместе.

Я кивнул — он был прав.

— Это касается всего, что мы видим, думаем, слышим и чувствуем, — продолжал Адонис. — На этом фальшивом плато возникает наш мир и мы сами. Мы видим не то, что есть, а эдакое северное сияние ума. *Aurora Borealis*, как выражался Павел. В нем все наши цели, смыслы, надежды и страхи. Все наши демоны и боги. И все ложь. Даже не ложь, а вообще непонятно что. Какая может быть ложь там, где в принципе не бывает истины?

— Но зачем уму создавать это фиктивное измерение, — спросил я, — если, сосредоточившись, мы сами видим его нереальность?

— Да именно для того, — ответил Адонис, — чтобы было где развесить слова. Да-да, слова языка, на котором мы говорим. Они вылетают изо рта по одному, звук за звуком — а обретают смысл в связке. И смысл этот может увидеть только ум, расставшийся с реальностью мгновения. Чтобы поговорить друг с другом, люди должны сперва перебраться на это плато и утонуть в светящемся тумане... Лишь на этом очарованном острове может существовать наша речь, музыка, история, культура и все остальное, чем так гордятся люди. Чтобы увидеть человеческий остров, надо уснуть. Все, что там случается, происходит в сновидении — и имеет примерно такую же ценность и смысл. Что остается от сна? Ничего. Вот это и есть мы.

— Но какая сила заставляет нас спать?

— Та самая, что создает симуляцию. Симуляция может притворяться реальностью только во сне. Или, как говорят на Ветхой Земле, в принудительном трансе. Змей вовсе не поделился с нами своей мудростью, как думали Трое Возвышенных. Он просто отравил нас своим ядом...

— А мы можем прийти в себя?

Адонис отрицательно покачал головой.

— Почему?

— Потому что некуда. Знаешь, в чем тайный смысл твоего титула? Смотритель — это сон, который сам себя смотрит. Хотя никакого «сам» и «себя» у него нет — откуда они у сна, меняющегося каждый миг?

— Так значит, — сказал я, — Смотрители зря стараются, создавая Небо?

— Нет, — улыбнулся Адонис. — Как ни странно, не зря. То, что ты сейчас слышишь, прилетает к тебе именно оттуда.

Адонис говорит, что хоть от изначального сна нельзя проснуться, сон может кончиться. Но я, слушая его, думаю о другом. Что же мы за страшные и смешные звери, если, не просыпаясь, взяли и завоевали весь мир? Или это тоже нам снится, что еще забавней?

Смешнее же всего, конечно, когда прямо во сне, набив полный рот слов, разные клоуны начинают рассуждать о реальном и подлинном.

Вот как я сейчас. Древний адамов грех не просто жив — он увлекает нас в бездну ежесекундно.

Из чего, конечно, следует много грустных выводов. Но есть и приятные. Чтобы создать новую Вселенную, не надо Трех Возвышенных. Кто угодно, водя пером по бумаге, способен порождать другие миры. Они будут так же реальны, как и мы сами, ибо все мы — просто разноцветные клочки *Aurora Borealis*, догорающие в ночном небе. Просто веселые призраки, давно забывшие, почему и как мы стали тем, чем себе мнимся.

И здесь мне хочется процитировать на прощание Павла Алхимика:

«*Omnia est nihil. Nihil est omnia.* Как много эти слова говорят понимающему... Как мало в них смысла для озабоченно летящего в никуда дурака, уверенного, что в словах сих нет ничего для него нового, поскольку он, дурак, уже много раз не умел их понять... Знание это, когда припадаешь к нему по-настоящему, уничтожает любую скорбь. Но мы до последнего держимся за свою боль, справедливо подозревая, что она и есть мы сами и, если отнять ее у нас, мы больше нигде себя не найдем. Поэтому к свободе мало кто спешит, а кто обрел ее, на всякий случай помалкивает» (ПСС, XIX, 325—326).

А некоторые, добавлю я от себя, так и стоят у последнего поворота, пугая сотрудников и посетителей игрой на флажолете.

Нетрудно заметить: раз я все еще дую в его дырочку, значит, мне пока что нравится быть привидением, галлюцинацией, рассыпающейся пустотой — а также опорой Отечества, создателем Вселенной и собеседником Ангелов...

Но ты ведь не осудишь меня за это слишком строго, мой неведомый друг — ибо не таков ли в точности и ты сам?

Алексис II де Киже,
Михайловский замок,
Идиллиум,
216 ADFA

Литературно-художественное издание

ЕДИНСТВЕННЫЙ И НЕПОВТОРИМЫЙ. ВИКТОР ПЕЛЕВИН

Пелевин Виктор Олегович

СМОТРИТЕЛЬ
Книга 2
ЖЕЛЕЗНАЯ БЕЗДНА

Ответственный редактор *О. Аминова*
Младший редактор *А. Семенова*
Художественный редактор *А. Сауков*
Компьютерная верстка *О. Шувалова*
Корректор *Г. Москаленко*

Во внутреннем оформлении использованы изображения:
Mary Evans / DIOMEDIA,
а также репродукция картины
«Портрет императора Павла I» художника *А. Ф. Митрохина*

ООО «Издательство «Э»
123308, Москва, ул. Зорге, д. 1. Тел. 8 (495) 411-66-86; 8 (495) 956-39-21.

Өндіруші: «Э» АҚБ Баспасы, 123308, Мәскеу, Ресей, Зорге көшесі, 1 үй.
Тел. 8 (495) 411-68-86; 8 (495) 956-39-21.
Тауар белгісі: «Э»
Қазақстан Республикасында дистрибьютор және өнім бойынша арыз-талаптарды қабылдаушының
өкілі «РДЦ-Алматы» ЖШС, Алматы қ., Домбровский көш., 3«а», литер Б, офис 1.
Тел.: 8 (727) 251-59-89/90/91/92, факс: 8 (727) 251 58 12 вн. 107.
Өнімнің жарамдылық мерзімі шектелмеген.
Сертификация туралы ақпарат сайтта Өндіруші «Э»

Сведения о подтверждении соответствия издания согласно законодательству РФ
о техническом регулировании можно получить на сайте Издательства «Э»

Өндірген мемлекет: Ресей
Сертификация қарастырылмаған

Подписано в печать 20.08.2015. Формат 84x108¹/₃₂.
Гарнитура «Newton». Печать офсетная. Усл. печ. л. 18,48.
Тираж 57 000 экз. Заказ 6097.

Отпечатано с готовых файлов заказчика
в АО «Первая Образцовая типография»,
филиал «УЛЬЯНОВСКИЙ ДОМ ПЕЧАТИ»
432980, г. Ульяновск, ул. Гончарова, 14

ISBN 978-5-699-83419-8

ИНТЕРНЕТ-МАГАЗИН